쾌락과 나날

프루스트 첫 작품집

마르셀 프루스트
최미경 옮김

마들렌 르메르 그림
레날도 안 악보

쾌락과 나날

일러두기
- 이 책은 마르셀 프루스트의 첫 작품집 *Les Plaisirs et les Jours* (프랑스 국립도서관 Gallica, 1896)를 완역한 것이다.
- 주는 옮긴이의 주이며, 지은이의 주일 경우만 끝에 '프루스트'를 표시했다.
- 원문에서 강조의 의미로 쓰인 이탤릭체는 고딕체로 표시했다.
- 제목이 없는 글은 차례에서 ◇로 대신했다.

서문

 그는 왜 이 책을 호기심 많은 독자들에게 추천해달라고 내게 부탁했을까? 사실은 불필요한, 이 즐거운 일을 왜 나는 기꺼이 하겠다고 했을까? 그의 책은 보기 드문 매력과 정교한 우아함이 넘치는 젊은이의 얼굴과 같다. 이 책은 자연스럽게 진가를 발휘하고, 스스로를 알리고 추천한다.

 이 책은 젊다. 젊은 작가의 책이기 때문에 젊다. 그러나 오래된 세상만큼이나 지긋하다. 수백 년 된 숲의 고색창연한 나뭇가지 위의 봄 잎들과 같다. 새 잎사귀들이 숲의 깊은 과거를 울적해하듯, 과거의 수많은 봄을 애도하는 듯하다.

 진중한 헤시오도스Hesiodos는 헬리콘 산의 염소치기들에게 『일과 나날Les Travaux et les Jours』을 들려주었다. 우리 시대의 사교계 사람들에게 『쾌락과 나날Les Plaisirs et les Jours』에 대해 이야기하는 것은 무언가 쓸쓸하다, 영국의 어느 정치가가 쾌락이 없다면 삶은 오히려 견딜 만할 것이라고 주장했듯이 말이다.* 이 젊은 작가의 글에는 지친 웃음과 피곤함이 배어

---

* 정치가이자 작가였던 조지 콘월 루이스는 사교계를 드나드는 일이 업무와 글 쓰는 데 방해만 된다고 말했다.

있는 모습도 그 나름의 아름다움과 고귀함을 가지고 있다.

우아하며 다채로운 슬픔은 놀라운 관찰력과 유연하며 날카로운 아주 섬세한 지성으로 강조되어 표현된다. 『쾌락과 나날』의 달력은 하늘, 바다, 숲의 조화로운 장면들에 의해 자연의 시간을, 인간의 정확한 초상과 풍속화를 놀랍도록 완벽하게 그려 인간의 시간을 기록한다.

마르셀 프루스트는 지는 해의 서글픈 찬란함과 **속물**snob*의 복잡한 허영심을 그리는 걸 즐긴다. 섬세한 고뇌, 작위적인 고통, 잔인함만 보면 모성의 관대함으로 자연이 우리에게 주는 고통과 맞먹는 인간의 고통에 대해 멋지게 이야기한다. 인간이 발명한 고통, 인간의 본성이 상상해낸 인위적 고통은 대단히 흥미롭고 소중하며, 마르셀 프루스트가 그런 고통을 연구하고 묘사해주어 감사하게 생각한다.

작가는 신비하고 병적인 아름다움을 위해 지상의 양식을 취하지 않는 난초들이 있는 후덥지근한 온실의 분위기 속으로 우리의 시선을 이끌고 머물게 한다. 돌연 묵직하고 감미로운 공기 속을 지나는 빛나는 화살 하나, 독일인 의사의 방사선 같은 광선이 갑자기 신체를 통과한다. 시인은 단숨에 은밀한 사고와 고백하지 못한 욕망을 관통한 것이다.

---

* 다른 사람보다 더 훌륭한 취향이 있다고 자신을 과시하여 상류층이나 엘리트임을 드러내고자 하는 사람, '스노브'를 뜻한다. 프루스트는 사교계를 그리면서 속물적인 사람들과 그들의 취향에 많은 관심을 두고 있었다.

이것이 바로 그의 방식이며 그의 예술이다. 매우 젊은 사수인 프루스트는 놀랍게도 확신에 찬 활시위를 가지고 있다. 그는 전혀 순진하지 않다. 그러나 그는 진지하고 진실하기 때문에 순진하게 여겨지고 그래서 우리는 그의 작품을 좋아하게 된다. 프루스트의 세계에는 타락한 베르나르댕 드 생 피에르*와 천진난만한 페트로니우스**가 있다.

그의 책은 얼마나 운이 좋은가! 마들렌 르메르Madeleine Lemaire가 천상의 손으로 뿌린 향기 나는 꽃들, 이슬을 머금은 장미로 장식되어 사람들 앞에 놓일 것이다.

1896년 4월 21일 파리에서
아나톨 프랑스

아나톨 프랑스(Anatole France, 1844-1924)는 프랑스의 작가, 비평가이다. 국가의 집단 가치, 이익보다는 인본주의, 정의를 중요하게 생각했던 작가로 드레퓌스 사건 당시 유대인들을 향한 차별과 증오에 대항하여 목소리를 냈다. 작품으로 「타이스」, 「신들은 목마르다」, 「붉은 백합」 등이 있다. 1921년 노벨문학상을 받았다.

* 대자연을 배경으로 청순한 첫사랑을 그린 소설 『폴과 비르지니』를 쓴 프랑스 작가.
** 로마의 집정관을 지낸, 악한소설惡漢小說의 원형으로 꼽히는 『사티리콘』의 작가.

나의 친애하는 벗, 윌리 히스에게*

1893년 10월 3일 파리에서 세상을 떠나다

"하느님의 품에 쉬고 있는 그대… 죽음을 다스리고,
두려워하지 않으며 다행으로 여기는 비법을 내게 알려다오."**

고대 그리스인들은 고인에게 케이크와 우유와 와인을 가져다주었다고 한다. 더 우아한 환상에 현혹된, 혹은 더 사려 깊어진 현대인들은 꽃과 책을 바친다. 내가 그대에게 이 책을 헌정하는 것은 무엇보다도 이 책에 꽃의 이미지가 가득하기 때문이다. 이 책에는 이미지뿐만 아니라 '글'도 있지만, 진심을 담아 그린, 뒤마A. Dumas의 표현에 따라, "신 다음으로 아름다운 장미를 창조한" 훌륭한 화가의 숭배자들이라면 적어도 이 책을 펼쳐 볼 것이다. 로베르 드 몽테스키외 Robert de Montesquiou도 자신의 미출간 시집에서 이 여성 예술가를 찬미하면서 순진한 진중함과 격언적이며, 섬세한 유창

---

* 프루스트와 1893년 봄에 잠시 교류했던 영국 문인으로 젊은 나이에 이질로 사망했다.
** 프랑스의 종교학자 에르네스트 르낭의 『기독교 기원사』 1권 「예수의 생애」에서. 르낭은 누이의 죽음을 애도하는 제언을 쓴 바 있다.

함, 때로는 17세기 문체를 환기시키는 엄격한 정형시로 그녀가 그린 꽃에 대해 적었다.

그대의 붓을 위해 포즈를 취하다 보니 만개한 꽃들

그대는 꽃들에게 화가 비제Vigée*이며 꽃의 여신,
꽃을 스러지게 하는 화가도 있건만, 그대는 불멸하게 하네!

마들렌 르메르의 숭배자들은 엘리트들이고 정말 많다. 화가의 그림이 담긴 책을 펼친 첫 페이지에서, 그들이 미처 교제하지는 못했지만 만났다면 감탄했을, 그 이름을 보게 하고 싶었다. 친애하는 벗이여, 나 자신도 그대와 짧은 시간 어울렸을 뿐이었다. 우리는 종종 아침에 파리의 불로뉴 숲에서 만났는데, 그대는 나무 밑에 서서 쉬고 있다가 나를 알아보고는 반 다이크A. Van Dyck가 그린 귀족과도 같은 모습, 그 사유적인 우아함으로 나를 맞이하곤 했다. 귀족적 우아함, 그대의 차림보다는 신체에서 우러나오는 그 우아함은, 영혼에게 끊임없이 부여받은, 말하자면 정신적 우아함이었지. 그대가 서 있던 나뭇가지가 드리운 배경까지도 반 다이크가 그린 장면과 우수에 찬 유사성을 드러냈는데, 반 다이

---

* Élisabeth Louise Vigée Le Brun (1755-1842). 마리 앙투아네트의 초상화를 그린 화가.

크는 숲을 산책하는 왕을 멈추게 하곤 왕의 초상화를 그렸다고 한다. 그의 모델이었던 여러 귀족들처럼, 그대도 일찍 세상을 뜨게 되었고, 그들의 눈처럼 그대의 눈에도 예감의 그림자와 체념의 부드러운 빛이 교차하곤 했다. 그대의 자존감에서 배어난 우아함은 반 다이크의 예술에 온전히 속하나, 정신적인 삶의 신비한 강도로 보면 오히려 레오나르도 다 빈치의 그림이었다. 손가락을 자주 위로 들고, 간직한 비밀에 대해 간파할 수 없는 웃음을 머금은 시선을 보내던 그대는 다 빈치의 '성 요한'과 같은 모습이었다. 우리는 우둔함, 악행, 악의와는 거리를 두고, 고결하고 선택된 신사와 숙녀의 무리에서 저속함의 화살을 피해 더욱 가까이 지내려는 꿈, 아니 계획을 가지고 있었다.

그대가 바라던 삶은 고귀한 영감으로써만 실현이 가능한 작품 같았다. 신앙이나 천재성처럼, 우리는 그것을 사랑을 통해 받을 수 있다. 그러나 그대에게는 죽음이 영감을 가져왔다. 죽음 속에, 아니 죽음이 다가오는 방식조차도 감춰진 힘, 비밀스런 조력, 삶에는 존재하지 않는 어떤 '은총'이 있었던 것이다. 연인들이 사랑을 시작할 때, 시인들이 노래할 때, 그리고 병으로 고통을 느낄 때 영혼을 더욱 가까이 느끼듯 말이다. 삶은 우리 곁에서 가까이 옥죄는 가혹함으로 끝없이 영혼에게 고통을 준다. 이 끈이 어느 순간 느슨해지면 우리는 은근한 부드러움을 경험한다. 어릴 적에 나는 성경의 인물들 중에서 노아보다 더 가련한 사람은 없다고 생각했다, 홍수로 방주에 40일 동안이나 갇혀 지냈으니. 나중에 내가 자주 아프게 되어, 오래 투병을 할 때면 '방주'에 있는 듯했다. 그때 비로소 노아는 비록 방주에 갇혀 있고 세상은 암흑이었지만, 누구보다도 세상을 잘 볼 수 있었다는 것을 깨닫게 되었다. 내가 기운을 차리기 시작했을 때, 병상을 밤낮으로 지키시던 어머니는 '방주의 문을 열고' 나가셨다가, 저녁이 되면 비둘기처럼 '다시 돌아오셨다'. 내가 완전히 회복되자, 어머니는 비둘기처럼 '다시는 돌아오지 않으셨다'. 회복되어, 다시 살아가는 일을 시작하며, 내 자신에게서 멀어지고, 부드러운 어머니의 말씀과는 달리, 거친 이야기들을 견뎌야 했다. 고된 삶과 의무에 대해 내게 가르쳐야 했기에 어머니의 말씀마저도 더 이상 한없이 따듯한 것이 아니었다. 대홍수 속의 순한 비둘기, 그대가 떠나는 모습을 보며 족장 노아는 세상이 태어나는 즐거움에도 비탄을 느끼지 않았을까? 살아가기를 중단하는 달콤함, 의무와 나쁜 욕망을 멈추게 하는 '신의 휴지기休止期', 병을 통해 죽음 저 세계의 현실에 우리를 근접하게 해주는 '은총', '부질없는 장식과 무거운 베일'의 우아함, 성가신 손이 '정리하려 애쓴' 머리카락, 우리에게 드리운 슬픔, 또는 우리의 유약함이 간청한 보살핌의 손짓으로 나타난, 우리의 몸이 회복되는 길목에서 멎게 될, 어머니와 벗의 달콤한 충직함이여, 방주의 비둘기의 후손으로 추방당한 그대들이 내게서 멀리 있어 고통을 받곤 했다. 친애하는 윌리여, 그대가 있는 그곳에 있고 싶은 순간을 겪지 않은 이가 있겠는가. 살다 보면 수많은 약속을 하게 되고 모두 지킬 수 없음에 안타까워하다, 무덤을 향해 돌아서서 죽음을 부르며 '실현되기 어려운 운명을 도우러 오는 죽음을' 바라는 순간이 온다. 그러나 우리가 삶에 대해 했던 약속들을 죽음이 풀어준다 해도, 스스로에게 했던 약속들, 무엇보다도 가치 있고 공헌하며 살아야 한다는 약속까지 면제하지는 못한다.

누구보다도 진중하고 어린애 같았던 그대는 순수한 마음만큼 천진하고 세련된 쾌활함을 간직하고 있었다. 내 친구 샤를 드 그랑시는 중학교 때의 추억을 가지고 결코 오랫동안 잠잠했던 적이 없는, 그리고 이제는 다시 들을 수 없는, 웃음을 갑자기 일깨우는 재주가 있었는데 나는 그 재능을 부러워했다.

이 책의 몇 페이지는 스물세 살 무렵에 썼지만, 다른 작품들(「비올랑트 또는 사교취미」, 「이탈리아 희극의 몇 장면」 대부분 등등)은 스무 살에 쓴 것이다. 모든 작품들은 심하게 동요하였으나, 이제는 잠잠해진 삶의 헛된 거품들일 뿐이다. 어느 날 충분히 맑아진 거품에 뮤즈들이 자신을 비춰보고, 그들의 웃음과 춤이 반영되어 그 표면에서 너울거리는 모습을 볼 수 있기를 바란다.

그대에게 이 책을 바친다. 그대는 내 벗들 중에서 아아, 유일하게 비평이 두렵지 않은 존재다. 적어도 이 책의 자유로운 어조가 그대를 불편하게 하지는 않으리라 확신한다. 나는 고결한 양심을 가진 존재들의 영원히 죽지 않는 영혼을 그렸다. 또한 선하게만 그리기에는 부족하고, 악만을 향유하기에는 고귀한 그들의 고통을 아는 나는, 진심 어린 연민으로 그들을 그리며, 이 짧은 작품집이 연민으로 정화되지 않도록 애썼다. 음악의 시정을 보태준 진정한 벗,* 자신의 비할 데 없는 시의 운율을 보태어주신 저명한 대가이자 존경하는 스승,** 글보다 오래 남을 영감에 찬 말들로 나를 비롯한 많은 이들에게 좋은 생각을 불어넣어주신 철학자 다를뤼 선생님***이여, 용서하시기를. 아무리 위대하고 소중한 사람이더라도 고인 다음으로 영예를 누려야 한다는 것을 상기하며, 그대를 위해 마지막 애정의 징표를 준비할 수밖에 없음을 용서해주시기를 바란다.

1894년 7월

---

* 작곡가 레날도 안.
** 아나톨 프랑스.
*** 프루스트가 졸업한 콩도르세고등학교의 철학 선생.

차례

서문 아나톨 프랑스 5
나의 친애하는 벗, 윌리 히스에게 9

실바니 자작, 발다사르 실방드의 죽음 19

비올랑트 또는 사교취미 53
   비올랑트의 명상적인 어린 시절 55
   관능 56
   사랑의 아픔 60
   사교취미 62

이탈리아 희극의 몇 장면 71
  1 파브리스의 애인들 73
  2 미르토 백작부인의 여자 친구들 74
  3 엘데몬, 아델지즈, 에르콜 76
  4 변덕쟁이 77
  5 ◇ 78
  6 잃어버린 밀랍 78
  7 속물 81
  8 오랑트 85

9 솔직함을 반박하며 86
 10 ◇ 88
 11 시나리오 89
 12 부채 94
 13 올리비앙 98
 14 풍자극의 등장인물 100

부바르와 페퀴셰의 사교취미와 음악애호 105
　사교취미 107
　음악애호 117

드 브레이브 부인의 서글픈 전원생활 123

화가와 음악가의 초상 147
　화가의 초상
　알베르트 카워프 149
　파울루스 포테르 150
　앙투안 바토 150
　안토니 반 다이크 151

　음악가의 초상
　쇼팽 166
　글루크 167
　슈만 168
　모차르트 170

한 젊은 아가씨의 고백 173

시내에서의 저녁 식사　193

　◇　195

　저녁 식사 뒤에　204

회한, 시간 색의 몽상들　207

1　튀일리 정원　209

2　베르사유　211

3　산책　213

4　음악을 듣는 가족　215

5　◇　218

6　◇　220

7　◇　222

8　성유물　226

9　월광소나타　228

10　지나간 사랑 속에 있는 눈물의 원천　232

11　우정　234

12　슬픔의 일시적인 효과　235

13　시시한 음악 예찬　236

14　호수에서의 조우　238

15　◇　241

16　이방인　242

17　꿈　246

18　추억의 풍속화　250

19　시골 마을의 바닷바람　251

20　진주들　253

21　망각의 기슭　254

22　실제하는 존재　256

23 실내의 일몰 261
24 달빛이 비추듯 262
25 사랑에 비추어 본 희망 비판 263
26 숲속 나무 밑 266
27 마로니에 267
28 바다 268
29 바닷가 271
30 항구의 돛대들 272

질투의 종말 275

옮긴이의 말 313
편집 후기 316

실바니 자작, 발다사르 실방드의 죽음

1

"아폴론이 아드메토스의 양 떼를 지키고 있었다고
시인들이 노래한다. 인간들은 광인 흉내를 내는
변장한 신이기도 하지."
―에머슨*

 "알렉시스 주인님, 울지 마세요. 실바니 자작께서 아마 말을 주실 거예요."
 "베포, 다 큰 말일까, 아니면 조랑말일까?"
 "카르데니오 씨의 말처럼 크지 않을까요? 그러니 제발 이제 울음을 멈추세요, 오늘은 열세 살 생일이잖아요!"
 말을 선물로 받을지도 모른다는 기대와 열세 살이 되었다는 생각에 눈물 너머로 알렉시스의 눈이 빛난다. 그래도 위로는 되지 않는다, 발다사르 실방드, 실바니 자작을 만나

---
* Ralph Waldo Emerson (1803–1882). 미국의 철학자이자 시인.

러 가야 했기 때문이다. 삼촌이 불치병을 앓고 있다는 말을 들은 후에도 이미 여러 번 그를 보았다. 그러나 이제는 모든 게 달라져 있었다. 발다사르가 자신이 병에 걸렸으며 잘해야 삼 년밖에 남지 않았다고 알게 된 것이다. 알렉시스는 이 확실한 사실이 어떻게 삼촌을 고뇌로 죽이거나 미치게 하지 않았는지 이해하지 못했고, 그를 만나는 고통을 견디지 못하리라 생각했다. 삼촌이 곧 다가올 삶의 마지막을 이야기할 것이라고 생각하면서, 그는 삼촌을 위로하기는커녕 눈물을 참을 힘도 없다고 느꼈다. 알렉시스는 친척들 중에서 가장 키가 크고, 가장 잘생긴, 가장 젊고, 가장 활기차고, 가장 상냥한 삼촌을 항상 좋아했다. 그의 회색 눈동자, 황금빛 콧수염, 알렉시스가 어릴 적 즐거움이며 안식처였던 깊고 따듯하며, 어린 눈에 성처럼 접근이 불가능해 보였던, 목마처럼 재미있고 사원처럼 침범할 수 없어 보이던 삼촌의 무릎을 좋아했다. 아버지의 어둡고 엄한 모습을 불만스러워 했던 알렉시스는 미래의 자신은, 항상 말을 타며 숙녀처럼 우아하고 왕처럼 찬란할 거라고 생각하고, 가장 멋진 남성의 이상형으로 삼촌을 꼽고 있었다. 삼촌이 멋진 사내이고 자신이 삼촌을 닮았으며, 똑똑하고 너그러운 삼촌이 주교나 장군에 맞먹는 힘을 가지고 있다는 것을 알고 있었다. 사실을 말하자면 알렉시스는 부모들이 하는 이야기를 듣고 삼촌의 단점도 알고 있었다. 알렉시스는 사촌인 장 갈레아스가 삼촌을 비웃었을 때 그가 격하게 분노하던 것을 기억해 냈고, 파름 공작이 여동생과의 혼사를 제안했을 때 그의 빛나는 두 눈이 자랑스러움으로 가득 찬 마음을 드러냈으며 (기쁨을 감추려고 어금니를 꽉 물고 인상을 썼는데 이런 삼촌의 습관을 알렉시스는 마음에 들어 하지 않았다), 또 그의 음악을 좋아하지 않는다고 대놓고 말하는 뤼크레티아에게 얼마나 경멸적인 투로 말하는지도 알고 있었다.

알렉시스의 부모는 자주 그가 모르는 삼촌의 다른 면면들에 대해 암시를 하곤 했는데, 심하게 비난하는 내용이었다.

발다사르 삼촌의 모든 단점들과 흉하게 인상을 쓰던 것은 이제 다 지나간 일이다. 이 년 뒤면 죽을지도 모른다는 것을 알게 되었을 때, 장 갈레아스의 비웃음이나 파름 공작의 우정 그리고 자신의 음악까지도 그에게는 부질없는 것이 되었다. 알렉시스에게 삼촌은 여전히 잘생기고, 위대한, 전보다 더 완벽한 모습으로 보였다. 그렇다, 위대함과 함께 그는 이미 온전한 이 세상 사람이 아니었던 것이다. 그의 절망에는 약간의 불안과 공포가 섞여 있었다.

말은 오래전부터 채비를 끝냈고, 이제 떠날 때가 되었다. 알렉시스는 마차에 탔다가 다시 내려서 마지막으로 가정교사에게 조언을 구하러 갔다. 입을 열려다 말고 그는 갑자기 얼굴이 매우 붉어졌다.

"르그랑 선생님, 삼촌이 돌아가실 거라는 사실을 제가 알고 있는 걸 삼촌이 아는 게 나을까요, 모르는 게 나을까요?"

"모르는 편이 낫지요, 알렉시스."

"그런데 혹시 삼촌이 먼저 말씀을 하면요?"

"말하진 않을 거예요."

"말하지 않으신다고요?"

알렉시스는 자신이 예상했던 것들 중에 유일하게 생각 못했던 답변이라 놀라서 되물었다. 매번 삼촌을 보러 간다고 생각할 때마다, 삼촌이 사제처럼 부드럽게 그에게 죽음에 대해 말하리라 예상했던 것이다.

"그래도 삼촌이 혹시 말씀을 하면요?"

"잘못 알고 계시다고 하세요."

"내가 만약 울게 되면요?"

"오늘 아침에 이미 많이 우셨기 때문에 삼촌 집에서 우는 일은 없을 거예요."

"내가 울지 않을 거라니요!"

알렉시스는 절망적으로 외쳤다. "그럼 삼촌은 내가 전혀 걱정을 안 한다고, 내가 소중한 삼촌을 좋아하지 않는다고 생각할 텐데요…. 아, 가여운 삼촌!"

그리고 울기 시작했다. 알렉시스의 어머니는 기다리다 지쳐 그를 찾으러 왔고, 그들은 출발했다.

알렉시스는 실바니가 가문家紋의 색인 녹색과 흰색의 정

복을 입고 현관에 대기하던 하인에게 작은 외투를 건네고, 잠시 서서 어머니와 옆방에서 들려오는 바이올린 소리에 귀 기울였다. 이어서 그들은 자작이 종종 시간을 보내는 유리로 된 거대한 로톤다 rotonda 방으로 안내되었다. 들어가면, 맞은편에 바다가 보이고 고개를 돌리면 잔디밭과 풀과 숲이 보이며, 방 안에는 고양이 두 마리와 장미꽃, 양귀비꽃과 많은 악기가 놓여 있었다. 그들은 잠시 기다렸다.

알렉시스는 어머니에게 달려들었고, 어머니는 아들이 입맞춤을 하려는 줄로 알았으나 아들은 아주 낮은 목소리로 귀에 입을 대고 물었다.

"삼촌이 몇 살이죠?"

"6월이면 서른여섯이 되지."

알렉시스는 어머니에게 묻고 싶었다. '삼촌은 서른여섯을 채우지 못할까요?' 그러나 묻진 못했다.

문이 열리자, 알렉시스는 떨었고, 하인이 말했다.

"자작님이 곧 오실 겁니다."

하인이 다시 돌아와 자작과 항상 함께 다니는 공작새 두 마리와 새끼 염소를 들여보냈다. 다시 발소리가 들리고 문이 열렸다.

'별일 아니야, 이번에도 하인이겠지, 그래, 하인이 오는 거야.' 무슨 소리를 듣기만 하면 심장이 크게 뛰는 알렉시스가 되뇌었다. 그러나 문득 부드러운 목소리가 들려왔다.

"잘 있었니, 귀여운 알렉시스, 생일 정말 축하해."

삼촌이 그에게 볼 인사를 할 때 그는 놀랐다. 삼촌도 분명히 그것을 의식했겠지만 조카가 마음을 가다듬을 시간을 주기 위해 그에게는 형수인, 알렉시스의 어머니와 쾌활하게 이야기를 시작했다. 그의 어머니가 돌아가신 뒤로 그에게는 형수가 이 세상에서 가장 소중한 사람이었다.

겨우 마음이 편해진 알렉시스는 전보다 약간 더 창백할 뿐, 아직도 매력적이며, 비극적인 순간에도 쾌활함을 가장할 정도로 영웅적인 젊은 삼촌에게 무한한 애정만을 느끼게 되었다. 그의 목에 매달리고 싶었으나, 더 이상 스스로를 가눌 수 없는 삼촌의 기력이 쇠해질까 그러지를 못했다. 슬프면서 부드러운 자작의 시선 때문에 그는 울고 싶어졌다. 알렉시스는 삼촌의 눈빛이 항상 슬프다는 걸 알고 있었다. 가장 행복한 순간에도 그가 느끼지 않을 것 같은 고통에 대한 위안을 구하는 듯한 시선이었다. 그러나 이 순간, 대화에서 어렵게 금지된 슬픔이 삼촌의 눈에 깃들어, 그의 온몸에서 야윈 뺨과 함께 가장 진실된 표현을 하고 있는 것만 같았다.

"말 두 마리가 끄는 마차를 몰고 싶어 했지, 귀여운 알렉시스야." 실바니 자작이 말했다. "내일 네게 말 한 필을 가져다주마, 내년에는 말을 짝지어주고 이 년 뒤에는 마차를 줄게. 올해는 말을 타보자, 내가 돌아오면 같이 타보는 거야. 내일 떠나는데, 그리 오래 있지는 않을 거야. 한 달 내로 돌아올 테니 전에 약속한 희극도 언제 오전에 같이 보러 가자."

알렉시스는 삼촌이 친구 집에 몇 주 머무른다고 알고 있었고, 또 극장 나들이가 삼촌에게 아직 허용된다는 것도 알고 있었다. 그러나 삼촌을 만나러 오기 전에 그를 깊은 혼돈에 빠트렸던 죽음에 대한 생각으로 가득 차 있는 그에게 삼촌의 말은 고통스러우면서도 매우 놀라운 것이었다.

'같이 가지 않을 거야.' 그는 혼자 생각했다. '우스꽝스런 배우들의 몸짓도 사람들의 웃음소리도 삼촌이 고통스러워할 테니까!'

"우리가 들어올 때 흐르던 아름다운 바이올린 곡은 뭐죠?" 알렉시스의 어머니가 물었다.

"아, 아름다운 곡이라고 생각하셨어요?" 자작이 즐거운 듯 활기차게 물었다. "전에 말씀드렸던 그 로망스 곡이에요."

'삼촌은 연극을 하는 걸까?' 알렉시스는 생각했다. '이런 상황에서도 자신의 음악이 훌륭하다는 사실이 기쁠 수 있을까?'

바로 그 순간, 자작은 심하게 고통스런 표정을 지었다. 볼이 창백해지고 입술과 눈썹이 일그러지며 눈에는 눈물이 그렁거렸다.

'세상에!' 알렉시스는 마음속으로 외쳤다. '이 역할이 힘에

부치는 거야. 가엾은 삼촌! 우리가 걱정할까 봐, 참는 걸까? 왜 혼자 저렇게 참으려는 걸까?'

철제 코르셋으로 몸을 조르고 압박의 흔적을 남길 듯하던, 전신 마비의 찌르는 고통이 자작의 얼굴을 자신도 모르게 일그러트리고는 다시 가라앉았다.

눈을 훔친 자작은 다시 기분이 좋아져 이야기를 시작했다.

"파름 공작이 얼마 전부터 덜 친절한 것 같지 않으세요?" 그때 알렉시스의 어머니가 경솔하게 물었다.

"파름 공작이요?" 자작은 순간 분노하면서 목소리를 높였다. "공작이 덜 친절하다니요! 왜 그런 말을 하는 거죠? 오늘 아침에도 편지를 보내 공작의 일리리 성이 산에 있어 공기가 좋으니, 건강을 위해 가서 편히 지내라고 하던데요."

자작은 힘차게 일어났으나 동시에 극심한 고통이 다시 찾아와 순간 멈추었다가, 고통이 가라앉자 하인을 불렀다.

"침대맡에 있는 편지를 가져와요." 자작은 활기차게 편지를 읽었다.

> 친애하는 발다사르,
> 그대를 만날 수 없어 얼마나 안타까운지…

공작의 호의적인 표현이 펼쳐질수록 자작의 얼굴은 온화

해지면서 행복한 믿음으로 빛났다. 그런데 그렇게까지 우아하다고는 보이지 않는 그 즐거움을 은폐하기 위해, 그는 갑자기 이를 악물었고, 알렉시스가 죽음의 생각으로 평화로워진 그의 얼굴에서 영원히 사라졌다고 생각했던, 흉한 모습으로 묘하게 인상을 썼다.

예전처럼 입가에 주름을 만들며 인상 쓰는 그의 모습은, 조금 전부터 삼촌 옆에 앉아서, 저속한 현실에서 영원히 격리되어, 고통을 참는 영웅적이며 슬프게 다정하고, 천상의 것이면서도 환멸을 표현하는 웃음만이 떠도는 죽어가는 사람의 얼굴을 바라보고 있다고 믿었고 그러길 바라던 알렉시스를 눈뜨게 했다. 장 갈레아스가 삼촌을 놀리면 늘 그랬듯이 그를 화나게 했을 것이며, 쾌활한 순간, 또는 연극을 보러 가고 싶을 때면, 자작은 그것을 감추거나 참으려 하지 않았고, 죽음이 임박했어도 계속 삶에 대한 생각뿐이라는 걸 의심하지 않게 되었다.

집에 돌아오면서, 알렉시스는 삼촌보다 많은 나날이 남아 있는 자신도 어느 날 죽을 것이며 발다사르 삼촌의 나이 먹은 정원사와 사촌인 알레리우브르 공작부인도 삼촌보다 그리 오래 살지 못하리라는 생각에 깊이 사로잡혔다. 그럼에도 이제 일을 그만둬도 될 정도로 재산이 있는 정원사 로코 씨는 더 많은 돈을 벌기 위해 끊임없이 일했고 직접 재배한 장미로 상을 받으려고 애썼다. 공작부인은 일흔의 나이에도, 공들여 염색을 하고 젊어 보이는 거동과 자신이 주최하는 우아한 사교모임과 멋진 식탁 차림새, 그녀의 지적 세련됨을 칭송하는 신문기사에 기꺼이 대가를 지불했다.

이런 예들은 삼촌의 자세를 보고 알렉시스가 겪은 놀라움을 감소시키지 못했지만, 친척들을 하나씩 살펴보면서, 자신을 비롯한 모든 살아 있는 존재들이, 한결같이 자신의 죽음을 인정하지 못하고, 죽음으로부터 뒷걸음질하면서 계속 삶을 바라보는 보편적인 현상이 대단히 어이없다고 느끼게 되었다.

이렇게 충격적인 바보짓을 따라하지 않기 위해서, 그 명성에 대해 배운 고대의 예언자들을 본받아 친구들과 함께 사막에 숨어 살겠다는 생각을 부모에게 알렸다.

다행히도 부모의 비웃음보다 힘세고, 아직 그가 고갈시키지 못한, 강하면서도 부드러운 젖샘을 제공하는 삶이 가슴을 내밀며 그가 포기하도록 설득했다. 그는 결국 다시 유쾌한 탐욕으로 삶의 젖을 빨아들였고, 그의 어수룩하며 풍요로운 상상력은 순진하게 불평을 들었고 과음 뒤의 쓸쓸함을 멋지게 치유해주었다.

2

"육체는 슬프다, 아아…."*
―스테판 말라르메

 알렉시스가 방문한 다음 날, 실바니 자작은 이웃의 성으로 떠나 삼사 주를 보내며, 성에 초대된 많은 사람들 덕분에 갑작스런 발작 직후에 동반되는 슬픔으로부터 기분을 전환할 수 있었다.
 곧 그의 모든 기쁨은, 그와 기쁨을 나누며 즐거움을 배로 늘려주는 한 젊은 여성의 존재에 집중되었다. 그는 그녀가 자신을 사랑한다고 믿게 되었으나, 그럼에도 그녀와의 관계에서 어느 정도의 신중함을 유지하고 있었다. 그녀가 곧 도착할 남편을 초조하게 기다릴 만큼 절대적으로 순수한 여성이라는 점을 잘 알고 있었고 그가 그녀를 진정으로 사랑하는지 확신이 없었으며, 잘못된 길로 그녀를 이끌었다가는 자칫 죄가 될 거라고 막연히 느끼고 있었던 것이다. 어느 순간에 그들의 관계가 변질되었는지 자작은 제대로 기억하지 못했다. 그런데 언제부터였는지 확실하지 않은, 암묵적인 합의에 의해 그녀의 손목에 입술을 대고, 그녀의 목에 팔을 둘렀다. 어느 저녁에는 그녀가 너무 행복해 보여서 조금

* 「바다의 미풍」에서.

더 많은 것을 하기에 이르렀고, 그녀에게 키스를 하고, 그녀를 더 오래 애무하고, 다시 그녀의 두 눈, 볼, 입술, 목에, 코 주변에 입을 맞추었다. 그녀의 입술은 웃으면서 애무를 받아들였고 그녀의 시선은 태양빛에 데워진 물처럼 깊게 빛났다. 발다사르의 애무는 더욱 과감해졌고, 한순간 그녀를 바라보다 그녀의 창백함에서, 생기 없는 이마가 표현하는 끝없는 절망, 처절하고도 지친 눈이 눈물보다 더 슬픈 시선으로 울면서 십자가형을 받을 때의 고통처럼 보이는, 사랑하는 사람을 영원히 잃고 짓는 고통의 표정을 보고 놀라게 되었다. 순간 그녀를 바라보았다. 그녀는 극도로 애쓰면서 용서를 비는 시선을 그에게 보내는 동시에 탐욕스런 입은 무의식적이며 발작적으로 키스를 갈구했다.

키스의 향기와 애무의 기억 주변을 떠돌던 쾌락에 다시 사로잡힌 두 사람은, 그들 영혼의 슬픔을 보여주었던 잔인한 눈을 이제는 감고, 다시는 슬픔의 모습을 보지 않기 위해 온 힘을 다해 서로서로 쾌락에 몸을 던졌다, 특히 그는, 피해자를 더욱 자극적으로 생각하여 분노를 해소하기보다는, 그녀를 정면으로 마주 보게 되어 그녀의 고통을 한순간 느껴, 때리는 순간 후회에 사로잡혀 팔의 떨림을 느끼는 가해자의 마음으로 있는 힘껏 눈을 감았다.

밤이 왔지만 그녀는 눈물이 마른, 멍한 눈빛으로 그의 방에 머물고 있었다. 그녀는 열정에 휩싸인 슬픔 속에서 그의 손에 입을 맞추고는 한마디 말 없이 방을 나왔다.

그는 잠을 잘 수가 없었다, 잠시라도 잠이 들면 애원하듯 절망하던 다정한 희생자의 눈이 다시 자기를 올려다본다는 느낌에 몸을 떨었다. 갑자기 지금 그녀도 역시 잠 못 들고 외로워 할 거라는 생각이 들었다. 그는 옷을 챙겨 입고 그녀의 방까지 조심스레 걸어가서는 혹시 잠들었을 그녀를 깨우게 될까, 소리는 내지 못하고 그렇다고 다시 방으로 되돌아가지도 못한 채 있었는데, 왜냐하면 방에서는 하늘과 땅과 자신의 영혼의 무게가 그를 짓눌렀기 때문이었다. 젊은 여성의 방문 앞에 홀로 서 있는 내내 그는 이제 한순간도 더 그대로 있을 수 없으니 안으로 들어가야겠다고 생각했다. 그러고는 고른 숨을 쉬며 잠든 그녀가 달콤한 망각에 들어간 순간에 자신이 들어감으로써 다시 후회와 절망으로 내몰릴 거라는 생각, 그녀가 그의 포옹에서 벗어나 잠깐 쉬고 있다는 생각을 하면서 문턱에 앉았다가 무릎을 꿇었다가 때로는 눕기도 했다. 아침이 되어서야 그는 방으로 돌아갔고 으슬으슬함을 느끼다 안정이 되어 오랫동안 자고 나니 개운한 몸으로 깨어났다.

그들은 각자 양심을 안심시키느라 애를 썼고 점점 더 희미해지는 가책과 역시 덜 강렬해지는 쾌락에 익숙해져갔으며, 그가 실바니로 돌아갈 때쯤에는, 그와 그녀 모두 뜨겁고 쓰라렸던 순간들에 대해 달콤한 듯 조금 냉랭한 추억만을 간직하게 되었다.

3

"젊은 시절 그의 능력에 대해 떠들썩하게
이야기하는데, 그는 깨닫지 못했다."
—세비녜 부인*

알렉시스가 열네 살이 되던 날, 발다사르 삼촌을 다시 보러 갈 때는 일 년 전에 느꼈던 격한 감정이 예상과는 달리 느껴지지 않았다. 삼촌이 선물한 말을 탈수록 힘이 붙자, 그의 예민한 신경을 가라앉혔고 젊음에 동반되는, 꾸준한 좋은 건강상태에 대한 의식이 그에게 내재된 힘의 깊이와 즐거움의 위력에 막연한 자각을 강화해주었던 것이다. 달리는 말이 일으키는 가벼운 바람에 그의 가슴은 돛처럼 부풀었고 몸은 겨울의 불길처럼 뜨거웠으며, 이마는 지나갈 때 감싸는 잎사귀처럼 상쾌하게 느껴졌고, 찬물 속에서 몸이 팽팽해지거나 즐거운 식사를 소화하느라 오랫동안 늘어져 누워 있는 동안 자신의 내부에서 삶에 대한 힘과 만났는데, 발다사르 삼촌의 대단한 자부심이었던 삶의 활기는 이제 그를

---

* Mme de Sévigné (1626-1696). 『서간집』에서.

떠나 더 젊은 영혼들에게로 갔고, 어느 날엔가는 그들도 저 버리고 떠날 것이었다.

이제 알렉시스는 곧 세상을 뜨게 될 삼촌의 쇠약함에 대한 두려움이 전혀 없었다. 그의 핏줄에서 끓는 피와 머릿속에 있는 욕구의, 즐거운 웅웅거림이 탈진한 환자의 탄식 소리를 덮었다. 알렉시스의 몸은 영혼과의 사이에 맹렬하게 성을 쌓는 격렬한 시기에 진입했기 때문에, 성에 의해 곧 영혼이 사라지는 시기에 놓여 있었고, **영혼**은, 나중에 병이나 고통이 생겨 성의 오래된 작은 틈을 계속 힘겹게 허물어야만 다시 나타날 것이었다. 그는 우리 주위에 지속적으로 존재하는 모든 것들처럼 삼촌의 불치병에 익숙해졌고, 삼촌이 아직 살아 있었지만 고인을 위해 눈물 흘리듯 울어버렸기 때문인지 이미 죽은 사람을 대하듯 그를 점점 잊어가고 있었다.

"귀여운 알렉시스야, 이제 마차와 함께 두 번째 말을 줄게." 삼촌이 어느 날 말했을 때, 그는 삼촌이 '지금 함께 주지 않으면 결코 마차를 주지 못하게 될 거라고' 생각한다는 것을 깨닫게 되었고, 정말 슬픈 생각이라는 것도 알고 있었다. 그럼에도 그는 그렇게 느끼지 못했는데 현재 그의 마음에는 깊은 슬픔에게 내줄 자리가 없었기 때문이었다.

며칠 뒤 알렉시스는 책을 읽다가 어떤 악당을 묘사한 대목에서 몹시 놀라게 되었는데 그 악당은 자신을 가장 사랑하던 사람이 죽으면서 보여준 깊은 사랑에도 감동을 느끼지 못했다.

그날 저녁 알렉시스는 자신이 바로 책 속의 악당일지도 모른다는 생각 때문에 잠들지 못했다. 그러나 다음 날 아침 말을 타고 기분 좋게 산책을 하고, 공부도 잘되어 살아계신 부모님의 무한한 애정을 느끼자 다시 조심성이나 후회 없는 삶을 즐기게 되었다.

그사이 실바니 자작은 더 이상 걸을 수 없는 지경이 되어 성 밖으로 나오지 못했다. 그의 친구와 가족은 그와 하루 종일 함께했는데 비난거리가 될 만한 이상한 짓이나 터무니없는 지출을 고백하거나 모순적으로 비치거나 가장 충격적인 약점이 보여도 가족은 나무라지 않았고, 친구들도 농담으로 넘기거나 반론하지 않았다. 그의 행동과 발언에서 모든 책임을 면해주기로 은밀하게 합의한 것 같았다. 특히 애정에 넘치는 말 또는 따듯한 어루만짐으로 그를 감싸며, 삶이 점점 버리고 있는 몸의 마지막 고통의 소리를 듣지 않도록 막으려는 것 같았다.

그는 누워 있는 오랜 시간을 자신과 마주하고 기분 좋게 보내며, 자신이야말로 그가 평생 식사에 초대하는 것을 소홀히 했던 손님이었음을 깨달았다. 아픈 몸을 단장하고 그의 체념과 함께 창가에 팔을 괴고 바다를 바라보면서 우수에 찬 즐거움을 느꼈다. 그가 아직도 온전히 속한 이 세상의 많은 이미지에 둘러싸여 지냈는데 그런 세상에서 멀어진다는 생각이 세상을 어렴풋하면서도 아름답게 느끼게 했고, 특히 오래전부터 생각해왔던, 그가 죽는 장면을 예술작품처럼 다시 고쳐가며 절실한 슬픔을 느꼈다. 그의 상상 속에는 그가 가장 플라토닉하게 사랑한 여성인 올리비안 공작부인의 살롱에 모인, 당대 유럽의 가장 높은 지위의 귀족들과 저명한 예술가들, 빼어난 재주꾼들 앞에서 그들을 압도하며 공작부인과 하게 될 이별의 장면이 이미 그려졌다. 그들의 마지막 대화를 읽는 듯했다.

'…해는 지고, 사과나무 사이로 멀리 보이는 바다는 보랏빛이었다. 시든 화관처럼 가볍고, 후회처럼 계속되는 푸른빛과 분홍빛 작은 구름이 수평선을 떠돌았다. 일렬로 선 포플러나무가 우수에 찬 어둠 속으로, 성당의 원화창圓華窓의 장밋빛 속에 체념한 머리를 떨구었다. 마지막 석양빛이 줄기를 남겨둔 채 나뭇가지를 물들이며 어두운 난간에 꽃 장식을 달아놓은 듯했다. 부드러운 바람이 바다와 습한 잎사귀와 우유 냄새를 뒤섞었다. 실바니의 자연이 저녁의 우수를 이보다 더 관능적으로 어루만진 적은 없었다.'

"당신을 정말 좋아했는데 해드린 게 없네요, 자작님." 그녀가 말했다.

"올리비안! 왜 그런 말을 하나요? 그대가 항상 넘치게 주었고 제가 당신에게 많은 것을 바라지 않았기에 그대는 감각적 사랑보다 사실은 훨씬 많은 것을 주었지요. 성모처럼 초자연적이고, 유모같이 부드러운 당신을 나는 숭배했고, 당신은 나를 어루만졌지요. 그대에 대한 나의 애정은 명민한 감수성으로 가득 차올라 어떤 육체적 쾌락에 대한 기대로도 혼란스럽게 할 수 없는 것이었죠. 그대는 내게 단 하나밖에 없는 우정, 그윽한 차와 자연스럽게 단장한 대화와 수많은 아름다운 장미 다발을 나눠주었죠. 그대만이 모성애가 깃든 활력 넘치는 손으로 열이 펄펄 끓는 내 이마를 식히고 생기 잃은 내 입술에 꿀을 넣고, 내 삶에 고귀한 형상을 심어주었어요. 소중한 그대의 두 손을 주오, 입을 맞출 테니…."

이제 자작에게는, 그가 진심을 다해, 모든 감각을 동원해 사랑했지만, 불굴의 맹렬한 사랑으로 카스트루초에게만 열중하는 시라쿠사의 공주 피아의 무관심이 가끔 잔인한 현실을 환기시켰고, 그럴 때마다 잊으려고 애를 썼다. 마지막까지도 그는 축제 때 그녀의 팔짱을 끼고 걸으며 정적에게 수모를 준다고 믿었지만, 그의 곁에서 걷는 순간에도 피아의 깊은 눈빛은 다른 사랑으로 산만했고, 병자를 위한 연민을 감추려는 게 그에게 느껴졌다. 자작은 이제 그럴 힘도 없었다. 두 다리의 움직임이 점점 맞지 않아 외출도 할 수 없었다. 그래도 피아는 자주 그를 만나러 왔는데, 공주는 자작에게 친절하다는 것을 보여주려는 거대한 음모에 다른 사람들과 동참한 것처럼 줄곧 새삼 다정하게 이야기하며 과거의 무관심이나 분노의 표현을 완전히 부정하는 듯한 모습이었다. 다른 누구보다도 그녀의 애정이 주는 편안함이 그를 감싸고 매혹시켰다.

그러던 어느 날, 의자에서 일어나 테이블로 다가가는 그가 갑자기 훨씬 편안하게 걷는 것을 본 하인은 놀랐다. 곧 의사를 불러오게 했고 의사는 진단에 앞서 기다리라 했다. 다음 날도 그의 걸음걸이는 좋았다. 일주일이 지나자, 외출이 허락되었다. 그의 가족과 친구들은 이제 큰 희망을 갖게 되었다. 의사는 어쩌면 치료할 수 있는 단순한 신경계 질환이 전신 마비를 일으켰다가 사라지고 있다는 소견을 내놓았다. 의사는 확신에 차 발다사르에게 말했다.

"자작님은 이제 생명을 구하신 겁니다!"

이런 행운을 알게 되자 불치병을 앓던 자작은 기쁨으로 크게 동요한 모습이었다. 그러나 기쁨이 점점 커질수록 갑작스런 불안감이 그가 잠시 누린 기쁨을 누르곤 뚫고 올라왔다. 부드럽고, 의도적으로 조용하며, 자유로운 명상을 하던, 호의적인 분위기 속에서 삶의 모든 위험을 피해 안식처에 있었던 그는, 막연히 그의 내부에 죽음에 대한 욕망을 키우고 있었던 것이다. 아직 모든 것을 확신하기에는 무리였지만, 단지 다시 살아야 한다는 생각에 아득한 두려움이 들고, 특히 이제 더 이상 익숙하지 않은 어려움들을 견뎌야 하며 그를 어루만지던 손길들도 잃게 될 거라는 두려움이 앞을 막았다. 또 이제 막 알게 된, 우애 깊은 타인인 자신, 멀리 지나가는 배를 함께 바라보고, 몇 시간 동안이나 멀리서 또는 곁에서 대화를 하며 같이 시간을 보내준 자신을 앞으로의 쾌락이나 행동에서 잊어버릴 거라는 안타까운 생각이 들었다. 조국을 잘못 알고 있었던 사람이 조국을 알게 되면서 생각지 못한 새로운 사랑을 느끼듯, 처음에는 그곳으로 떠나는 일이 영원한 망명길 같았던 죽음에 대해 우수를 느꼈다.

그는 어떤 생각을 이야기했고, 그가 살아났다는 것을 안장 갈레아스가 그것을 격렬하게 부인하며 농담을 해댔다. 두 달 전부터 그를 아침저녁으로 찾아오던 형수는 이틀이 지나도 나타나지 않았다. 이건 정말 심한 일이었다. 삶의 짐을 지지 않은 지 벌써 상당한 시간이 흘렀고, 그는 그 짐을 되찾고 싶지 않았다. 삶이 충분한 매력으로 그를 다시 포용하지 못한 것이다. 힘이 돌아오자 살려는 욕망도 완전히 돌아왔다. 그는 외출도 하고 다시 삶을 회복했고, 되찾았던 자기 자신에게는 두 번째 죽음이 선고된 셈이었다. 그러나 한 달이 지나자 전신 마비 증세가 다시 나타났다. 그가 죽음으로 되돌아갈 생각으로 머리를 돌릴 시간을 준비하도록, 걸음걸이는 예전처럼 차츰 힘들어지다가 걸을 수 없는 상태가 되었다. 재발병은, 첫 발병의 끝에 죽음이 다가올 무렵처럼 그가 삶에 대해 거리를 두고, 삶을 현실 속에서 지켜보기 위해서가 아닌 회화작품처럼 관조하게 되었을 때 누렸던 효과를 갖지 못했다. 이제는 반대로 그는 더욱더 허영으로 가득 찼고, 쉽게 분노했고 그가 누리지 못하는 쾌락에 대한 아쉬움으로 불타올랐다.

그가 가득한 애정을 가지고 있던 형수는 이제 알렉시스와 하루에도 몇 번씩 그를 만나러 와주어 인생의 마지막 순간에 유일한 위안을 느끼게 해주었다.

어느 오후 그녀가 자작의 저택에 거의 도착한 순간, 마차의 말들이 갑자기 겁을 먹는 바람에 땅바닥에 세게 나가떨어졌는데 하필 근처를 달리던 말에 짓밟혀 그녀의 머리는 찢어지고 의식도 없이 발다사르의 저택으로 실려오게 되었다.

부상을 입지 않은 마부가 곧장 자작에게 사고 소식을 전했고, 자작은 얼굴이 샛노래졌다. 그는 어금니를 악물었고, 눈은 눈구멍에서 튀어나올 듯이 번득였으며 극단적인 분노에 사로잡혀 마부를 오랫동안 질책했는데 사실은 분노를 표출함으로써 간헐적으로, 부드럽게 느껴지기 시작한 고통스런 부름을 숨기려는 듯했다. 마치 격노한 자작 옆에 한 명의 환자가 고통을 호소하는 듯한 모습이었다. 그리고 신음 소리는 점점 격해지면서 분노의 외침을 뒤덮었고, 그는 흐느끼면서 의자 위로 쓰러졌다.

그는 자신의 고통스런 모습을 보고 형수가 불안해하지 않도록 하인에게 얼굴을 닦아달라고 했으나 하인은 슬픈 듯 고개를 저었는데, 형수는 의식을 되찾지 못했던 것이다. 자작은 형수 곁에서 꼬박 이틀 밤낮을 절망 속에 보냈다. 그녀가 언제 숨을 거둘지 알 수가 없었다. 이틀째 밤, 운에 기대 수술을 시도했다. 세 번째 날 아침, 열이 가라앉았고, 형수가 웃으며 발다사르를 바라볼 수 있게 되자 자작은 기뻐하며 참았던 눈물을 터트려 한없이 울었다. 죽음이 조금씩 그에게 다가왔을 때는 죽음을 보고 싶지 않았는데, 갑자기 자신이 죽음 앞에 있었던 것이다. 죽음은 그에게 가장 소중한 존재를 위협하면서 그를 두려움에 떨게 했으나 그는 죽음에게 간청하여 죽음을 굽히게 한 것이다.

그는 강하고 자유롭다고 느꼈으며, 자신의 삶을 형수의 삶만큼 중요하게 여기지 않았다는 점에 자부심을 느꼈고, 형수의 삶에 대한 연민만큼 자신의 삶을 경시했다. 이제 그는 자신의 죽음을 둘러싼 장면들이 아닌 죽음 자체를 마주하게 되었다. 그는 이 상태로 죽음의 순간까지 가기를 원했다, 아름답게 회자될 멋진 죽음의 장면을 그려내 삶의 신비를 빼앗고, 나아가 그의 죽음의 신비마저 더럽혀 인생에 대한 모독을 완성했을, 그런 거짓에 끝까지 넘어가지 않으려 했다.

4

"내일, 또 내일, 다시 내일은 종종걸음으로 달아난다,
시간이 그의 책에 쓴, 마지막 음절에 이르기까지. 모든 어제의
시간은 몇몇 광인들을 위해 가랑눈 같은 죽음의 길을 비추어놓았다.
불을 꺼, 불을 끄라고 작은 횃불아! 삶은 떠도는 그림자일 뿐,
무대 위에서만 잘난 체하고 한탄하는 것 외에는 더 이상 목소리가
들리지 않는 가여운 배우일 뿐. 삶은 바보가 읊어대는,
떠들썩하고 격앙되어 아무것도 의미하지 않는 우화일세."
—셰익스피어, 『맥베스』

형수가 회복되는 동안 유발된 흥분과 피로로 인해 발다사르의 병은 더욱 악화되었다. 고해신부로부터 이제 한 달의 삶이 남았다는 이야기를 듣게 되었다. 오전 10시였고, 장대비가 내리고 있었다. 마차가 성 앞에 섰다. 올리비안 공작부인이었다. 그는 죽음의 장면이 정말 조화롭게 단장되었다고 생각했다.

'…맑은 저녁 시간이 되었다. 사과나무 사이로 멀리 보이는 바다는 보랏빛이었다. 시든 화관처럼 가볍고, 후회처럼 계속되는 푸른빛과 분홍빛 작은 구름이 수평선을 떠돌았다….'

세찬 비로 하늘은 낮고 어수선한 오전 10시에 올리비안 공작부인이 도착했고, 고통에 지친 데다 더 숭고한 것에 관심을 기울이게 되어, 예전에는 삶의 가치와 매력과 우아한

영광이 깃들었다고 믿었던 것들의 가치를 더는 느끼지 못했던 자작은, 괴로운 상태에 있다고 공작부인에게 전하라고 했다. 공작부인은 다시 생각해줄 것을 부탁했지만 그는 공작부인을 만나고 싶지 않았다. 더 이상 의무로도 여겨지지 않았는데, 그녀는 이제 그에게 별다른 의미가 없었기 때문이었다. 그가 몇 주 전부터 연연하지 않을까 두려워했던 그 인연을 죽음은 신속하게 끊어놓았던 것이다. 공작부인에 대해 생각해보려 애써도 그의 마음의 눈에는 아무것도 나타나지 않았다. 그의 상상력과 허영의 눈이 닫혔던 것이다.

그럼에도 죽기 일주일 전쯤, 보헤미아 공작부인이 개최한 무도회에서 피아 공주가 마지막에 모두가 추는 춤인 코티용을, 다음 날이면 덴마크로 떠나는 카스트루초와 이끌 거라는 소식은 격렬하게 질투를 불러일으켰다. 피아 공주를 오게 해달라고 부탁했고, 형수가 말리자 공주를 못 만나게 한다고 생각하곤 자신을 학대한다며 화를 내어, 형수는 그가 고통받지 않도록 공주에게 사람을 보냈다.

공주가 도착하자 그는 안정을 찾았으나 깊은 슬픔에 잠겼다. 공주를 침대 곁으로 오도록 청하고는 바로 보헤미아 공작부인의 무도회 이야기를 꺼냈다.

"우리는 가족이 아니니 제가 죽어도 공주께서 상복을 입을 필요는 없지요, 그러나 간청이 하나 있습니다. 무도회에는 가지 않겠다고 약속해주세요."

둘은 눈을 마주 보며, 눈동자 주변에 있는 그들의 영혼, 그의 죽음이 갈라놓게 될, 그들의 우수에 찬 열정적인 영혼을 서로 보여주었다.

공주가 망설이는 것을 눈치챈 그는 입술을 부드럽게 움직이며 나직하게 말했다.

"아, 약속하지 않는 게 낫겠네요! 죽은 사람에게 한 약속을 어기면 안 되니까요. 자신 없으면 하지 마세요."

"당신에게 약속을 할 수가 없어요, 제가 그를 못 본 지 두 달이나 되었고 아마 다시 못 볼지도 몰라요. 무도회에 가지 않으면 평생 후회할 것 같아요."

"공주 말씀이 맞아요. 당신은 그를 사랑하니까요, 나는 죽을 수도 있지만, 그대는 힘차게 살아 있으니…. 그럼 저를 위해서도 조금만 부탁할게요. 무도회에서 시간을 보낼 때 내 의심을 거두기 위해 나와 함께 보냈을 그 시간을 내게 할애해주세요. 내 영혼이 당신과 함께 잠시 추억할 수 있도록, 내 영혼을 불러 잠시 내 생각을 해주세요."

"약속은 하겠지만, 무도회가 워낙 짧아서요. 무도회에서 그와 있어도 그를 잠깐 볼 뿐이에요. 대신 그다음 날부터 매일 당신을 위한 시간을 잠시 낼게요."

"그럴 수 없을걸요? 저를 잊겠죠. 그러나 만약에, 아! 일 년 뒤에 아니 혹시 너무 슬픈 책을 읽거나 누군가의 죽음이, 어느 비 오는 저녁 시간이 저를 떠올리게 했다면, 정말 제게 자비를 베풀어주시겠죠! 나는 당신을 이제 영영, 영원히, 당신을 볼 수 없을 테니까요, 영혼의 몸으로만 당신을 보겠죠, 그러기 위해 우리 둘이 서로 동시에 생각을 해야 해요. 당신이 들어오고 싶을 때를 생각해서, 내 영혼은 당신에게 열려 있도록 저는 항상 당신 생각을 할게요! 11월의 비는 내 무덤의 꽃을 썩힐 것이고 6월의 태양은 꽃을 불태우고 내 영혼은 항상 조바심으로 울고 있겠죠. 아! 어떤 추억이 담긴 물건을 볼 때, 어떤 기념일이 돌아왔을 때, 당신의 생각이 나의 사랑 쪽으로 기억을 몰고 오기를, 그럼 마치 내가 당신의 발걸음을 듣고 당신을 알아본 듯, 마술처럼 당신이 오는 길에 꽃을 활짝 피울 거예요. 죽은 사람 생각을 해주세요. 삶의 열정과, 우리의 눈물과 즐거움, 우리의 입술로도 하지 못한 것을 나의 죽음과 당신의 진중함이 이루게 되길 그저 바랄 뿐이에요."

5

"고귀한 마음 이렇게 상처를 입네."
"안녕히 주무세요, 다정한 왕자님, 천사의 무리가
당신의 밤을 노래로 어루만져주기를 바라요."
—셰익스피어, 『햄릿』

고열과 헛소리에 계속 시달리던 자작의 침대는, 알렉시스가 열세 살이 되던 해에 그를 찾아갔을 때 유쾌한 모습의 자작을 보았던, 바다와 항구의 부두가 보이고 고개를 돌리면 풀과 숲을 볼 수 있는, 유리로 된 거대한 로톤다 방에 놓여 있었다. 자작은 가끔 몇 마디 말을 했지만 그의 말은, 마지막 몇 주 동안 그에게 깃들어 그를 정화시켜준, 저 높은 곳의 생각을 반영하는 것은 아니었다. 그를 비웃은, 보이지 않는 한 사람에 대한 격렬한 비난 속에서, 자신이 당대의 가장 훌륭한 음악가이며 세계에서 가장 위대한 군주라고 계속 되뇌었다. 그러다가 갑자기 조용해지면 마부에게 사창가로 데려다달라고 했다가 사냥을 가게 말을 마차에 묶으라고 지시했다. 파름 공작의 여동생과 자신의 결혼식에 유럽의 모든 군주들을 초대하기 위해 초청장 종이를 달라고도 했다. 내기의 빚을 갚지 못한 것을 두려워하며 갑자기 침대 옆에 있던 레터용 나이프를 들고 권총처럼 앞으로 겨누기도 했다. 자작은 또 그가 전날 밤에 때린 경찰관이 사망하지는 않았는지 알아보라고 사람을 보내거나, 누군가의 손을 잡고 있다고 믿으면서 그 사람에게 추잡한 말들을 하기도 했다. '의지, 사고'라고 불리는 절멸의 천사들은 그의 감각의 악령들과 기억의 저급한 발현을 가리기 위해 내려오지 않았다. 그로부터 사흘 뒤 5시쯤, 우리가 어떻게 해볼 수 없는 그러나 그 기억은 희미한 악몽에서 그는 깨어나듯 일어났다. 그는 가족이나 친구가 곁에 있었는지 물으면서, 악몽의 시간 동안 가장 죽어 있던, 가장 오래된 자신의 아주 일부의 이미지가 나온 것이라며, 다시 착란에 빠지면 그들을 바로 내보내고 자신이 의식을 되찾을 때까지 들여보내지 말라고 당부했다.

방 내부로 시선을 돌려 그의 검은 고양이가 중국 꽃병 위에 올라가 국화꽃을 가지고 장난치며, 무언극의 몸짓으로 향기를 맡는 것을 웃음을 띠고 지켜보았다. 모두에게 나가달라고 하곤 자신을 돌봐준 신부와 오랜 시간 대화를 했다. 그럼에도 그는 영성체를 거부했고, 의사에게 위가 성체의 빵을 견딜 수 있는 상태가 아니라고 이야기해달라고 부탁했다. 한 시간이 지난 뒤 그는 형수와 장 갈레아스에게 방으로 들어오라고 했다.

"이제 나는 체념했고 죽어서 하느님 앞으로 가게 되어 기쁩니다."

미풍이 포근하여 바다 쪽으로 향해 있으나 바다를 보고 있지는 않은 창을 열었다가 바람이 너무 강해져서 맞은편 풀숲 쪽으로 난 창은 닫아두었다.

자작은 열린 창 쪽으로 침대를 끌어가게 했다. 부둣가에서 밧줄을 당기는 선원들에 의해 진수된 배 한 척이 항구를 떠나고 있었다. 열다섯쯤으로 보이는 잘생긴 견습 선원이

배의 끝에서 앞으로 몸을 기울였고, 파도가 일 때마다 물속으로 떨어질 듯했으나 그는 굳건한 다리로 잘 버티고 있었다. 물고기를 걷어 올리기 위한 어망을 펼친 그는 바닷바람으로 소금기 머금은 입술에 따뜻한 파이프 담배를 물고 있었다. 돛을 부풀게 하는 그 바람이 이내 자작의 볼을 식히고 방 안에 종이 한 장을 날렸다. 그가 흠뻑 좋아하던, 더 이상 맛보지 못할, 즐거움 가득한, 이 행복한 이미지에서 고개를 돌렸다. 항구 쪽을 바라다보니 세돛대 범선이 출항 준비 중이었다.

"인도로 떠나는 배야." 장 갈레아스가 알려주었다.

발다사르는 갑판에 서서 손수건을 들고 있는 사람들을 알아보지는 못했지만, 눈물을 닦는 사람들의 미지의 세계에 대한 호기심을 이해했다. 살아야 할 시간, 알고 느껴야 할 시간이 그들 앞에는 아직 많이 남아 있었던 것이다. 닻을 올리고, 함성이 들리고, 황금색 안개 속에 빛이 작은 배들과 구름을 뒤섞고, 여행자들에게는 저항할 수 없는 희미한 약속을 속삭이는 서쪽의 짙은 바다를 향해 흔들리며 배는 떠났다.

발다사르는 로톤다 쪽의 창문을 닫게 하고 풀숲으로 난 창문을 열게 했다. 그는 들판을 바라보았지만, 세돛대 범선 쪽에서 나는 이별의 소리를 계속 듣고 있었고, 파이프 담배를 입에 물고 어망을 던지던 어린 선원의 모습을 계속 보는 듯했다.

 자작의 손은 열에 들떠 움직였다. 갑자기 그는 심장의 울림처럼 미세하며, 깊고 작은 맑은 소리를 들었던 것이다. 아주 멀리 있는 마을 성당의 종소리가 그날 저녁의 맑고 투명한 공기와 적절한 미풍으로 들판과 강을 가로질러 그에게까지 도달하여 그의 정확한 귀에 들린 것이었다. 현존하는 오래된 목소리였고 이제 그는 자신의 심장이 종소리의 조화로운 울림과 함께 뛰면서, 종소리를 들이마시는 듯한 순간에는 숨을 멈추고, 종소리가 울릴 때에는 길고도 미약한 숨을 내쉬었다. 삶의 어느 순간이든 먼 곳의 종소리를 들었을 때, 그는 어린 시절, 부드러운 저녁 공기 속에 들판을 가로질러 성 안으로 들어오던 때를 자신도 모르게 떠올리곤 했다.

 그 순간, 의사가 모두에게 다가오라고 했다.

 "이제 마지막입니다!"

 발다사르는 눈을 감고 쉬고 있었고, 그의 심장은, 임박한 죽음으로 마비된 귀가 더 이상 듣지 못하는 종소리를 듣고 있었다. 어머니가 외출에서 돌아와 그에게 입맞춤을 하던 일, 저녁이면 잠들지 못할까 봐 그를 침대에 누이고 손으로 발을 따듯하게 어루만지며 곁을 지키시던 때가 떠올랐고, 「로빈슨 크루소」와 누나가 노래를 부르던 정원에서의 저녁 시간들, 자작이 장차 위대한 음악가가 될 거라고 가정교사가 예견했을 때 어머니가 기쁨을 감추려고 애쓰던 감동의 순간이 떠올랐다. 그러나 이제는, 자신이 심하게 실망시킨, 어머니와 누나의 간절한 희망을 실현하기 위해 노력할 때는 아니었다. 약혼을 했던 거대한 보리수나무 아래에서 파혼을 했던 날, 어머니의 위로만이 그에게 위안이 되었던 일도 떠올랐다. 나이 먹은 하녀를 포옹했던 것과 첫 바이올린을 들고 있는 자신의 모습도 보였다. 그는 따스하면서도 슬프게 빛나는 먼 곳의 장면들을 창이 맞은편 들판으로 열려 있으나 풍경을 응시하지는 않듯 다시 바라보았다.

의사가 "이제 마지막입니다!"라고 말한 시점에서 2초도 지나지 않았지만 그는 모든 장면을 되짚어보았다.

의사가 다시 일어나며 말했다.

"이제 모든 것이 끝났습니다!"

알렉시스, 그의 어머니와 장 갈레아스는 방금 도착한 파름 공작과 함께 무릎을 꿇었다. 열린 문 앞에서 하인들도 울고 있었다.

1894년 10월

비올랑트 또는 사교취미

"젊은 사람들과 사교계 사람들과는 가급적
어울리지 마라…. 위인들 앞에서 돋보이려 하지 마라."
―『준주성범遵主聖範』,* 1권 8장.

비올랑트의 명상적인 어린 시절

스티리 자작부인은 자비로우면서도 다감하고 매혹적인 우아함이 몸에 밴 여성이었다. 그녀의 남편 스티리 자작은 아주 민첩한 정신과 균형미가 멋진 외모를 가지고 있었다. 그러나 그 어떤 근위병도 그보다는 감성적이며 덜 세속적이었다. 그들은 사교계에서 멀리 떨어진, 스티리의 영지에서 딸 비올랑트를 길렀는데, 아버지처럼 출중한 외모에 생기발랄한 데다 어머니만큼 자비롭고 신비롭게 매혹적이어서 부모의 장점들을 완벽하게 조화로운 비율로 물려받은 듯했다. 그러나 그녀는 자신의 변덕스런 마음과 사고를 유지하면서

* 토마스 아 켐피스가 쓴 로마 가톨릭교회의 대표적인 신앙 서적. 1418-1427년경 처음 라틴어로 출판되었다.

적절히 이끌어, 변덕에 약한 놀잇감이 되지 않게 하는 결단력을 갖추지는 못했다. 비올랑트의 어머니는 이런 의지 부족을 걱정했고 시간이 갈수록 불안감도 커지게 될 것이었으나, 자작과 함께 나선 사냥길에서 둘은 갑작스런 사고로 세상을 뜨게 되면서 비올랑트는 열다섯에 그만 고아가 되었다. 친구도 없이 거의 혼자 지내며 가정교사 겸 스티리 성의 관리인인, 나이 많은 오귀스탱의 세심하면서도 어설픈 감시 하에 놓인 비올랑트는 몽상을 매혹적인 동반자로 삼아 평생 충실할 것을 다짐했다. 성 안의 정원에, 들판에, 스티리 영지를 경계 지으며 바다를 향해 위치한 테라스에 몸을 기댈 때도 그녀는 몽상과 함께였다. 몽상의 힘으로 실제 자신보다 고양되었고 비법을 전수받아, 비올랑트는 모든 가시적인 것을 느끼고 비가시적인 것도 조금 예감하게 되었다. 그건 기쁨을 잔잔한 즐거움으로 느끼게 하는 슬픔 때문에 중단될 때도 있었지만, 그녀의 기쁨은 무한했다.

관능

"바람에 흔들리는 갈대에 절대 기대지 마라, 믿지도 마라.
육신은 풀과 같아 그의 영광은 들판의 꽃처럼 순식간이니."
—『준주성범』

비올랑트는 오귀스탱과 마을 아이들 말고는 다른 사람들을 만난 적이 없었다. 몇 시간 거리에 있는 쥘리앙주 성에 사는 작은 이모가 가끔 비올랑트를 만나러 올 뿐이었다. 어느 날, 이모는 조카를 만나러 오는 길에 잘 아는 청년과 같이 오게 되었다. 그의 이름은 오노레로 열여섯 살이었다. 그는 비올랑트의 맘에 들지 않았지만 곧 다시 찾아왔다. 정원의 오솔길을 산책하며 그는 비올랑트가 그때까지 전혀 생각하지 못한, 매우 거북한 것을 알려주었다. 그녀는 그로 인해 기분 좋은 쾌락을 느꼈지만 곧 부끄럽게 생각했다. 그리고 해가 지고 그들은 함께 오래 걸었기 때문에 잠시 벤치에 앉았고, 아마도 장밋빛 하늘이 바다를 물들이는 모습을 지켜보려는 듯했다. 오노레는 비올랑트 옆에 다가앉아 춥지 않도록 한없이 느린 속도로 비올랑트의 모피 깃을 여며주었고, 정원에서 알려준 이론을 자신이 도와줄 테니 실행해보라고 했다. 그는 비올랑트에게 더 낮은 목소리로 이야기하고자 입술을 그녀의 귀에 대었으나 그녀는 가만히 있었다. 그때 나무 그늘에서 소리가 들려왔다. "별일 아니에요." 오노레가 다정하게 말했다. "이모일 거예요." 비올랑트는 답했다. 그것은 바람일 뿐이었다. 그러나 바람에 정신이 든 비올랑트는 일어서서 다시 벤치에 앉지 않았고, 오노레의 간청에도 그를 두고 떠나버렸다. 비올랑트는 후회했고 신경이 예민해져 이틀 동안 잠이 오지 않았다. 그와의 추억이 뜨겹게 베개를 달구어 뒤척뒤척 돌아눕게 되었다. 그다음 다음 날 오노레가 그녀를 다시 찾아왔다. 그녀는 산책 나갔다고 둘러대게 했다. 오노레는 전혀 믿지 않았고, 다시는 찾아오지 않았다. 다음 해 여름, 그녀는 오노레를 생각하며 애정과 슬픔을 느꼈는데 그가 선원이 되어 배를 타고 떠났다는 것을 알았기 때문이었다. 해가 바다로 저물 무렵이면, 그가 자신을 이끌었던 벤치에서 그의 입술이 가까이 다가왔던 일을 떠올렸고, 반쯤 감겼던 그의 푸른 눈동자와 불빛과 같이 떠도는 그의 시선이 따뜻한 생기를 가지고 자신에게 머물던 것을 추억했다. 따듯한 밤에, 광막하며 은밀한 밤에, 아무도 자신을 볼 수 없다는 확신이 그녀의 욕망을 자극할 때면 그녀는 오노레의 목소리가 금지된 것들에 대해 이야기하는 것을 들을 수 있었다. 집요하며, 유혹처럼 제공된, 온전한 그를 떠올렸다. 어느 저녁, 그녀는 한숨을 쉬면서 맞은편에 앉아 있는 관리인을 바라보았다.

"오귀스탱, 저는 정말 슬퍼요, 아무도 저를 사랑하지 않으니까요."

"그런데 일주일 전쯤 제가 쥘리앙주에 도서실을 정리하러 갔을 때 아가씨에 대해, 정말 예쁘다고 이야기하는 걸 들었는데요!" 오귀스탱이 답했다.

"대체 누가요?" 비올랑트가 서글프게 물었다.

희미한 웃음이 그녀의 입가를 살짝 느리게 올라가게 했

는데 마치 경쾌한 햇빛을 들이기 위해 커튼을 걷어 올리는 듯했다.

"작년에 왔던 오노레라는 그 젊은이요."

"바다에 있을 텐데요." 비올랑트가 대답했다.

"돌아왔답니다." 오귀스탱이 이어서 말했다.

비올랑트는 바로 일어나 거의 비틀거리는 걸음으로 방으로 돌아가 오노레에게 자신을 보러 와달라고 편지를 썼다. 펜을 잡은 그녀는 지금까지 느끼지 못했던 행복과 어떤 힘을 느꼈고, 그것은 자신의 기분과 쾌락을 위해 자신의 삶을 관리할 수 있다는 느낌이었는데, 서로를 서로에게 멀리 있게 하는 운명의 톱니바퀴를 조금의 힘을 써서 조정하여 그녀 자신의 충족되지 못한 욕망을 푸는 잔인하고도 황홀한 상상의 도취 속에서가 아닌, 그가 실제로 밤에 테라스에 나타나, 예상치 못한 그의 애정 표현(그녀가 항상 내면에 쓰고 있는 로망)과 여러 정황이 그들 소통의 통로가 되고, 그리하여 그 테라스에서 불가능을 자신의 힘으로 가능하게 하기 위해 비약하고자 했다. 다음 날 그녀는 오노레의 답장을 받았는데, 그가 그녀에게 입맞춤했던 그 벤치로 몸을 떨면서 읽으러 갔다.

아가씨,

당신의 편지를 출발하기 한 시간 전에 받았습니다. 저는 일주일의 휴가를 마치고 이제 사 년 뒤에나 돌아옵니다. 마음을 다하여 당신을 존경하는 저를 부디 기억해주십시오.

  오노레

그가 다시는 돌아오지 않을, 어느 누구도 자신의 욕망을 채워주지 못할 테라스와 그를 자신에게서 앗아가는 대신 소녀인 자신의 마음속에, 수많은 하늘을 투영하고 수많은 강기슭을 젖어들게 하는, 우리에게 속하지 않는 것들에게서 오는 매혹을, 신비스럽고도 슬픈, 강렬한 매혹을 불러일으키는 바다를 바라보며 비올랑트는 왈칵 눈물을 터트렸다.

그녀는 저녁에 오귀스탱에게 말했다.

"아아, 오귀스탱, 나한테 정말 불행한 일이 생겼어요."

사랑의 첫 만족감을 보통 고백하듯이, 실망한 자신의 육체적 쾌락에 대한 첫 고백을 해야 할 필요성을 그녀는 느끼게 되었다. 비올랑트는 아직 사랑이 무엇인지 알지 못했다. 얼마 뒤 그녀는, 사랑을 알게 되는 유일한 방법, 사랑의 고통을 경험하게 되었다.

사랑의 아픔

비올랑트는 사랑에 빠졌다, 로런스라는 젊은 영국인에게

마음이 사로잡혀 그와 관련된 것이라면 가장 시시콜콜한 생각도 행동하는 데 가장 중요한 동력이 되었다. 로런스와 함께 사냥을 다녀온 뒤로 왜 그를 다시 보고 싶은 마음이 그토록 간절하게 자신의 욕망을 사로잡고, 그를 만나기 위해 길을 나서게 하고 잠을 쫓고, 평안과 행복을 파괴하는지 알 길이 없었다. 로런스는 사교계를 좋아했고, 비올랑트는 로런스를 따르기 위해 사교계를 좋아했다. 그러나 로런스는 스무 살짜리 시골 여자에게는 눈길도 주지 않았다. 그녀는 괴로움과 질투로 병들었고, 그를 잊기 위해 어느 온천에 갔지만 로런스가 자신보다 못한 많은 여자들을 더 좋아한다는 사실에 자존심에 상처를 입고 그녀들을 물리치기 위해 우월한 모든 자질들을 갖추기로 결심하게 됐다.

"충직한 오귀스탱, 오스트리아의 궁정 쪽으로 가겠어요, 당신을 떠나요."

"하느님께서 우리를 보호해주시길. 못된 사람들이 우글거리는 곳으로 가시면, 이제 이곳의 헐벗은 사람들은 아가씨의 자애로움으로 위로받을 수 없겠네요. 이제 우리 아이들과 숲속에서 더 놀지도 않겠지요? 성당의 오르간은 누가 연주할까요? 들판에서 그림을 그리시는 모습도 볼 수 없고 우리를 위해 노래를 짓는 일도 없겠네요." 오귀스탱이 말했다.

"걱정 말아요, 오귀스탱. 아름다운 성과 스티리의 선량한 농민들을 잘 지켜주세요. 사교계는 내게 하나의 수단일 뿐이에요. 내게 속되지만 불굴의 무기를 줄 거예요. 내가 언젠가 사랑받으려면 무기들이 있어야 해요. 그리고 호기심 때문에라도 가보고 싶어요. 여기 생활보다는 더 물질적이면서 덜 사색적인 삶이 되겠지요. 일종의 휴식이면서 교육적인 것을 원해요. 어느 정도 적응을 하고 휴식도 끝났다고 생각되면, 사교계를 떠나 다시 이곳, 시골의 선량한 사람들과 그리고 세상에서 내가 제일 좋아하는 노래를 위해 돌아올게요. 조만간 어떤 분명한 시점에 이 내리막길에서 그만 멈추고 스티리로 돌아와 오귀스탱 곁에서 살 거예요." 비올랑트가 안심시켰다.

"그러실 수 있을 것 같으세요?" 오귀스탱이 물었다.

"마음만 먹으면 뭐든 할 수 있어요." 비올랑트가 다짐했다.

"그때는 그렇지 않으실 수도 있지요." 오귀스탱이 덧붙였다.

"왜 그렇죠?" 비올랑트가 물었다.

"아가씨는 변했을 테니까요." 오귀스탱이 답했다.

사교취미

사교계 사람들은 시시해서 비올랑트가 그들과 섞이기만 해도 바로 그들을 퇴색시켜버렸다. 가장 접근하기 어려운 귀족들, 가장 비사교적인 예술가들도 그녀 앞에 와서 환심을 사려 했다. 재기와 훌륭한 취향과 몸가짐을 가진 비올랑트만이 완벽함에 대한 생각들을 일깨웠다. 연극작품, 향수와 드레스가 비올랑트를 시작으로 유행하게 되었다. 의상제작자, 작가, 미용사 들은 비올랑트에게 비굴하게 지지를 청했다. 오스트리아의 가장 이름난 모자점의 주인은 사람들에게 비올랑트의 모자제작자로 소개해도 될지 허락을 구했고, 유럽의 저명한 왕자는 비올랑트의 연인이라고 해도 괜찮을지 물어왔다. 비올랑트는 자신의 인정을 통해 그들의 세련됨을 사교계에 결정적으로 알리는 계기를 거절해야 한다고 생각했다. 비올랑트의 저택에 초대받고 싶어 하는 젊은이들 중 로런스가 끈질기게 부탁하면서 주목을 받았다. 비올랑트에게 그토록 큰 고통을 안겨주었던 그는 이제 심한 반감을 불러일으켰다. 그의 저열함이 그를 향한 경멸보다도 그를 멀리하게 하였고, 그녀는 혼자 중얼거렸다. "내가 이렇게 화를 낼 권리는 없어, 그의 영혼이 위대해서 사랑했던 건 아니었으니까, 그가 형편없는 사람이란 걸 내가 인정하지 못했을 뿐이야. 그럼에도 그의 영혼의 수준만큼만 사랑했던 거지. 형편없는 사람이라도 아주 상냥한 사람일 수 있다고 믿었는데. 사랑하지 않는 순간부터 마음이 따듯한 사람을 더 좋아하게 되었네. 이런 못난 사람에게 열정을 느꼈다니 참 이상한 일이지, 게다가 내가 온전히 머리로 그렇게 생각한 거니까, 감각 때문에 혼란이 와서 그런 것도 아니니 변명의 여지도 없지. 플라토닉한 사랑은 정말 별 게 아니네." 그러나 나중에 비올랑트는 육체적인 사랑이 더욱더 별 볼 일 없다는 것을 알게 되었다.

그사이 오귀스탱이 와서 그녀를 스티리로 데려가려고 했다.

"아가씨는 이제 왕국을 다 정복하신 거죠, 이걸로 충분하지 않나요? 왜 예전의 비올랑트로 돌아오지 않으시나요?" 오귀스탱이 물었다.

"왕국을 손에 넣은 지 얼마 되지 않았어. 오귀스탱, 몇 달만 이 왕국을 지배하게 내버려둬요." 비올랑트가 대답했다.

그런데 오귀스탱이 미처 예상하지 못한 사건이 비올랑트가 사교계에서 물러날지 말지 생각할 여유를 주지 않았다. 이십여 명의 존귀한 군주와 엇비슷한 수의 왕자들과 천재의 청혼을 물리쳤던 비올랑트가 최고의 능력과 매력뿐만 아니라 오백만 두카 금화의 자산을 가진 보헤미아 공작과 혼인을 하게 된 것이었다. 그런데 혼인 전날, 오노레의 귀환이 알려지자 비올랑트는 파혼을 생각하기까지 했다. 그러나 병에 걸린 그의 얼굴이 흉해져선지 그의 허물없는 태도마저 비올랑트에게 불쾌감을 주었다. 자신에게 열정을 느끼게 했던 꽃다운 젊음의 육체가 벌써 시들어버린 것을 보면서 욕망의 헛됨을 비탄했다. 보헤미아 공작부인은 스티리의 비올랑트가 그러했듯이 여전히 매력적이었고, 공작의 어마어마한 재산은 예술작품과도 같은 그녀에게 격이 맞는 액자를 두른 것과 같은 양상이었다. 예술작품이었던 그녀는, 무게 중심을 지속적으로 높게 유지하려는 숭고한 노력을 하지 않으면, 최악의 상태로 내려가는, 이 세상 모든 사물의 자연스런 경향에 의해 가장 호사스런 존재가 되었다. 오귀스탱은 공작부인에 대한 소식을 들을 때마다 놀라게 되었다. '왜 공작부인은 비올랑트가 그토록 경멸하던 것들에 대해 계속 이야기하시나요?' 그는 그녀에게 편지를 보냈다.

'여기 세계 사람들이 싫어하고 이해하지 못하는, 그들보다 고귀한 것들에 대해 말하면, 인기가 덜할 테니까요. 그런데 오귀스탱, 사실 여긴 따분한 곳이에요.' 그녀는 답장을 보냈다.

그녀를 만나러 온 오귀스탱은 왜 그녀가 따분해하는지 설명했다.

"음악, 사유, 자선활동, 고독, 들판의 취향에는 더 이상 열중하시지 않네요. 사교계의 성공에 몰입되어 즐거움에만 관심을 가지고 계시네요. 사람은 자신의 영혼이 깊게 좋아하는 것을 할 때만 진정한 행복을 느낍니다."

"오귀스탱은 어떻게 알지? 그런 경험도 없는데?" 비올랑트가 물었다.

"저는 생각을 하니까요, 생각을 하는 것은 경험을 하는 것과 같지요. 공작부인께서 곧 무의미한 생활에 혐오를 느끼시길 바라지요."

비올랑트는 점점 따분해졌고 쾌활함을 잃어갔다. 지금까지는 그녀에게 무관심하게 굴던 사교계의 부도덕이, 마치 계절의 매서움이 가혹하게 몸을 넘어뜨리는데 병든 몸은 견디기 어려운 것처럼, 그녀에게 달려들어 사정없이 상처를 입히기 시작했다. 어느 날 비올랑트 혼자 인적 드문 거리를 산책하는데 갑자기 나타난 마차에서 한 여인이 내려 그녀 앞으로 걸어왔다. 여인은 가까이 다가와 비올랑트 드 보헤미아 공작부인이 맞는지 묻고는, 어머니의 친구였다며 자신의 무릎 위에 앉혔던 어린 비올랑트를 다시 보고 싶었다고 말했다. 감격스레 비올랑트를 얼싸안으며 허리를 잡고 어찌나 여러 번 볼에 입을 맞추는지 비올랑트는 인사도 하지 않고 도망치다시피 빠져나왔다. 다음 날 저녁, 비올랑트는 잘 알지 못하는, 미센 공주를 위한 무도회에 갔다. 바로 어제 만났던 그 끔찍한 부인이 공주였던 것이다. 그때 비올랑트가 존경해오던 어느 지체 높은 부인이 다가와서는 물었다.

"미센 공주님에게 소개해드릴까요?"

"괜찮습니다!" 비올랑트가 답했다.

"너무 수줍어하지 마세요. 공주님도 분명히 좋아하실 거예요. 공주님은 아름다운 여성들을 좋아하세요."

이날 이후로 비올랑트는, 자신을 거만하며 비뚤어진 괴물이라고 여기저기 떠들고 다니는 미센 공주와 지체 높은 부인이라는 치명적인 두 명의 적을 갖게 되었다. 이 사실을 알게 된 비올랑트는 스스로에 대해, 그리고 여성들의 악의에 대해 한탄했다. 남성들의 악의에 대해서는 오래전부터 이미 배운 바가 있었던 것이다. 곧 그녀는 저녁마다 공작에게 말했다.

"내일모레 제가 살던 스티리로 돌아가서 다시는 그곳을 떠나지 말고 머물도록 해요."

그러고는 다른 연회보다 더 맘에 드는 연회가 있었고 보여주고 싶은 예쁜 옷이 생기는 것이었다. 사교계 같은 곳에서 기쁨의 그림자라도 발견하는 걸 막으며, 상상하고, 창조하고, 혼자 지내며 사유하고 헌신하며, 충만하지 않음으로 고통을 주는 심오한 필요성은 이제 너무 무뎌져 그녀의 삶을 되돌리고, 그녀가 사교계를 포기하고 진정한 운명을 실현하기에는 충분히 절대적이지 못했다. 그녀는 찬란하지만, 끝없이 그리고 조금씩 축소되어 결국 무無로 환원되는 존재의 애석한 장면들을 계속 보여주었고 그녀가 성취할 수도 있었던, 매일매일 그녀가 멀어져가는 고귀한 운명의 씁쓸한 그림자가 그녀 위로 드리웠다. 밀물처럼 들어와 그녀의 마음을 씻어내고 속세적 영혼을 폐색시키는 인간의 불평등을 해소할 위대한 자선행위는 천 개의 이기심, 아양과 야심의 제방에 막혀 있었다. 선의는 그녀의 마음속에서 우아함 이상의 것으로 느껴지지 않았다. 돈이나 아픈 마음과 시간을 나눌 수 있었지만, 그녀의 많은 부분이 이미 다른 곳에 귀속되어 그녀 자신에게 온전히 속하지 않았다. 아침이면 여전히 침대에서 책을 읽거나 상상을 했지만, 물질의 외면에 멈추는 가식적인 생각일 뿐, 깊이 사고하는 것이 아니라 거울에 자신을 마주하고 관능적으로 요염하게 감탄하기 위함이었다. 방문자가 있다고 알려오면 계속 꿈을 꾸거나 읽기 위해 그를 돌려보낼 의지를 갖지는 못했다. 왜곡된 감각만으로 자연을 바라보는 지경이 되었고, 계절의 변화가 주는 매혹은 자신의 멋에 향기를 더하고 색조를 띠기 위해서만 존재했다. 겨울의 매력은 추위를 타는 여인이라는 즐거움으로, 가을의 우수는 사냥의 즐거움으로 마음을 닫아버리게 했다. 때때로 그녀는 숲을 혼자 거닐며 진정한 즐거움의 자연스런 원천을 찾아보려고 했다. 그러나 눈부신 옷을 입고 어두운 나뭇잎들 밑을 산책했다. 우아한 자태가 주는 기쁨이 혼자서 꿈꾸는 즐거움을 오염시켰다.

"내일 그럼 떠날까요?"

"내일모레 떠나도록 해요." 공작이 물으면 비올랑트는 대답했다.

공작은 결국 묻기를 그만두었다. 계속 푸념하는 오귀스탱에게 비올랑트는 편지를 보냈다. '조금 더 나이가 들면 돌아갈게요.'

'알면서도 사교계 사람들에게 젊음을 바치고 계신 거예요. 스티리에는 다시 돌아오시지 못할 것 같네요.' 오귀스탱이 답했다. 비올랑트는 결국 돌아오지 못했다. 젊어서는 거의 어린아이 시절에 정복했던 절대적인 미의 권력을 행사하느라 사교계에 머물렀고, 나이가 들어서는 그 절대적 힘을 방어하느라 머물렀다. 그러나 헛된 것이었다. 그녀는 잃고 말았다. 그녀는 세상을 뜰 때에도 여전히 아름다움의 절대 권력을 다시 정복하려고 애썼다. 오귀스탱은 혐오에 기대를 걸었다. 그러나 효과는 없었다. 허영으로 우선 가득한 다음에는, 혐오, 멸시, 그리고 지겨움을 견디게 하는 힘이 있음을 예상하지 못한 것이다. 그것은 습관이었다.

1892년 8월

이탈리아 희극의 몇 장면

이탈리아 희극의 주인공들을 묘사한 이 글들은 1893년경에 『르 방케 Le Banquet』와 『라 르뷔 블랑슈 La Revue blanche』에 실렸다. 이탈리아 희극 양식인 코메디아 델라르테 commedia dell'arte는 16-18세기 이탈리아에서 유행한 즉흥극이자 정형화된 주인공이 등장하는 가면극이다. 등장인물들은 이름에 따라 정해진 역할을 수행하며, 배우의 즉흥 연기나 대사가 많이 포함되어 있다.

"가재, 산양, 지네, 천칭, 물병이 별자리가 되어 나타나면,
그들의 낮은 신분이 바뀌는 것과 마찬가지로, 자신과 동일한,
멀어 보이는 등장인물이 표현하는 결함은 동요되지 않고
조망할 수 있다…."
—에머슨

1 파브리스의 애인들

파브리스의 애인은 지적이고 아름다웠는데, 그래서 파브리스는 자신을 위로할 길이 없었다. "그녀는 자신에 대해 아무 생각이 없어야 해! 그녀의 지적인 능력이 아름다움을 그르치다니 정말 안타까워. 아무리 그윽해도, 모나리자를 바라볼 때마다 비평가의 해석을 들어야 한다면 어떻게 그녀에게 반할 수가 있을까?" 파브리스는 탄식하며 외쳤다. 결국 그녀를 떠나, 아름답지만 지적이지 않은 다른 여성을 만났다. 그러나 이 여성은 지적인 능력이 현저히 부족해서 아

름다움을 꾸준히 느낄 수가 없었다. 게다가 지적 허세를 부리며, 책을 많이 읽더니 더 현학적이 되어, 첫 애인만큼 지성을 갖췄으나 결국 어쭙잖게 우스꽝스러운 어설픔만 남았다. 파브리스는 그녀에게 입을 열지 말라고 부탁하기에 이르렀고, 말하지 않을 때에도 그녀의 아둔함은 여전히 아름다운 얼굴에 드러났다. 결국 파브리스는 또 다른 여성을 사귀게 되었는데 그녀의 지성은 아주 섬세한 매력으로 느껴졌고, 삶을 충실히 사는 데 만족하는 여성이어서 매우 구체적인 대화에서도 그녀의 자질인 신비한 매력이 흩어지지 않았다. 그녀는 깊은 눈동자를 가진, 우아하며 민첩한 동물처럼 부드러웠고 아침이 되면 간밤의 선명하면서도 모호한 꿈의 추억을 동요하게 만드는 존재였다. 그런데 그녀는 다른 두 애인들은 했던 것, 즉 그를 사랑하려는 노력을 하지 않았다.

2 미르토 백작부인의 여자 친구들

재기발랄하고 선량하며 예쁘고 세련된 미르토는 친구들 중에 파르테니스를 제일 좋아했는데 공작부인인 그녀는 미르토보다 훨씬 명석했다. 그런데 파르테니스는 자신 못지않게 우아한 라라제와 자주 어울렸고, 라라제는 한편 클레앙티스의 매력에 무심하지 않았는데 클레앙티스는 신분이 좀 낮았지만 상류층에 속하려고 애를 쓰지 않았다. 그런데 미르토가 견디기 어려운 것은 도리스였고, 그녀의 사교계에서의 입지는 미르토보다 조금 떨어졌지만 도리스는 미르토가 훨씬 우아한 파르테니스를 추종하는 것처럼 따랐다.

미르토가 선호하는 사람과 반감을 느끼는 사람을 정리해보면, 파르테니스 공작부인과의 사교는 미르토에게 상대적 우월감을 줄 뿐만 아니라 미르토를 있는 그대로 좋아해주는 것이었다. 라라제도 그녀 그대로 좋아했고, 어쨌든 친구들이자 같은 계층인 그녀들은 서로를 필요로 했다. 그러다 보니, 미르토는 클레앙티스를 아끼면서도 이해관계를 떠나 솔직한 취향을 갖고 이해하고 좋아할 수 있는 데 우쭐했고, 자신은 충분히 세련되어 더 세련될 필요가 없다고 생각하게 되었다. 도리스는 멋지게 보이려는 욕망에만 집중했지만 만족될 수 있는 게 아니었다. 그래서 미르토 곁으로 왔고, 뼈만 앙상한 큰 맹견 옆의 사나운 발바리처럼 미르토 주변의 공작부인들에게 접근하여 한 명이라도 차지하려 애썼다. 자신이 속한 계급과, 야심이 열망하는 계급 사이의 거북한 간격 때문에 불쾌한 상황에 처한 도리스는 바로 미르토에게 자신의 결함을 보여주었다. 파르테니스에 대한 미르토의 우정은 도리스가 자신에게 보여주는 예우의 표식 속에 불쾌하게도 그대로 전해졌다. 라라제, 클레앙티스의 처신 또한 미르토가 열망하는 꿈을 환기시켰고, 유일하게 파르테니스만이 그 야망을 실현하는 존재였던 것이다. 도리스의 존재는 미르토에게 자신의 비천함을 끊임없이 환기시켰다. 도리스의 보호자라는 흥미 있는 역할에 그만 염증이 난 미르토는, 파르테니스가 사교계의 속물근성을 초월한 사람이 아니라면 자신이 파르테니스에게 느끼게 하고 있을 그 감정들을, 도리스에게 똑같이 느끼고 있었다. 그래서 도리스를 증오했다.

3 엘데몬, 아델지즈, 에르콜

조금 경박한 어떤 장면을 봐버린 에르콜은 아델지즈 공작부인에게는 감히 말하지 못하면서, 화류계 여성인 엘데몬 앞에서는 주저하지 않았다.

"에르콜, 나도 그 이야기를 들으면 안 되나요? 아! 화류계에 있는 엘데몬한테는 다르게 행동하겠죠? 내게 정중한 건 나를 좋아하지 않는다는 뜻이겠죠." 공작부인이 원망을 했다.

"에르콜, 그런 이야기를 내색하지 않는 정숙함을 가질 수 없나요? 짐작인데, 아델지즈 공작부인 앞이었다면 그런 말을 했을까요? 내게 정중하지 않은 건 나를 좋아하지 않는다는 뜻이겠죠." 엘데몬이 불평을 했다.

4 변덕쟁이

베아트리스를 영원히 사랑하고 싶고 사랑한다고 믿는 파브리스는 이폴리타, 바르바라나 클렐리를 여섯 달 동안 사랑할 때도 똑같이 그 사랑을 원하고 믿었던 일을 떠올렸다. 그래서 그의 열정이 식더라도 여전히 베아트리스를 만나러 갈 만한 매력을 그녀에게서 발견하려고 노력하면서도, 어느 날 그녀 없이 살게 되리라는 생각은 영원한 사랑의 환상과 불일치한다고 생각했다. 그러나 노련한 에고이스트인 그는 순간순간 자신의 사고, 행동과 의도, 앞으로 창창한 미래를 위한 계획들을 그의 삶에서 여러 여성 중 한 명인 베아트리스를 위해 온전히 헌신할 생각은 없었고, 베아트리스는 똑똑하고 판단력이 좋으니까 '우리의 사랑이 끝났을 때 다른 애인들과 그녀, 그리고 그녀를 향했던 나의 지나간 사랑에 대해 이야기할 수 있을 거야…'라고 생각하면서, 사랑이 더 지속적인 우정으로 변하면 그렇게 지내리라는 생각을 해보았다. 막상 베아트리스에 대한 열정이 식자, 그는 이 년 동안이나 그녀를 만나러 가지 않았고 만나려는 욕망도 없었으며 그런 욕망이 없다고 해서 고통받지도 않았다. 어느 날 꼭 그녀에게 가봐야 했을 땐 저주하면서 겨우 10분을 머물렀을 뿐이었다. 그는 지적 능력이 유난히 떨어지지만 기분 좋은

허브향이 나는, 옅은 머릿결과 달콤한 꽃처럼 순진한 눈을 가진 줄리아를 밤낮없이 생각하고 있었던 것이다.

5

자연스런 기품, 정신적 고결함, 따뜻함을 가진 몇몇 사람들에게 삶은 이상하게도 편안하고 달콤하나, 이들도 모든 악덕한 행동을 할 수 있으며 겉으로 내보이지 않아 딱히 흠을 잡지 못할 뿐이다. 이 사람들은 어딘가 유연하면서 비밀스런 데가 있다. 그들의 이중성으로 인해 가장 순수한 소일거리, 이를테면 밤에 정원을 거니는 행위에도 짜릿한 묘미를 준다.

6 잃어버린 밀랍

시달리즈, 그대를 조금 전에 처음 보고 당신의 순진하고 우수에 찬, 순수한 얼굴에 작은 황금 투구처럼 놓인 금발머리에 감탄했습니다. 약간 밝은 빛의 벨벳 드레스는, 내리깔린 눈꺼풀이 영원히 비밀을 간직할 것 같은 개성 강한 얼굴의 느낌을 더 부드럽게 해주었습니다. 그런 그대가 눈을 들어 시선이 내게 머물렀습니다. 시달리즈, 당신의 시선에서, 연중 처음으로 화창하고 따듯한 날 흐르는 시냇물과 아침의 상쾌한 순수함이 스쳐가는 것을 보았습니다. 인간이 습관적으로 보아온 모든 것들을 결코 본 적 없는, 지상의 어떤 경험도 모르는 듯한 시선이었습니다. 그대를 자세히 들여다보면, 태어난 순간 원하는 것을 요정에게 거절당한 자의 온화하며 고통스러운 무엇인가를 표현하고 있음을 알 수 있었습니다. 드레스의 옷감도 괴로운 듯한 우아함을 머금고, 특히 그저 수수하고 매력적인 당신의 팔 위에 실망한 듯이 슬프게 놓여 있었습니다. 나는 그대를 보면서 먼 곳에서 몇 세기 전 이곳에 온 왕녀로, 체념한 우수로 견디며, 감상하기 시작하면 곧바로 눈에 달콤하게 도취시키는 습관이 되게 할 고대의 드문, 조화로운 의복을 입은 분이라 생각했습니다. 그대의 꿈과 근심에 대해 듣고 싶었습니다. 그대가 고대의 큰 잔 또는 오늘날은 박물관에 빈 채로 놓여 있는, 지친 잔을 들어 올리며, 무용의 미를 고취시키는, 당당하면서도 슬픈, 그대처럼 과거 베네치아의 식탁에서 시원한 관능으로 몇 송이 제비꽃과 장미꽃이 담겨 있던 물병, 그 향취가 아직도 거품이 일고 혼탁한 유리잔의 투명한 흐름에 떠도는 듯, 고대의 물병을 손에 든 모습을 보고 싶었습니다.

***

"방금 말했듯이 논할 여지가 없을 정도로 베로나의 아름다운 여성 다섯 명을 놔두고 어떻게 이폴리타를 좋아할 수가 있습니까? 무엇보다도 이폴리타는 코가 너무 높고 매부리코입니다." 게다가 피부는 창백하고 윗입술은 얇디얇아 웃을 때 입이 너무 위로 올라가서 뾰족한 각도가 됩니다. 그러나 그녀의 웃음은 꽤 인상 깊고, 가장 이상적인 얼굴의 옆선에도 무관심했던 나에게, 당신이 너무 구부러졌다고 하는 그 콧날은 감동적이어서 마치 한 마리 새를 보는 듯합니다. 얼굴도 약간 새를 떠올리게 합니다, 이마에서 금빛 목덜미까지 이어지는 선도 그렇고 꿰뚫는 듯한 부드러운 눈도 그렇습니다. 그녀는 극장 발코니 난간에 팔꿈치를 기대고 있습니다, 장갑 낀 흰 팔이 곧게 올라와서는 손가락 마디에 턱을 괴고 있습니다. 완벽한 몸매가 일상적인 흰 모슬린 드레스를 새의 날개처럼 부풀어 오르게 합니다. 우아하고 가느다란 다리 하나로 서서 꿈꾸는 새를 연상시킵니다. 그녀의 깃털 부채가 곁에서 펼쳐지며 흰 날개를 퍼덕이는 모습도 매력적입니다. 그녀와 같이 매부리코와 얇은 입술, 꿰뚫어 보는 눈, 너무 섬세한 피부를 가진 그녀의 아들이나 조카들을 볼 때면, 여신이나 새에게서 내려온 종족을 알아보는 동요를 느끼지 않은 적이 없습니다. 날개 달린 어떤 욕망을 불러일으키는 이 여성의 변형 속에서 공작새의 작은, 장엄한 머리를 발견하곤 합니다. 뒤편으로 더 이상 바다의 파랗고 푸르른 물결도 신화적인 깃털의 거품도 일지 않는 공작새 말입니다. 그녀는 전율하게 하는 아름다움에서 신화적인 것이 무엇인지 가늠하게 해줍니다.

7 속물

여성들은 무도회, 경마장, 심지어 도박을 좋아한다는 것도 숨기지 않는다. 사실대로 말하고, 거리낌 없이 고백하고 때로는 자랑도 한다. 그러나 여성에게 멋과 유행을 좋아한다는 말을 들으려 해서는 안 된다. 격렬하게 항의하다 결국은 화를 낼 것이다. 그녀가 정성 들여 감추고자 하는 그 유일한 약점이 아마도 자만심에 상처를 내기 때문일 것이다. 여성은 카드놀이에 종속될 수는 있지만 공작들의 경우는 아니다. 돈을 한번 왕창 썼다고 해서 열등하다는 생각을 하지는 않지만 속물근성은 자신이 타인보다 열등하다고 느끼는 것이며, 자칫하면 그렇게 될 수도 있다. 그래서 멋에 민감한 것은 완전히 바보짓이라 선언하면서도 사실은 멋을 위해 정교함과 재기, 지성을 동원하는 것을 보게 되는데, 그 여성의 노력은 아름다운 콩트를 쓰거나 사랑하는 이의 쾌락과 고통을 능란하게 변화시키는 데 쓸 만한 것이다.

재기 넘치는 여성들은 멋을 낸다는 말을 듣는 걸 너무 두려워해서 결코 그 표현을 사용하지 않는다. 대화할 때 필요해도 그녀들의 명성을 그르칠 수 있는 이 연인의 이름 같은, 멋이란 단어를 피하기 위해 에둘러 말한다. 꼭 필요한 경우에는 세련되다는 표현을 쓰면서, 의혹을 물리치고 그녀들이 삶을 미화하는 방식에 적어도 허영보다는 기술적인 이유를 둘러댄다. 단지, 아직 시크한 멋에 이르지 못했거나 이미 잃은 경우에는 사랑을 성취하지 못하고 버려진 애인의 열렬함으로 명명한다. 그래서 막 사교계에 나온 젊은 여성과 그곳에서 멀어지는 나이 든 여성만이 기꺼이 다른 사람들한테는 있으나 자신들한테는 없는 멋에 대해 이야기한다. 사실, 다른 사람들이 가지지 못한 시크함에 대해 이야기하는 것이 즐거운 일이라면, 다른 사람들이 가지고 있는 시크함에 대해 이야기하는 것이 그들의 결핍된 상상력에 실제보다 훨씬 현실적인 내용물을 제공한다. 나는 심지어 어떤 공작부인의 결혼반지에 대해 이야기하는 것이 질투보다 즐거움으로 몸서리치게 하는 것도 보았다. 지방 부티크 주인들 중에는 시크함에 대한 열망을 야수처럼 작은 새장 같은 뇌에 가두는 자도 있다고 들었다. 우편배달부가 그들에게 『르 골루아Le Gaulois』 신문을 가져다준다. 새롭고 세련된 소식들은 즉시 탐욕스럽게 소비된다. 불안한 시골 사람들은 곧 포만 상태가 된다. 다시 평온해진 시선들이 한 시간가량 쾌락의 향유와 감탄으로 넓어진 눈동자에서 빛날 것이다.

속물 여성을 반박하며

그대는 사교계 사람이 아니라 모르겠지만, 젊고 예쁘고, 부유하며 친구도 많고 그녀를 사랑하는 남자도 많은 엘리앙트가 갑자기 그들과 연락을 끊고 전혀 다른 남자들, 때로는 추하고, 늙고 바보 같으며 사귄 지 얼마 되지 않은 그 남자들에게 호의를 구걸하고, 거절로 고통받고, 그들의 환심을 사기 위해 마치 유배지에서 일하듯 고통받는다면, 또 그들 때문에 정신을 잃었다가 현명해졌다가, 갖은 노력으로 간신히 그들의 친구가 되거나 그들이 가난할 땐 후원자, 관능적일 땐 그들의 정부가 된다면, 당신은 생각할 것이다, 도대체 엘리앙트는 무슨 죄를 지었기에 이런 값을 치르며, 우정과 사랑과 사고의 자유와 존엄한 삶, 재산, 시간 그리고 여성으로서의 가장 사적인 감정인 반감마저 희생시키는 단죄를 한 재판관들은 도대체 누구인가. 그러나 엘리앙트는 죄를 저지른 적이 없다. 그녀가 고집스럽게 연루시키는 재판관들은 그녀에게 관심도 없으며 그녀가 안락하고 순수한 삶을 조용히 살도록 내버려두었을 것이다. 단지 그녀에게는 처절한 저주가 내려졌을 뿐이었다, 바로 그녀의 속물근성인 것이다.

속물 여성에게

 당신의 영혼은 톨스토이가 말했듯, 컴컴한 숲과 같습니다. 그러나 이 숲은 개별적인 나무로 구성된 것이 아니라 계보의 숲입니다. 그대가 공허하다고 누가 그러던가요? 그럴 리가 없습니다, 당신 주변의 세계는 유명 가문의 문장紋章으로 꽉 차 있습니다. 이것이야말로 명백하며 상징적인 세계관입니다. 명가의 문장 형태나 채색이 당신의 공상 속에 나타나지는 않습니까? 당신은 교양이 있지 않습니까? 파리의 모든 명사와 귀족, 상류층 연감인 『투파리Tout-Paris』, 『고타Gotha』, 『하이 라이프High Life』를 읽으면서 부예*의 이름을 봤겠지요. 전투사를 읽으면서 혁혁한 공을 세운 조상의 자손이 오늘 저녁 초대자 명단에 있는 걸 보고 바로 그 이름을 떠올리면서 당신은 프랑스의 역사를 모조리 기억해냅니다. 당신의 자유, 즐거움과 사유의 시간, 의무, 우정, 사랑까지 희생한 당신의 야심 찬 꿈이 누리는 약간의 위대함도 있습니다. 당신의 새로운 벗의 모습과 함께 위대한 조상의 초상 행렬이 길게 따라옵니다. 당신이 정성껏 가꾸고, 매년 기쁨을 느끼며 열매를 수확하는 가보의 나무들은 뿌리가 고대 프랑스에 닿아 있습니다. 당신의 꿈은 현재를 과거에 결속

---

* Marie-Nicolas Bouillet(1798-1864). 사전연구가. 귀족 명문가의 이름을 분석했다.

시킵니다. 십자군의 영혼이 현대의 평범한 얼굴에 혼을 불어넣고, 당신이 그토록 열정적으로 방문자 수첩을 바라보는 것은 바로 각각의 이름에서 마치 문장으로 장식된 묘석에서 일어난 죽은 사람이 찬란했던 과거 프랑스를 깨우고, 전율케 하고 거의 찬양하게 만들기 때문 아니던가요.

8 오랑트

어젯밤에는 잠자리에 아예 들지 않으셨습니까? 벌써 아침인데 씻지도 않으시고요?

왜 그렇게 티를 내는 겁니까, 오랑트?

당신같이 뛰어난 재능을 가진 분이 사교계의 다른 사람들보다 충분히 돋보이지 않는다고 생각해서 이렇게 가장 슬픈 인물을 연기하시나요?

채권자들이 당신을 집요하게 괴롭히고, 당신의 불성실이 부인을 절망으로 밀어 넣었는데 당신은 하인 제복 같은 옷에 헝클어진 모습으로 나타나는 거 말고는 다른 방도가 없습니까? 저녁 식탁에서 당신은 식사를 하지 않는다는 것을 보여주려 장갑을 벗지 않고, 밤에 열이 있으면 마차를 준비시켜 불로뉴 숲으로 갑니다.

당신은 눈 오는 밤에나 라마르틴을 읽을 수 있고 계피를 태울 때만 바그너를 듣습니다.

사실 당신은 신사이고 충분히 부유해서 천재에게 필수적이라고 당신이 생각하지만 않는다면 빚질 일도 없으며, 부인에게 그런 고통을 느끼게 하지 않으면 부르주아적이라 생각해 슬픔을 부과하지만, 부인의 슬픔에 괴로워할 만큼 다정한 사람이며, 사람들과 어울리기 좋아하고, 당신의 긴 곱슬머리가 없어도 당신의 재능은 주목을 받습니다. 당신은 식욕도 좋아서 시내에 나가기 전 식사를 잘하는데도 시내에서 허기지다고 분노합니다. 밤에 나가 산책을 하는 당신의 독창성이 유일한 병이라면 병입니다. 당신의 상상력은 뛰어나서 겨울이 아니어도 눈을 내리게 하고 향로 없이도 계피를 태우고 라마르틴과 바그너의 정신과 예술을 이해할 정도로 당신은 문학과 음악적 소양이 있습니다. 그런데 이런! 예술가적 영혼에 당신은 부르주아의 모든 선입견을 더하여 우리를 기만하고자 하나, 실제는 그 이면을 다 보여줍니다.

9 솔직함을 반박하며

페르시 그리고 로랑스와 오귀스탱도 두려워하는 것이 현명한 일입니다. 로랑스는 시를 외우고 페르시는 강연을 하고 오귀스탱은 진실을 말합니다. 솔직한 사람이 오귀스탱의 칭호이며 진정한 친구가 그의 직업이라 할 수 있습니다.

오귀스탱이 어떤 살롱에 들어간다고 합시다. 당신에게 사실대로 말씀드리는데, 조심하세요, 그가 당신의 진정한 벗이라는 걸 잊지 마세요. 페르시나 로랑스처럼, 그는 결코 별일 없이 오는 경우가 없고, 당신에 관한 몇 가지 사실을 당신이 말할 때까지 기다리지 않고, 로랑스가 당신에게 장광설을 늘어놓거나 페르시가 베를렌에 대한 생각을 이야기할 때처럼 당신 의견을 묻지 않을 겁니다. 로랑스가 강연가이듯,* 오귀스탱은 솔직한 사람이기 때문에 당신을 위해서가 아니라 자신의 쾌락을 위해서 그는 진실을 말하는 걸 주저하거나 그만두는 법이 없습니다. 당신의 배려가 로랑스의 즐거움을 키우듯, 당신의 불쾌함이 그의 쾌감을 자극합니다. 그러나 그들은 가능하다면 이 모든 것들 없이 지내고 싶어 합니다. 세 명의 신중하지 못한 젊은 녀석들에게 기쁨을 주는 격려나 악행의 재료가 되는 것을 주지 말아야 합니다. 그러나 오히려 그들을 먹여 살리는 특별한 관객들이 있습니다. 진실을 말하는 오귀스탱의 관중들은 제법 광범위하기까지 합니다. 연극이 주는 관례적인 심리 상태와 '귀여운 자식 매 한 대 더 때린다' 같은 터무니없는 격언에 혼란스러운 이

---

* 문맥상 로랑스가 아닌 페르시가 맞지만, 프루스트가 혼동한 듯하다.

들은, 칭찬이 어떤 경우에는 애정의 토로이며 솔직함은 형편없는 기분의 타액임을 인정하지 않습니다. 오귀스탱이 친구를 사납게 대한 적이 있습니까? 이 사람들은 비잔틴식 위선에 로마식 거칠음을 막연하게 머릿속에 대비시켜보고, 좋아진 기분에 도취되어 눈을 빛내며, 더 거칠고, 더 품위 없이, 의기양양하게 손짓을 하며 말합니다. "그였다면 그렇게 부드럽게 말하지 않았을 거예요…. 인정해야 해요, 그가 얼마나 진실된 친구인지!…."

10

세련된 사회에서는 다른 사람의 의견으로 각자의 의견이 형성된다. 다른 사람들의 의견을 역으로 취하는 곳이 있다면? 그곳은 바로 문단文壇이다.

***

순결을 원하는 방탕한 자의 엄격함이란 사랑이 순수함에 바치는 영원한 경의의 한 형태이다.

***

…와 헤어진 뒤 당신은 …를 만나러 갔고, …의 아둔함과 심술궂음, 형편없는 상황이 만천하에 드러난 것을 알게 된다. …의 선견지명을 감탄하면서, 당신은 먼저 …를 존경해 온 것에 얼굴을 붉힌다. 그러나 …의 집에 다시 들렀을 때, 그들은 …의 이런저런 면에 대해 거의 비슷한 방식으로 꿰뚫어 본다. 이쪽 집에서 저쪽 집으로 가는 것이 사실은 서로 적대적인 진지를 오가는 것이었다. 단지 한쪽이 다른 쪽의 총질 소리를 듣지 못하기 때문에 혼자 무장하고 있다고 생각하는 차이가 있을 뿐. 똑같이 무장하고 있다는 걸 깨닫고 전력뿐 아니라 약점도 엇비슷하다는 것을 알게 되면, 발사하는 자에게 감탄하지 않고 표적이 된 자를 멸시하지 않게 된다. 바로 현명함의 시작인 것이다. 현명함은 양쪽 모두와 인연을 끊는 것이다.

11 시나리오

오노레는 방에 앉아 있다. 일어나 거울 속 자신을 바라본다.

오노레의 넥타이 나의 약간 느슨해진 매듭에 번민과 감정을 꿈처럼 표현하고 있네. 사랑에 빠진 거구나, 그런데 왜 슬픈 거지?

오노레의 펜 왜 네가 슬픈 거지? 일주일 전부터 나를 마구 부리는데, 주인은 나의 생활방식까지 바꿔버렸지. 나는 원래 훨씬 영광스런 일을 해야 하는데, 주인, 네가 나를 계속 가만두지 않는 걸 보니 이제 연애편지밖에 못 쓸 것 같네. 그런데 흥분과 절망 속에서 갑자기 나를 잡았다가 놓곤 하니 이 연애편지는 계속 슬플 것 같은 예감이 들어. 사랑에 빠진 거네, 자네, 그런데 왜 슬픈 거지?

방을 가득 채운 장미, 난초, 수국, 공작고사리, 미나리아재비 우리들을 항상 아껴주었지만 우리의 멋지면서도 나긋나긋한 자태와 설득적인 몸짓과 아름다운 향기로 너를 매혹해달라고 부른 적은 없었어. 아마도 우리가 사랑하는 연인의 신선한 매혹들을 생각나게 하겠지. 사랑에 빠진 거야, 그런데 왜 슬픈 거지?

책 우리는 항상 너에게 신중한 조언자였는데, 우리에게 질문을 하면서 우리의 말은 경청하지 않더군. 네 행동을 막지는 못했어도 너를 이해는 시켰는데 너는 패배하고 말았지, 그래도 너는 그늘 밑이나 악몽 속에서 패배하지는 않았어. 더 이상 배울 게 없는 늙은 가정교사 대하듯 우리를 구석에 밀어두지는 말기를. 너는 연약한 어린 손으로 우리를 쥐고 있었지. 너의 순수한 눈이 우리를 바라보며 놀라곤 했어. 우리를 그저 책으로만 좋아하는 게 아니라면, 적어도 우리에게서 너 자신과 과거의 너, 너였을 수도 있었을 존재, 과거에 네가 되었던 존재를 발견한다고 우리를 아껴주길 바라. 그렇지? 친근하고도 교훈이 담긴 목소리를 들으러 오기를 바라. 네가 왜 사랑에 빠졌는지, 그러나 왜 네가 슬픈지 이야기해줄게, 우리의 사랑스런 아이가 절망하며 울 때에 우리는 항상 이야기로 부드럽게 달래주지, 오래전 불꽃이 타오르는 난로 앞에서 그의 어머니가 부드러우며 단호한 목소리로 우리의 말들을, 너의 모든 희망과 꿈에 대해 이야기해주었던 것처럼.

오노레 나는 사랑에 빠졌어, 그리고 그녀도 나를 사랑하리라 생각해. 그렇게 마음이 자주 변했던 내가 그녀를 영원히 사랑할 것 같은 느낌이 들어. 그런데 나의 수호요정은 내가 한 달 동안만 사랑받을 거라는 걸 알지. 그래서 이 짧은 행복의 천국으로 들어가기 전에 입구에서 미리 눈을 닦는 거야.

수호요정 소중한 친구여, 네게 행운을 전달하려고 하늘에서 왔지, 너의 행복은 너한테 달려 있어. 한 달 동안 그녀를 얕보거나 환심을 사려고 무리하거나 무관심을 가장하거나 약속에 나타나지 않거나, 그녀가 장미 다발처럼 내민 가슴에서 너의 입술을 떼거나 하는 많은 기교를 동원하느라 사랑의 시작에 스스로 약속한 즐거움을 놓칠 위험이 없다면, 너희 둘의 충실한 사랑은 두 사람의 것이고 너의 함락되지 않는 인내심에 기반을 내리고 영원할 거야.

오노레 (기쁨으로 뛰어오르며) 수호요정님, 당신을 정말 사랑해요, 말씀 잘 들을게요.

작센 지방의 작은 괘종시계 여자 친구가 시간을 지키지 않는군, 네가 오래전부터 꿈꿔온, 그녀가 오기로 한 시간에서 내 분침은 이미 1분이 지났어. 너의 쓸쓸하면서도 즐거움에 가득 찬 기다림을 한참 더 나의 똑딱이는 소리로 리듬을 타게 하지는 않을까 걱정이 돼. 때를 잘 아는 나지만, 인생에 대해서는 하나도 모르겠어, 슬픈 시간이 행복했던 순간에 있기도 하고, 내 안에서는 벌집 속의 벌들처럼 뒤섞이기도 해···.

초인종이 울린다, 하인이 문을 열러 간다.

수호요정 내 말 잘 기억해, 너의 영원한 사랑이 달려 있어.

괘종시계가 열에 들뜬 듯 움직이고 장미 향기는 긴장하고 난초는 오노레 쪽으로 떨면서 기운다. 난초 하나는 좀 사나운 모습을 하고 있다. 그의 무기력한 펜은 더 이상 움직일 수 없는 슬픔에 잠겨 주인을 바라보고 있다. 책들은 낮은 속삭임을 멈추지 않는다. 모두 오노레에게 말한다. "요정의 말을 잘 들어, 영원이 걸린 너의 사랑을 생각해…."

오노레 (망설임 없이) 당연히 요정을 따를 거야, 왜 나를 의심하는 거지?

사랑하는 여성이 들어온다. 장미, 난초, 공작고사리, 펜과 종이, 작센의 괘종시계, 가쁜 숨을 몰아쉰 오노레는 앙상블을 이루며 함께 떨고 있다.
오노레는 사랑하는 여성에게 서둘러 다가가 부르짖는다. "그대를 사랑해요!…"

에필로그. 사랑하는 여인의 욕망의 불꽃을 후 불어서 끈 것 같았다. 무례한 태도에 깜짝 놀란 그녀는 사라져버렸고 그 뒤 그녀의 무심하면서도 무서운 눈초리를 견디는 고통만

이 기다리고 있었다….

12 부채

부인, 제가 당신을 위해 부채에 그림을 그렸습니다.

이 그림이 당신의 소원처럼 현재 당신의 외롭고 쓸쓸한 생활에, 한때 세련됨으로 풍족했고 이제는 영영 문을 닫은, 당신의 살롱을 가득 채웠던, 헛되면서도 매력적인 형태들을 환기시켜드리길 바랍니다.

샹들리에의 촛대 가지들은 옅은 꽃들을 머금고 세계 각지에서 온 모든 시대의 예술작품들을 비추었습니다. 호기심에 찬 샹들리에 불빛이 비추는 대로 붓을 움직이며 당신이 수집한 다양한 골동품들을 보며 우리 시대의 정신에 대해 생각했습니다. 그들처럼, 저의 붓도 수세기에 걸친 전 세계의 사유와 생활의 표본들을 감상했습니다. 붓은 터무니없이 여행의 범위를 확대했습니다. 산책처럼 즐거움과 지루함을 다양하게 체험하고 이제는 힘과 용기를 잃고 원래 여행의 목표는커녕, 그저 제대로 된 길이라도 찾으려고 시도하다, 땅에 얼굴을 묻고 누워 있는 지친 동물 같습니다. 그래도 저는 애정을 가지고 당신의 샹들리에의 빛을 그렸습니다. 다정한 쓸쓸함을 안고 수많은 장식품과 사람들을 비추었던 빛들은 이제 영원히 꺼졌습니다. 작게 그렸어도 아마 제일 앞줄의 사람들을 알아보실 겁니다, 이 공정한 화가는 대귀족, 아름다운 여성, 재능 있는 남성 들을, 당신의 한결같은 호의처럼, 모두 동일한 무게로 그렸습니다. 사교계 사람들의 눈에는 너무 과감한 화해의 순간이고 이성의 논리에 따르면 오히려 불충분하면서 부당한 장면이지만, 앞으로 다시 보지 못할 당신의 작은 사교계를 다른 곳보다 덜 분열되고 더 조화롭고 생동감 있는 곳으로 그렸습니다. 그러니, 당신의 살롱 같은 곳을 다녀보지 못한, 무관심한 사람들, 그래서 거만하지 않은 공작들과 거들먹거리지 않는 소설가들을 '예절'의 이름으로 같이 자리하게 한 것을 보고 놀랄, 그런 사람이 제 부채를 보는 것을 바라지 않습니다. 그 사람은 아마도 이렇게 사람들을 서로 접근시키는 것이 지나칠 때의 단점인, 우스꽝스러움을 교류하게 한다는 점을 알아보지 못할 것입니다. 오른쪽의 낮은 안락의자에 속물주의자의 양상을 보이는 위대한 작가가, 어떤 귀족이 들고 있는 시집에 대해 장광설을 늘어놓는 것을 듣고 있는 장면에서, 제가 눈을 상당히 바보같이 표현해서 그가 잘 이해하지 못하고 있음을 보여주는 것이 그저 비관적 사실주의라고 생각할 것입니다.

벽난로 곁에 있는 C는 잘 기억나실 겁니다….

향수병을 열면서 옆의 여성에게 가장 강렬하며 가장 신비한 향이 농축되어 있다고 이야기하고 있습니다.

B…, 그는 C보다 더 잘할 수 있는 게 없다는 데 절망한 나머지 유행을 앞서는 보다 확실한 방법은 아예 유행에 뒤떨어지는 것이라 생각하고, 싸구려 제비꽃 향을 맡으며 C를 경멸스럽게 쳐다보고 있습니다….

당신 역시 자연으로 인위적인 회귀를 하신 쪽 아니셨나요? 세세한 디테일을 구별되게 그릴 수만 있었다면 저는 당신의 음악도서관 구석에 버려진 바그너의 오페라, 프랑크와 댕디*의 교향곡 악보들과 당신의 피아노 위에 펼쳐진 하이든, 헨델 또는 팔레스트리나의 악보를 그리고 싶었습니다.

저는 장밋빛 소파에 앉아 있는 당신을 그리는 걸 주저하지 않았습니다. T…가 바로 당신 곁에 앉아 있습니다. 바다를 여행하는 느낌을 주려고 새 침실에 타르 칠을 했다며 당신에게 자신의 욕실과 가구의 중요성을 박식하게 설명합니다.

경멸을 드러내는 당신의 웃음이 바로 이런 부족한 상상력에 가치를 두지 않음을 보여줍니다, 왜냐하면 장식되지 않은 방에서는 세계관을 펼칠 수 없으며, 예술과 아름다움은 가차 없이 물질적이라고 그가 생각하기 때문입니다.

당신의 가장 그윽한 여성 벗들이 여기 있습니다. 그들에게 이 부채를 보여주신다면 그분들이 저를 용서해주시겠죠?

---

* Vincent d'Indy (1851-1931). 프루스트가 좋아했던 프랑스의 저명한 작곡가.

잘 모르겠습니다. 가장 신비하게 아름다웠던 분, 놀라워하는 우리의 눈앞에 살아 있는 휘슬러J. M. Whistler처럼 그림을 그리던 그분은 부게로W. A. Bouguereau가 자신의 초상화를 그려야만 자신을 알아보고 감탄할 겁니다. 여성들은 사물을 이해하지 않고도 아름다움을 만들어냅니다.

여성들은 이렇게 말할지도 모릅니다, "우리는 당신이 그린 미인을 좋아하지 않을 뿐이에요. 왜 당신의 미인은 실물보다 못한 거죠?"

그녀들에게 이 말은 하고 싶습니다. 소수의 여성들만 자신이 치켜세우는 미학을 이해한다는 것을요. 보티첼리의 마돈나가 유행하지 않았다면 보티첼리도 어색하고 예술성이 없다고 생각했을 겁니다.

이 부채를 너그럽게 받아주십시오. 제 기억 속에 떠돌던 몇몇 그림자 중 하나가 이 부채 위에 자리한다면, 오래전에 그도 삶의 일부였으니, 혹시 당신을 울게 했더라도, 너무 쓸쓸해 마시고, 이제는 한낱 그림자일 뿐이니 당신도 그 때문에 더는 고통받지 않으리라는 점을 받아들이셨으면 합니다.

얇은 종이에 순수하게 옮겨진 그림자들은, 당신이 부채질을 할 때마다 날개를 달 텐데, 누군가에게 고통을 주기에는 가히 비현실적이고 생기조차 없습니다….

그럼에도 불구하고, 그들을 모두 오게 하여 줄기 끝에 창백한 커다란 꽃이 달린 샹들리에 아래, 젠체하는 살롱의 즐거운 분위기 속에서, 몇 시간 동안 다가올 죽음을 앞둔, 유령처럼 덧없는 삶을 살게 했던 그때보다 더 비현실적이고 생기가 없지는 않을 겁니다.

13 올리비앙

올리비앙, 그대는 왜 매일 저녁 코미디극장에 갑니까? 당신의 벗들이 판탈로네, 스카라무슈 또는 파스콰렐로보다 재치가 없어선가요? 벗들과 저녁 식사를 하는 게 더 정겹지 않습니까? 당신이 좀 노력을 해야 합니다. 연극이 침묵하는 벗과 무미건조한 연인과의 이야깃거리의 원천이라면, 제아무리 품위 있는 대화여도 상상력 없는 사람들의 재밋거리에 불과합니다. 재기 넘치는 남성에게 촛불 밑을 굳이 보여줄 필요가 없는 것은 그는 이야기하면서 바로 알아챌 수 있기 때문입니다. 올리비앙, 당신에게 이런 이야기를 하는 건 시간 낭비입니다. 상상력과 영혼의 목소리만이, 유일하게 그리고 다행히도 상상력과 영혼을 온전히 들을 수 있게 해주는 힘을 가지고 있습니다. 당신이 누군가의 마음에 들려고 보낸 시간을 되살려 그것을 독서나 몽상으로 길러냈다면, 겨울 난롯가에서 혹은 여름 정원에서 당신은 깊고 충만했던 시간의 풍요로운 추억을 간직하게 될 것입니다. 용기를 내

곡괭이와 갈퀴를 잡아보세요. 어느 날 당신의 기억 속에서, 그득 찬 정원용 손수레에서 부드러운 향기가 올라오는 즐거움을 맛보게 될 겁니다.

왜 당신은 그렇게 자주 여행을 떠납니까? 당신의 꿈이라면 순식간에 도달할 수 있는 그곳에, 당신의 사륜마차는 그리도 느리게 다가갑니다. 바닷가에 가기 위해서는 눈만 감으면 됩니다. 몸에서 눈만 가진 사람들, 항상 일행을 몰고 다니며 포추올리나 나폴리에 가서 체류하는 사람들을 내버려두세요. 그곳에서 책 한 권을 완성하고 싶으신가요? 도시를 벗어나면 잘 쓸 수 있을 것 같나요? 시내의 건물 외벽에 당신 마음에 드는 거대한 규모의 장식들을 차례로 생각해볼 수 있죠. 당신은 포추올리보다 더 쉽게 베르가모 공주와의 점심 식사와 빈둥거리며 산책하는 일을 피할 수 있습니다. 왜 악착같이 현재를 즐기려고 하면서, 그러지 못하는 것을 아쉬워하나요? 상상력을 가진 당신은 후회와 기다림에서만, 즉 과거와 미래에서만 즐거움을 누립니다.

보세요, 올리비앙, 왜 당신이 연인과 휴양지와 당신 자신에게 만족하지 못하는지 아시겠지요. 어쩌면 당신도 문제의 원인을 알아차렸겠지요, 그런데 왜 고치지 않고 오히려 안주하려는 겁니까? 당신은 참 딱합니다, 올리비앙. 인간이 되기도 전에 이미 문인이 되었으니까요.

14 풍자극의 등장인물

이탈리아 희극에서 스카라무슈는 항상 허풍쟁이고, 아를르캥*은 줏대가 없고 파스키노는 모략꾼이며, 판탈로네는 구두쇠에 고지식한 인물이고 귀도는 재치가 있는 대신 신의가 없어 익살을 떨기 위해서라면 망설임 없이 친구도 팔아버리는 위인이며, 지롤라모는 순박하고 솔직해 보이는 외모 뒤에 감수성의 보물창고를 쌓아두고 있고, 온갖 잘못으로 낙인 찍히게 되는 카스트루초는 사실은 가장 믿을 수 있는 친구이고 가장 세심한 아들이며, 이아고는 열 권쯤 멋진 책을 썼지만 여전히 아마추어 작가이고, 에르콜은 형편없는 신문기사 몇 건 덕에 작가로 등극했고, 체사레는 기자든 스파이든 영영 경찰서에 붙어 있어야 할 운명이다. 또 카르데니오는 속물이고 피포는 우정의 맹세는 했지만 호인은 아니다. 포르투나타는 영원히 선량한 여성이라고 정해졌다. 살집으로 둥글둥글한 그녀의 몸이 호의를 베푸는 성격을 보장한다, 뚱뚱한 부인이 어떻게 나쁜 사람일 수 있을까?

사교계가 수장고에서 꺼내 와서 영구히 부여해버린 의상과 성격과는 천성적으로 다른 각각의 인물들이 원천적으로 훌륭한 품성과는 멀어질 수밖에 없는 것은 오히려 정반

---

* '아를레키노'의 프랑스어 이름.

대인 그들의 결점에 신뢰의 가능성을 열어서 일종의 면책성을 부여해주었기 때문이다. 변함없는 친구라는 등장인물로 각인된 카스트루초는 특히 친구들을 모두 배신한다. 그런데 배신당한 친구가 오히려 고통을 받는다, '충실한 카스트루초가 내칠 정도라면 저 인간은 얼마나 못된 인간일까!' 하는 생각을 갖게 되는 것이다. 포르투나타는 끝없이 험담을 해도 괜찮다. 넓어서 모든 것을 감출 수 있는 그녀의 코르사주 주름 사이사이를 뒤져가며 어디에서 험담이 나왔는지 확인할 사람이 누가 있겠는가? 지롤라모가 거리낌 없이 공치사를 할 수 있는 건 그가 항상 솔직했기 때문이며, 예상 외의 행동은 더욱 매력적으로 느껴진다. 게다가 그는 잔인할 정도로 친구를 거칠게 다룰 수도 있다, 친구를 위해서라고 다들 생각하기 때문이다. 체사레가 나의 건강 상태를 묻는다면 총독에게 보고하기 위한 것이다. 나한테 직접 묻지 않는 건 그가 의도를 정말 잘 감출 줄 알기 때문이다! 귀도가 내게 와서 안색이 좋다고 반가워한다. "귀도만큼 정신세계가 고매한 사람도 없지만 그래도 그는 너무 나쁜 인간이다"라고 무대에 있는 사람들이 이구동성으로 외친다. 카스트루초, 귀도, 카르데니오, 에르콜, 피포, 체사레, 포르투나타의 실제 성격과 사교계의 통찰력 있는 눈으로 보기에, 완벽하게 연기하는 역할 사이의 차이는 이 인물들에게 큰 위험은 아니다, 왜냐하면 사교계는 이러한 차이를 알고 싶어

하지 않기 때문이다. 그러나 거기에 한계가 없는 것은 아니다. 지롤라모가 무슨 짓을 하든 그는 무뚝뚝해도 친절한 사람일 뿐이다. 포르투나타가 무엇을 말하든 그녀는 착하다. 고정적인 성격을 크게 해치지 않는 선에서 끊임없이 이탈하여 점점 유인력의 범위를 확대하는 이 등장인물들은, 그들의 미약한 독창성에 일관적이지 못한 행동을 일삼지만, 그 점이 바로 그들의 일상적 행동의 변주 속에 유일하게 동일한 관심거리로써 발산되는 매력이다. 지롤라모는 친구에게 '그의 단점'을 말해주면서 친구가 단언을 해준 데 감사하고 '그가 잘되기를 바라는 마음에서 야단치는' 명예롭고 빛나는 역할, 이제 거의 진실한 역할을 맡는다. 그의 영예를 돋보이게 할 단역을 할 때는 폭력적인 독설에 관대한 자비심을 자연스레 섞는다. 그는 단역에도 진심으로 감사하며, 사교계가 그에게 오랫동안 베풀어주어 자신도 갖게 된 인정을 베푼다. 비대해진 포르투나타의 몸은 그녀의 재치를 억누르거나 그녀의 아름다움을 손상하지 않았고, 대신 다른 사람들에 대한 관심이 시들어지고 인성의 영역이 확장되면서, 사교계가 그녀에게 부여했던 존엄하며 매력적인 역할을 수행하는 데 장애가 되었던 신랄함은 완화되었다. 그녀의 앞뒤에서 끊임없이 듣게 된 '배려', '선의', '둥글둥글함'이란 표현의 진의는, 원래 찬사로 가득했던 그녀의 말, 푸짐한 몸매가 더욱 권위를 부여하는 그녀의 말에 녹아 들어가게 되었다. 그녀는 이제 상당히 중요한, 평화적인 재판관의 역할을 한다는 모호하면서도 심오한 느낌을 갖게 된 것이다. 때로는 사적인 영역에서 벗어나 선의로 가득한 재판관들의 모임을 주도하며, 전원의 동의가 멀리에서 요동치는, 소란하지만 맥 빠진 총회에 나선 듯했다…. 저녁 사교모임의 참석자들은 등장인물의 이런 모순된 행동에 관심도 없고, 강요된 역할에 그들이 점차 적응하는 것도 알아채지 못하면서 각자의 행동을 정해진 서랍에 넣고 정리하며, 등장인물의 이상적인 성격에 대해 정성을 다해 정의 내리곤, 대화의 수준이 한결 고양되었다며 감격하여 만족을 느꼈다. 물론 이 또한 추상화 작업에 익숙하지 않은 사람들의 머리가 마비될 정도로 과열되면 안 되기 때문에 곧 중단된다(이들이 사교계 사람들임을 잊지 말 것). 누군가의 속물근성의 기를 꺾고, 또 다른 누군가의 악의를, 누군가의 방탕 또는 엄격함을 비난하고 슬슬 헤어지면서 각자가 선의, 정숙함과 자비심의 고취에 크게 기여했다는 느낌을 가지고, 바로 그것을 증거 삼아 양심의 가책 없이 그간 쌓아온 세련된 악행에 빠져드는 것이다.

베르가모의 사교계에서 영감을 받은 이런 생각들은 다른 사교계에 적용한다면 설득적이지 않을 수 있다. 아를르캥이 베르가모의 사교계를 떠나 프랑스에 온다면 줏대 없는 사람에서 재치 넘치는 사람이 된다. 그래서 어떤 사교계에서는 리두비나가 상류층 여성으로, 지롤라모가 재치 있는 사람으로 통한다. 가끔 어떤 사람이 등장했을 때 그 사회에 알맞은 성격이 없거나 이미 누군가가 역할을 맡아 나눠줄 성격이 없을 때도 있다. 그러면 우선 잘 맞지 않아도 남는 어떤 역할을 배당하게 된다. 그 사람이 정말 독창적이거나 아무도 그 사람 수준이 되지 못한다면 그를 이해하려는 노력은 소용없고, 항상 부족하기만 한 사랑에 빠진 초짜 단역을 능숙하게 해낼 수 없다면, 맡을 적당한 성격이 없기 때문에, 결국은 배제되기 마련이다.

부바르와 페퀴셰의 사교취미와 음악애호

플로베르의 저명한 소설의 주인공 부바르와 페퀴셰가 이야기하는 내용은 플로베르의 의견이 아님을 밝혀둔다. —프루스트

사교취미

"이제 우리도 사회적 위치가 되니 사교계 생활을 해보면 어떨까?"

페퀴셰도 부바르와 생각이 같았고, 무엇보다도 사교계에서 빛나려면 그곳에서 다루는 주제들을 연구해야 할 필요가 있었다.

현대문학이 가장 큰 화두였다.

둘은 현대문학을 보급하는 다양한 문예지를 구독하여 목청 높여 읽고, 자연스러우면서도 경쾌한 문체로 비평을 쓰려고 애쓰며 그들의 목표에 도달하고자 했다.

부바르는 비평의 문체가 아무리 장난하듯 대충 쓴 것이라도 사교계에 어울리지 않는다고 지적했다. 둘은 전에 읽었던 내용에 대해 사교계 사람들의 방식대로 이야기해보기로 했다.

난로에 기댄 부바르는 일부러 꺼내온 밝은색 장갑이 더러워지지 않게 조심스레 만지면서, 살롱에서 나누는 대화의 느낌을 살리기 위해 페퀴셰를 '마담' 또는 '장군님'이라고 불렀다.

그러나 대부분 대화는 길게 이어지지 못했다. 한 명이 어떤 작가를 비난하면 다른 한 명은 부질없이 중단시키려고 애를 썼다. 그러다 결국은 모두를 비방하게 되었다. 르콩트 드 릴은 너무나 감정이 없었고, 베를렌은 너무 감성적이었다. 그들은 만난 적이 없는, 중용을 지키는 작가를 상상해보았다.

"왜 로티는 맨날 같은 소리를 하지?"

"로티의 소설이 항상 같은 어조란 말이야?"

"그의 하프에는 줄이 하나밖에 없나 봐." 부바르가 결론을 내렸다.

"앙드레 로리도 별로야, 그가 쓰는 작품은 매년 우리를 해외로 끌고 다니는데 아무래도 소설과 지리를 혼동하는 듯해. 문체는 그래도 괜찮아. 앙리 드 레니에는 허풍쟁이이거나 광인이거나 둘 중 하나인 듯한데, 더 이상의 대안은 없어."

"친구야, 이제 그만하고 현대문학을 심각한 난국에서 빠져나오게 해야 해." 부바르가 말했다.

"왜 그래야 하는데? 어쩌면 신인작가들은 열정이 넘쳐서 그럴 거야. 목에 굴레를 그냥 놔둬봐, 목표물을 지나쳐버리는 건 아닌지 좀 걱정이 되지만 그래도 기상천외함은 풍부한 재능의 증거니까." 페퀴셰가 사람 좋게 말했다.

"그러다 울타리가 먼저 부서지겠지." 페퀴셰가 소리쳤다. 그리고 부정의 몸짓으로 고요한 방 안을 달구었다. "어쨌든 균일하지 못한 문장들을 그대가 시라고 인정하는 한 나는 이 글이 산문, 게다가 별 의미 없는 산문이라고밖에 할 수 없어!"

말라르메도 크게 재능이 있었던 건 아니고 그저 달변가일 뿐이었다. 이렇게 재능 있는 사람이 펜만 들면 미친 사람이 돼버리니 유감스런 일이다. 정말 희한한, 설명이 안 되는 병이다. 마테를링크도 연극에 어울리지 않는 물질적이며 저급한 방식으로 소름 끼치게 한다. 예술이 범죄와 같은 방식으로 감동을 준다면 그건 정말 끔찍한 일이지! 게다가 그의 구문은 정말 한심하다.

둘은 마테를링크의 작품에서 대화 장면 중 동사 '말하다'의 변화를 패러디하면서 재치 있는 비평을 했다.

"내가 그 여자가 들어왔다고 말했어."

"네가 그 여자가 들어왔다고 말했나."

"당신이 그 여자가 들어왔다고 말했지요."

"그런데 왜 그 여자가 들어왔다고 말한 거지?"

페퀴셰는 이 짧은 패러디를 『르뷔 데 되 몽드Revue des Deux

Mondes』에 보내야겠다고 생각했다가, 부바르의 말을 듣고는 인기가 높은 살롱에서 익살을 부릴 때 사용하기로 했다. 살롱에 데뷔하자마자 재담으로 인정받을 것 같았다. 그다음 문예지에 보내도 될 것이다. 그리고 사람들은 이런 재치 있는 내용을 활자로 읽으면서 자신들이 처음으로 들었던 일을 떠올리곤 우쭐할 것이다.

르메트르는 뛰어난 재능에도 불구하고 일관성이 없고, 반항적이고 때로는 현학적이고 때로는 속물 부르주아스러웠고, 너무 자주 앞에 썼던 시를 취소하는 개영시改詠詩를 쓰곤 했다. 맥 빠진 문체였지만 정해진 날짜에 맞춰, 특히 마감일에 임박해 즉흥시를 쓰는 일이 어렵다는 점에서 그를 너그러이 봐줘야 했다. 아나톨 프랑스의 경우는 글은 잘 쓰는데 사고방식이 위험하고 반대로 부르제P. Bourget는 생각은 깊은데 문체는 괴로울 지경이었다. 재능이 완벽한 경우가 거의 없다는 게 그들은 안타까웠다.

자신의 생각을 명료하게 표현하는 것이 왜 그리 어려운지 부바르는 생각해보았다. 명료함으로는 충분하지 않았고 우아함이 필요하고(물론 문장력과 더불어), 생동감, 고귀함, 논리 등도 필요했다. 부바르는 아이러니도 필요하다고 보았다. 페퀴셰 생각에 아이러니는 꼭 필요한 것은 아니었고 오히려 독자들을 피곤하게만 하고 효과도 없으면서 당황스럽기만 한 것이었다. 한마디로 모든 사람들이 글을 못 썼다.

부바르가 봤을 땐 지나치게 독창성을 추구하는 게 문제였다. 페퀴셰가 보기에는 퇴폐적인 관습이 문제였다.

"사교계에서는 우리의 결론을 감추려는 의지가 필요해." 부바르가 말했다. "그렇지 않으면 우리가 비방만 한다고 생각할 거고 사람들은 두려워하다, 결국 우릴 싫어하게 될 거야. 그들을 불안하게 만들기보다 안심시켜야지. 우리가 독창적인 점도 상당히 불리할 거고. 그러니 감추도록 하자. 문학 이야기를 하지 않아도 괜찮으니까."

그러나 다른 중요한 것도 많았다.

"어떻게 인사를 하면 좋을까? 상반신을 다 기울여서? 아니면 머리만 숙여서? 천천히 할지 빨리 할지, 서서 그대로 아니면 뒤꿈치를 모으면서 할지, 다가가며 할지, 그 자리에서 할지, 등을 앞으로 굽히며 할지 아니면 등을 곧게 세워야 할까? 손은 몸 옆에 가지런히 둬야 할지, 모자는 쓰고 있어야 할지, 장갑은 끼고 해도 될까? 인사할 때 진지한 표정을 지을지 아니면 웃어야 할까? 인사가 끝나면 어떻게 바로 진지한 표정으로 돌아갈까?"

소개하는 것도 어려운 일이었다.

누구 이름부터 소개해야 하지? 이름을 부르는 사람을 손으로 아니면 머리로 가리켜야 하는지, 아니면 무심한 표정으로 가만히 있어야 하나? 나이 든 사람과 젊은이, 열쇠공과 왕자, 배우와 학술원 회원에게 다 같은 방식으로 인사해야 하나? 페퀴셰의 평등주의적 입장에서는 그러는 게 맞을 듯한데, 부바르 생각에는 예절에 어긋나 보였다.

각자의 호칭은 어떻게 불러야 할까?

남작, 자작, 백작에게 무슈라고 하는데, '후작 무슈님, 봉주르'는 너무 밋밋하고, '후작님, 봉주르'는 그들의 나이를 감안하면 무례한 것 같았다. 결국 '왕자님'과 '공작 나리'로 부르자고 했지만 이래도 불쾌한 건 어쩔 수 없었다. '전하'라는 표현에 이르렀을 땐, 둘은 정말 혼란에 빠졌다. 미래의 사교 관계에 이미 우쭐해져 있는 부바르는 이 표현이 포함된 다양한 문장 천여 개를, 얼굴을 붉히고 살짝 웃으면서 머리는 약간 숙이고 깡충깡충 뛰며 말해보았다. 그러나 페퀴셰는 부바르가 정신이 없어서 헷갈리거나 왕자 앞에서 웃음을 터뜨릴 거라고 단언했다. 결국 이런 거북함을 피하기 위해 그들은 왕족들이 있는 포부르 생 제르맹에는 가지 말자고 마음먹었다. 그러나 실제론 아무 데나 들어갔고 그 세계는 멀리서만 고립되고 촘촘한 세계처럼 보일 뿐이었다!… 오히려 대은행업자끼리는 직함이 중요했고, 번쩍이는 옷을 입은 이방인들은 수없이 많았다. 페퀴셰에 따르면, 가짜 귀족들에게는 강경해야 하는데 '드de' 같은 귀족 칭호를 절대 사용해서는 안 되며 편지봉투에 적거나 그들의 하인들과 이야기할 때도 피해야 한다는 것이었다. 귀족 칭호에 대해 더 회의적인 부바르가 보기에 그것은 최근에 생긴 집착이며,

오래된 귀족들이 호칭에 대해 가지고 있던 집착보다 더 대단한 것이었다. 어쨌든 그들에게 귀족이란 특권을 잃은 다음부터는 더 이상 존재하지 않는 것이었다. 귀족은 성직자를 지지했고, 시대에 뒤떨어지고, 책도 읽지 않고 할 일도 없고 부르주아만큼이나 유흥을 즐겼다. 이런 귀족들을 존경하는 건 부조리했다. 그들과 교류는 할 수 있다고 생각했는데, 그렇다고 경멸하지 않겠다는 뜻은 아니기 때문이었다. 부바르는 어느 살롱에서 그들을 만날 수 있을지, 그들이 일 년에 한 번 나온다는 교외가 어딘지, 자주 가는 곳은 어디인지, 그들이 방탕하게 노는 곳은 어디인지 알기 위해서는 우선 파리 사교계의 지형을 정확하게 파악할 필요가 있다고 선언했다. 사교계 지도에는 포부르 생 제르맹, 금융계, 화려한 복장의 외국인들, 개신교 사회, 예술계와 연극계, 지도층과 학술계가 포함되었다. 생 제르맹 주변은, 페퀴셰의 의견에 따르면 경직되어 보이는 외형 뒤로 구체제의 방탕한 생활을 감추고 있었다. 모든 귀족들은 정부를 두고 있었고 여자 형제 중에 수녀가 있었으며 신부와 공모했다. 이들은 호쾌한 사람들이라 빚도 지고, 재산을 탕진하고는 고리대금업자를 혹독하게 몰아세우면서도 언제나 명예로웠다. 세련의 극치를 달리고 해괴한 유행을 만들어내고, 모범적인 아들이었으며, 민중에게는 따듯했지만 은행가들은 거칠게 다루었다. 칼자루를 들고, 여자를 안장 뒤에 태운 이들은 왕정이

복귀하기를 고대하며 극한의 무위의 생활을 누리지만, 선량한 사람들 앞에서는 꺼림칙해하고 배신자를 내쫓고 겁쟁이를 욕하며 그들 나름대로 기사적인 면모 때문에 우리의 확고한 호의를 얻는다.

반면 대다수의 볼썽사나운 은행가는 경의와 혐오를 불러일으킨다. 은행가는 가장 열광적인 무도회에서도 근심에 차 있다. 수많은 서기 중 한 명이 꼭 그때에, 심지어 새벽 4시에도 최신 증권거래소 소식을 가지고 온다. 그는 자기 부인한테도 가장 성공한 투자와 가장 처참한 실적을 숨긴다. 이 자가 실력자인지 사기꾼인지 결코 알 수가 없다. 은행가는 예상할 수 없게 이 역할을 교대로 하며, 막대한 자산이 있지만 영세 세입자의 월세가 늦어지면 가차 없이 내보내고, 조금도 봐주지 않으며 봐주는 경우란 세입자를 첩자로 이용하거나 그의 딸과 잠자리를 하고 싶을 때이다. 은행가는 항상 마차 안에 있고 조잡한 복장에 코안경을 쓰고 있다.

부바르와 페퀴셰는 개신교 사회에도 큰 애착을 느끼지는 못했다. 그곳은 냉담하고 답답하며 종교를 믿는 가난한 자들에게만 베풀고 목사들로만 구성되어 있었다. 그들의 사원은 일반 가정과 너무 비슷해서 가정이 사원처럼 슬펐다. 가정에도 점심 식사 때에는 목사가 있고, 하인들은 성경의 구절을 인용하며 주인을 훈계하기도 한다. 숨김없이 즐거움을 표현하는 것을 무척이나 두려워하며, 가톨릭 신자들과 대화할 땐 낭트 칙령과 성 바르톨로메오 축일의 학살을 끊임없이 원망한다.

예술가는 거의 비슷하면서도 모두 다르다. 모든 예술가들은 광대이고 가족과는 불화상태이며 실크해트는 전혀 쓰지 않고 그들만의 특별한 언어를 구사한다. 재산을 압류하러 오는 집행관을 골탕 먹이거나 가면무도회용 그로테스크한 의상을 찾는 데에 인생을 보낸다. 그러나 그들은 계속 걸작을 생산해내며 대부분의 경우 알코올과 여성의 남용이 영감 또는 천재성의 전제조건이다. 낮에는 자고 밤에는 산책을 하며 예술작업은 언제 하는지 알 수 없고, 머리는 항상 뒤로 젖혀져 있고 바람에 헐렁한 넥타이를 휘날리며 계속 잎담배를 둘둘 만다.

연극계는 예술가들의 세계와 살짝 다른데, 가족생활이 전혀 없고, 이들은 기상천외하거나 한없이 아량이 넓다. 연극인들은 자만심이 강하고 질투가 심해도 동료를 계속 도우며 동료의 성공에 박수를 보내고, 폐병에 걸리거나 불행한 상황에 처한 여배우의 아이를 입양하곤 한다. 아무튼 그들은 사교계에서 소중한 존재들이고, 교육을 받지 못해서 가끔 지나치게 신앙심이 깊거나 미신을 숭배하는 경우도 있다. 국가의 지원을 받는 극단 배우들은 예외라 그들은 우리의 진정한 감탄의 대상으로 식탁에서 장군이나 왕자보다 더 대접받을 만하며, 중요한 무대에서 공연하는 걸작에 표현된 감정들을 영혼에 지니고 있다. 그들의 기억력은 경이로우며 옷차림도 완벽하다.

유대인들의 경우, 부바르와 페퀴셰는 그들을 배척하진 않지만 (리버럴해야 하니까) 그들과 함께하는 건 혐오한다고 고백한다. 그들은 젊은 시절 독일에서는 쌍안경을 판매하고* 파리에서도 그들의 신성한 신앙과 아주 특별한 생활 습관과 함께, 이해할 수 없는 어휘들과 그들만이 다니는 정육점을 가지고 있었는데, 공정한 사고를 하는 사람들로서 그들은 그것을 존중한다고 했다. 그들은 모두 매부리코와 뛰어난 지능을 가졌으며 그들의 저열한 영혼은 영리만 추구하고 여성들은 조금 연약하지만 아름답고 가장 고귀한 감정을 품을 수도 있다. 많은 가톨릭 신자들이 그들을 본받아야 할 텐데! 그런데 그들의 재산은 왜 항상 헤아릴 수 없으며 은닉되어 있을까? 게다가 그들은 예수파, 프리메이슨단처럼 거대하고 은밀한 사회조직을 이루고 있다. 어딘지는 모르지만, 그들은 모호한 적들을 상대하려고 끔찍하면서 비밀스러운 목적을 위해 고갈되지 않는 자원을 가지고 있다.

---

* 당시 유대인이 쌍안경을 판매한다는 편견이 있었고 플로베르의 『통상 관념 사전』에도 관련 내용이 등장한다.

음악애호

자전거와 그림에 지겨워진 부바르와 페퀴셰는 진지하게 음악을 배우기 시작했다. 전통과 질서의 영원한 벗인 페퀴셰가 외설적인 노래와 〈검은 도미노〉의 최후의 애호가임을 인정했을 때, 혁명적인 부바르는 '과감한 바그너주의자'라고 선언했다. 사실 애국자지만 뭘 잘 알지는 못하는 페퀴셰가 '베를린의 떠버리'라고 부르는 바그너의 악보를 부바르는 한 번도 본 적이 없었는데, 프랑스에서는 고등음악원이 항상 같은 곡만 연주하고 콜로뉴 오케스트라는 대충대충, 라무뢰 오케스트라는 더듬더듬 연주할 뿐만 아니라, 전통을 보호하지 않는 뮌헨이나 속물주의자들이 완전히 오염시켜버린 바이로이트에서도 그 곡은 들을 수 없었기 때문이었다. 그걸 피아노로 연주하는 것 자체가 난센스였다. 무대장치에 대한 환상이 필요하고 가려져 있는 오케스트라와 어두운 공연장이 필요했다. 그럼에도 방문객들에게 벼락을 때릴 준비를 끝마친 피아노의 악보대에는 〈파르지팔〉 서곡이, 세자르 프랑크의 펜대 사진과 보티첼리의 〈봄〉 사진 사이에 놓여 있었다.

바그너의 〈발퀴레〉 악보에서 '봄의 노래'는 곱게 잘려 나가 있었다. 바그너 오페라의 목차에서 첫 악보 페이지인 〈로엔그린〉과 〈탄호이저〉에 분노한 사선이 빨갛게 그어져 있었다. 초기 오페라 중에서 〈리엔치〉만 계속 연주되었다. 바그너를 부정하는 일이 너무 흔해지자 부바르는 이제 반대 의견을 피력할 때라고 생각했다. 구노의 작품은 그를 웃겼고, 베르디는 소리 지르게 했다. 에릭 사티보다는 덜하지만, 누가 감히 그에 대적할 수 있겠는가? 베토벤은 메시아처럼 정말 위대한 것 같았다. 부바르는 바흐를 음악의 선구자라고 민망해하지 않으며 인정할 수 있었다. 생상스는 깊이가 부족하고 마스네는 형식이 불완전하다고 부바르가 말하면, 페퀴셰는 생상스는 깊이만 있고 마스네는 형식만 있다고 끊임없이 반복했다.

"그래서 한 명은 우리에게 가르침을 주고 또 한 명은 우리를 매혹시키는 거지, 우리를 고양시키지는 못하고." 페퀴셰는 강조했다.

사실 부바르에게는 둘 다 무시해도 좋을 작곡가들이었다. 마스네는 아이디어는 좀 있는 듯했는데 다 통속적이고 심지어 이제는 통하지도 않는 것이었다. 생상스는 예술적 솜씨는 있는데 시대에 뒤떨어졌다. 가스통 르메르에 대해서 부바르는 잘 알지 못했고, 당시 경향을 거슬러 쇼송과 세실 샤미나드를 대조하며 유창하게 설명을 했다. 페퀴셰는 샤미나드의 미학을 혐오하면서도, 그리고 부바르는 모든 프랑스인들이 가진 기사도를 발휘하여 여성을 항상 먼저 앞세우는 전통에 따라 샤미나드에게 당시 작곡가들 중 선두 자리를 신사적으로 양보했다.

음악애호가이기보다는 민주주의자에 가까운 부바르는 샤를 르바데의 음악을 금지했는데, 증기기관차 시대와 보통선거와 자전거 시대에 아직도 지라르댕 부인의 시로 작품을 쓰며 진보에 역행하는 작곡을 하기 때문이었다. 예술을 위한 예술을 지지하는 입장에서 뉘앙스가 전혀 없는 연주나 변조가 없는 성악곡은 들을 수 없다고 선언했다. 르바데한테는 마치 과거의 총사들처럼 빈정거리는 주법이나 고리타분한 감상주의의 가벼운 세련됨만 느껴졌다.

그러나 음악에 대한 가장 격렬한 대화는 레날도 안Reynaldo Hahn에 관한 것이었다. 마스네와 친밀하다는 이유로 레날도 안은 부바르의 가혹한 빈정거림을 샀으며, 페퀴셰 취향의 가치 없는 희생양으로 지목되었고, 특히 베를렌의 시에 감탄하여 가곡을 쓴 것은 페퀴셰를 격노하게 하는 재주가 있었고 그 점은 부바르도 동의하는 바였다. "자크 노르망, 쉴리 프뤼돔, 보렐리 자작도 좀 찾아봤어야지. 음유시인의 나라에 다행히 시인이 부족하지는 않으니." 부바르가 애국적으로 덧붙였다. '안'이라는 독일 튜튼식 음과 이름 '레날도'의 남부 유럽식 어미 사이에서, 베르디 편을 들면서 그를 관대하게 보기보다는 바그너에 대한 증오심으로 그를 평가하며 부바르 쪽으로 몸을 돌려 엄격하게 결론지었다.

"당신이 말하는 그 많은 멋진 사람들이 아무리 애를 써도 어쨌든 프랑스는 명료함의 나라이고, 프랑스음악도 명료하거나 아니면 존재하지 않겠지." 페퀴셰가 책상을 치면서 말했다.

"영불해협 건너에 대한 당신의 말도 안 되는 생각과 라인강 저편 독일에 대한 석연치 않은 입장은 보주산맥 너머는 전혀 고려하지 않는군!" 페퀴셰는 엄정한 불변성과 많은 암시를 내포한 시선으로 부바르를 보며 덧붙였다.

"조국을 지키는 부분은 빼야지. 〈발퀴레〉가 독일 사람들에게는 좋은지 잘 모르겠지만…. 아무튼 프랑스 사람 귀에는 언제나 최악의 고문, 가장 불협화음일걸! 게다가 국가의 자존심 측면에서도 가장 치욕적이지. 이 오페라는 근친상간의 가장 참을 수 없는 면을 가장 참혹한 불협화음으로 결합한 격이 아닌지! 당신이 좋아하는 음악은 괴물로 가득한 작품이야, 이제 더 만들 수도 없나 보군! 자연 중에서도, 사실 자연이 가장 단순한 창조주인데, 흉악한 것만 좋아하잖아, 들라포스 씨가 박쥐에 대해 작곡하지 않았나? 기괴한 작곡을 하다 그만 피아니스트로서의 오랜 명성에 금이 갔지. 왜 더 지순한 새를 고르지 않았을까? 참새에 대해 작곡했다면 적어도 파리스럽기나 했을 텐데. 제비는 경쾌하고 우아하고, 종달새는 본질적으로 프랑스적이라 카이사르 J. Caesar가 병사들 모자에 구운 종달새를 박아 넣으라고 했다지. 그런데 왜 하필 박쥐냐고!!! 솔직하고 명료하게 길들여진 프랑스인은 이 섬뜩한 동물을 혐오할 거야. 몽테스키외의 시라면 지겨워진 귀족의 색다른 취향이라고 치부하고, 그에게는 허락하겠지만 음악에서 그런 일이 있다니! 〈캥거루 레퀴엠〉은 어떻게 생각하오?…" 이 멋진 농담은 부바르의 이맛살을 펴지게 했다.

"내가 당신을 웃긴 걸 인정하지?" 페퀴셰가 덧붙였다.(불쾌한 거드름 없이, 왜냐하면 재치 있는 사람들끼리는 서로 인정하니까)

"동의하지, 이제 그만합시다. 당신이 완전히 무장해제되었으니!"

드 브레이브 부인의 서글픈 전원생활

"아리아드네, 나의 누이여, 어떤 사랑의 상처로
그대가 버려진 바닷가에서 죽었던가!"*

1

프랑수아즈 드 브레이브는 그날 저녁, 엘리자베스 드 A 공주의 사교모임에 갈지 오페라에, 아니면 리브레Livray의 희극을 보러 갈지 오랫동안 망설였다.

저녁 식사를 했던 친구들 집에서 나온 지도 벌써 한 시간이나 지났다. 이제는 결정을 해야만 했다.

같이 돌아오기로 한 그녀의 친구 준비에브는 엘리자베스 드 A 공주의 모임에 가고 싶어 했고, 드 브레이브 부인은 왜 그런지 모르겠지만 거기보다는 다른 두 곳, 아니 제3의 장소

---

* 라신, 〈페드르〉, 1막 3장.

에 들렀다가 잠자리에 들고 싶었다. 마차가 준비되었다고 알려왔다. 드 브레이브 부인은 아직도 결정을 못한 상태였다.

"이럴 수가. 레즈케Rezké가 노래할 것 같다고 내가 좋아하니까 가기 싫다고 하는 거니. 엘리자베스 댁에 가면 마치 너한테 심각한 일이라도 생길 것처럼 굴잖아. 무엇보다도 올해 공주가 마련한 모임에 한 번도 간 적이 없는데, 공주랑 그렇게 친하면서 그건 잘하는 일이 아니지." 준비에브가 말했다.

프랑수아즈는 스물이던 자신을 홀로 두고 남편이 떠난 지 이제 사 년이 되었는데, 무엇이든 준비에브와 같이했고 그녀의 마음에 드는 일을 하고 싶었다. 친구의 요청에 오래 버티지 못하고, 초대한 집주인과 파리의 모든 이들이 그렇게 갈구하는 여성을 더 오래 보지 못하는 걸 아쉬워하는 손님들에게 인사를 하고 하인에게 말했다.

"엘리자베스 드 A 공주 댁으로요…."

2

공주의 사교모임은 몹시 지루했다. 드 브레이브 부인은 어느 순간 준비에브에게 물었다.

"너를 식탁 쪽으로 데려간 젊은이가 누구지?"

"드 라레앙드 씨인데 나도 전혀 모르는 사람이야. 내가 소개해줄까? 안 그래도 그 사람이 너에게 소개해달라는데 그냥 애매하게 답을 했어, 별로 지위도 없고 재미없는 사람인데 너를 아주 예쁘다고 생각하니 한번 소개해주면 봐주지 않을 거 같아서."

"아, 그래! 아니, 사실 좀 못생기고 저속해 보여, 눈은 아름다운데."

"네 말이 맞아. 그리고 저 사람 자주 마주치게 될 텐데, 알게 되면 귀찮아질 거야." 준비에브가 말했다.

그리고 농담조로 덧붙였다. "만약 그 사람과 친해지고 싶은 거면 아주 좋은 기회를 잃은 셈이고."

"그래, 좋은 기회네." 프랑수아즈는 답했다. 그녀는 이미 다른 생각을 하고 있었다.

"그런 셈이지." 준비에브가 말했다. 그녀는 소개해달라는 요청을 제대로 듣지 않고 그 젊은이의 즐거움을 그냥 외면한 것을 약간 후회했고, 게다가 오늘 저녁이 사교 시즌의 마지막 모임 중 하나였기에 소개했더라도 큰 문제는 아니었으며, 어쩌면 그러는 편이 더 좋았을지도 모른다는 생각을 했다.

"만약 그가 이쪽으로 다시 오면."

그러나 그는 오지 않았다. 그는 그녀들과 완전히 반대편에 있었다.

"이제 그만 떠날 때야." 잠시 후 준비에브가 말했다.

"잠깐만 더 있다가." 프랑수아즈가 답했다.

무슨 변덕인지, 아니면 특히 그녀가 예쁘다고 한 젊은이에 대한 교태인지 프랑수아즈는 그를 조금 더 오래 쳐다보았고 눈을 돌렸다가 다시 그 젊은이를 바라보았다. 그를 어루만지는 듯한 시선으로 보려고 애를 썼고 왠지 모르지만 그저 즐거운, 특히 베푸는 기쁨과 약간의 자만심, 또는 마치 전혀 만날 길 없는 사람을 위해 나무에 이름을 새기는 사람의 심정, 바다에 병을 띄우는 사람의 마음으로 바라보았다. 시간이 흐르고, 이제 늦은 밤이 되었다. 드 라레앙드 씨는 열린 문 쪽으로 나갔고 드 브레이브 부인은 현관 안쪽에서 번호표를 휴대품 보관소에 내미는 그를 알아보았다.

"이제 갈 때가 되었네, 네 말대로." 준비에브가 말했다.

둘은 일어섰다. 그러나 준비에브의 친구가 그녀를 붙들고 말하는 동안 프랑수아즈는 휴대품 보관소에 잠시 혼자 있게 되었다. 그때 그 자리에는 지팡이를 찾지 못한 드 라레앙드 씨뿐이었다. 프랑수아즈는 마지막으로 그를 한 번 더 흥미롭게 지켜보았다. 그는 그녀 곁을 지나치면서 팔꿈치로 그녀를 가볍게 건드렸고, 눈을 빛내며 그녀를 등지는 순간 지팡이를 찾는 모습을 취하며 말했다.

"저의 집에 오세요, 로얄가 5번지로."

전혀 예상하지 못한 일이었고 드 라레앙드 씨는 계속 지팡이를 찾고 있어서 프랑수아즈는 착란은 아니었는지 잠시 생각해보았다. 그녀는 몹시 두려웠고, 때마침 지나가는 A 공을 불러서 내일 같이 산책을 하자고 수다스럽게 말했다. 이야기를 나누는 동안 드 라레앙드 씨는 떠나버렸다. 얼마 뒤 준비에브가 돌아왔고 둘도 자리를 떠났다. 드 브레이브 부인은 아무 말도 하지 않았고 놀라기도 하고 한편으론 우쭐한 상태였지만 사실은 무관심했다. 이틀이 지나고 우연히 다시 생각한 뒤엔 드 라레앙드 씨가 한 말의 현실성을 의심하기 시작했다. 기억을 더듬어봐도 전부 다 떠오르진 않았고 꿈속에서 들은 느낌인데다 팔꿈치는 실수로 그랬을 거라고 생각하게 되었다. 그러고 나니 다시는 드 라레앙드 씨에 대해 생각하지 않게 되었고, 우연히 그의 이름이 들리기라도 하면 얼굴이 재빨리 떠오르고 휴대품 보관소에서 있었던 착란은 완전히 잊게 되었다.

그녀는 드 라레앙드 씨를 올해의 사교 행사 마지막 날 (6월이 끝나가고 있었다) 저녁에 다시 보게 되었지만, 소개해달라고 말은 못 하고, 거의 추남이라고 생각하고 또 그다지 지적이지도 않다는 걸 알면서도 그를 만나고 싶었다. 그녀는 준비에브에게 다가가서 부탁했다.

"드 라레앙드 씨를 내게 소개해줘. 무례하고 싶지 않으니까. 그렇지만 내가 소개해달라고 했다고는 하지 마. 책임지는 건 싫거든."

"이따가 보이면 그렇게 할게, 지금은 안 보이는데."

"그럼 찾아봐줘."

"이미 나간 거 아닐까."

"아니, 갔을 리가 없어, 아직 이른 시간이니까. 오! 벌써 자정이네. 준비에브, 별로 어려운 일 아니잖아. 지난번에는 네가 그랬는데. 오늘은 부탁이야, 들어줘."

준비에브는 조금 놀라서 그녀를 바라보았고 드 라레앙드 씨를 찾으러 갔으나, 그는 이미 떠난 뒤였다.

"그것 봐, 내 말이 맞지." 준비에브가 프랑수아즈에게 다가오면서 말했다.

"피곤하네, 머리도 너무 아프고, 미안하지만 바로 돌아가자." 프랑수아즈가 부탁했다.

3

프랑수아즈는 단 한 번도 오페라에 빠지지 않았을 뿐만 아니라 희미한 희망을 품고 그녀를 아직 초대하는 저녁 식사에는 모두 참석했다. 이 주가 그렇게 지나갔지만 드 라레앙드 씨를 다시 보지 못했고 밤에 깨어나 그를 만날 수 있는 방법을 생각하게 되었다. 그가 지루한 남자고, 못생겼다고 되뇌면서도 그녀는 주변의 매우 지적이고 매력적인 어떤 남자보다 그 남자에게 신경을 쓰고 있었다. 사교 시즌은 끝났고, 이제 그를 볼 수 있는 기회가 더 이상 없자 그녀는 기회를 만들 계기를 찾고 있었다.

어느 저녁, 준비에브에게 물었다. "드 라레앙드 씨를 안다고 하지 않았니?"

"자크 드 라레앙드 씨? 그럴 수도 있고, 아닐 수도 있지. 소개는 받았는데 나한테 명함을 주진 않았고, 친분은 전혀 없어."

"그래서 말인데, 내가 조금 관심이 있어서 그러는데, 아니 상당히 관심이 있어서 그러는데, 딱히 나랑 관련된 건 아니고, 한 달 정도 지나면 너한테도 말해줄 수 있을 것 같은 일이 있어. (한 달쯤 지나면 그와 발각되지 않도록 거짓말을 하나 만들어낼 거라 생각했고 둘만이 간직할 비밀이란 생각에 그녀는 달콤했다.) 제발, 어떻게 좀 해봐, 사교 시즌이 끝나서 이제 모임도 없고 그분한테 나를 소개할 길이 없단 말이야."

친밀한 우정, 진실할 때는 그렇게 순수한 우정이, 대부분의 사교계 사람들이 느끼는 비천한 즐거움과 어리석은 호기심으로부터 준비에브뿐만 아니라 프랑수아즈를 보호하고 있었다. 준비에브는 진심으로, 단 한순간도 친구에게 이유를 물으려는 의도, 욕구를, 아니 생각조차 하지 않고 어떻게 드 라레앙드 씨를 소개할 수 있을지만 생각하면서, 방법을 찾지 못해 언짢아졌다.

"A 공주가 떠난 게 아쉽네. 그래도 드 그뤼멜로 씨가 있어, 그런데 그것만으로는 소용이 없고 뭐라고 말하지? 아! 좋은 생각이 있어. 드 라레앙드 씨 첼로 실력이 뛰어나지는 않은데, 그래도 상관없지 뭐. 드 그뤼멜로 씨는 아주 감탄하거든, 그리고 그 사람이 상당히 멍청해서 너를 즐겁게 하기 위해서라면 뭐라도 할 거야. 근데 네가 그를 계속 멀리했는데, 너는 한 번 부탁한 다음에는 내치지 못하니 내년에도 또 초대해야 할 텐데, 그러고 싶지는 않잖아."

프랑수아즈는 벌써 기쁨으로 얼굴을 붉히면서 외쳤다.

"상관없어, 번쩍이는 옷을 두른 파리의 모든 외국인을 초대해도 괜찮아. 아! 서둘러줘, 고마운 준비에브, 정말 고마워!"

준비에브가 적었다.

드 그뤼멜로 씨께,

제가 친구 드 브레이브 부인에게 기쁨을 줄 수 있는 기회를 여러모로 찾고 있다는 것을 잘 알고 계실 겁니다. 우리가 첼로에 대해 이야기를 하다 드 브레이브 부인이 여러 차례에 걸쳐, 당신의 절친한 벗 드 라레앙드 씨의 첼로 연주를 한 번도 들어보지 못한 것을 안타까워했습니다. 제 친구와 저를 위해 드 라레앙드 씨의 연주를 볼 수 있도록 도와주실 수 있을까요?

이제 시간이 많으니 드 그뤼멜로 씨에게 너무 성가신 일이 아니라면 정말 친절하신 일일 겁니다. 안부 인사를 드리며.

   알레리우브르 뷔브르 올림

"이 편지를 바로 드 그뤼멜로 씨 댁으로 가져가세요." 프랑수아즈가 하인에게 전했다. "답을 기다리지 않아도 되지만 드 그뤼멜로 씨에게 직접 전달해주세요."

다음 날 아침 준비에브는 드 브레이브 부인에게 답장을 가져다주었다.

   부인,

   부인과 저와도 조금 알고 가장 존경스러우며 가장 강렬한 호의를 느끼는, 드 브레이브 부인이 원하시는 걸 제가 할 수 있다면 무한한 즐거움일 겁니다. 그러나 불운하게도 드 라레앙드 씨는 바로 이틀 전 비아리츠에서 몇 달을 보내러 떠났습니다!

   부인께 안부를 전하며…

   그뤼멜로 올림

프랑수아즈는 창백해지며 문 쪽으로 달려가 가까스로 문을 잠갔다. 흐느낌이 입술 사이로 터져 나오고 눈물이 흘렀다. 지금까지는 그를 만나고 사귀게 되는 상상에만 몰입

했던 그녀는 원하기만 하면, 가능하다고 생각한 것이 실현되리라 믿으며 욕망을 느끼고 별생각 없이 희망을 가졌다. 그러나 행복과 서글픔으로 별생각 없던 모든 시간들에 닿은 천여 개의 뿌리는 어디서 오는지도 모르는 새로운 수액을 흐르게 하여 이 욕망을 그녀 안에 심어버린 것이다. 그러곤 이제 뿌리를 뽑아 불가능 속으로 던지는 것이었다. 갑자기 모든 게 뿌리 뽑힌 듯한 끔찍한 고통 속에서 희망의 거짓말들은 갑자기 명확해지면서 고통의 깊은 내면에 자리 잡게 되었고, 그녀는 사랑의 실체를 맛보았다.

4

프랑수아즈는 매일 모든 즐거움에서 멀어지기 시작했다. 가장 강렬한 즐거움이었던, 어머니나 준비에브와의 긴밀한 유대감, 음악을 듣거나 책을 보거나 산책을 할 때 느끼던 기쁨에서도 멀어져 이제는 한순간도 잊을 수 없는 질투 어린 고통에 사로잡혔다. 비아리츠에는 절대로 갈 수 없는 상황, 가능하더라도 절대로 가지 않겠다는, 직접 간다는 비상식적인 행동으로 드 라레앙드 씨 앞에서 그녀의 위엄을 해치지 않겠다는 결단으로 인해 그녀의 고통은 극심했다. 정확하게 알 수 없는 이유로 고통을 받는 이 가여운 여성은 치유책이

나타날 때까지, 고통이 몇 개월 지속되어 편히 잠들지도 못하며, 자유롭게 꿈도 꾸지 못하리라는 생각에 떨었다. 또 혹시라도, 드 라레앙드 씨가 곧 파리로 오는데 모르고 있을까 두려워했다. 행복 가까이에서 다시 한번 기회를 놓치는 건 아닌가 하는 두려움에 대담해진 그녀는 드 라레앙드 씨의 문지기에게 하인을 보냈다. 그는 아는 게 없었다. 이제 희망의 돛단배는 수평선이 끝없이 펼쳐지는 고통의 바다에 나타나지 않을 것이며, 수평선 너머에는 아무것도 없고, 세상은 끝나버렸다는 사실을 깨달은 그녀는 뭐라도 할 듯한 기세여서, 스스로 의사가 되어 이를테면 자신을 좀 진정시키기 위해서, 그를 만나고 싶어 했음을 알리려는 노력으로 그 사실을 그뤼멜로 씨에게 적어 보냈다.

드 그뤼멜로 씨,

뷔브르 부인이 제게 당신의 친절한 마음을 전해주었습니다. 벅찬 마음으로 감사드립니다! 그러나 한 가지가 염려됩니다. 혹시라도 드 라레앙드 씨께서는 제가 결례를 범했다고 생각하시지는 않을지요! 그분이 어떤 생각을 하시는지 모르니, 여쭤보시고 속마음을 알게 되시면 이야기해주세요. 제가 많이 궁금하기도 하고, 도와주시면 정말 감사하겠습니다.

깊은 존경을 보내며,

보라진 브레이브 올림

한 시간 뒤, 하인이 답장을 가져왔다.

부인, 염려하시지 않아도 됩니다. 드 라레앙드 씨는 당신이 그의 연주를 듣고 싶어 했다는 것을 모릅니다. 제가 언제 와서 연주를 할 수 있겠냐고 물었고 누구를 위해 연주할지는 이야기하지 않았습니다. 비아리츠에서 답을 주기를, 그는 1월 전에는 파리에 돌아오지 않는다고 하더군요. 제게 감사하실 필요는 없습니다. 부인을 조금이라도 도울 수 있다면 제게는 무한한 기쁨입니다.

그뤼멜로 올림

이젠 어쩔 수 없었다. 프랑수아즈는 그냥 그렇게, 그저 점점 더 슬퍼졌고, 슬퍼하면서 어머니를 슬프게 해드리는 것에 가책을 느꼈다. 시골에서 며칠을 보내기로 하고 트루빌에 갔다. 그곳에서 드 라레앙드 씨의 사교계에서의 야심에 대해 들었고, 어떤 왕자가 애를 쓰며 "제가 뭐 해드릴 수 있는 일이 있을까요?"라고 물었을 때 만약 그녀가 솔직하게 대답했다면 그가 얼마나 놀랄지 상상하다 명랑해졌고, 그녀를 위해 사람들이 베풀어준 많은 대단한 것들과 쉽지만 불가능한, 그녀에게 마음의 평화와 건강, 행복과 가족들의 행복을 주었을 쉬운 일들 사이의 대조적인 아이러니에서 극심한 쓸쓸함을 한껏 느꼈다. 그녀에게 한없이 감탄하는 하인들 사이에 있는 것이 그래도 조금 기쁨을 주었다. 이들은 슬픔에 잠긴 그녀에게 차마 말을 걸진 못하고 조용히 시중을 들었다. 그들의 정중한 침묵과 염려는 곧 드 라레앙드 씨를 말하기 때문이었다. 열정적으로 침묵을 들었고, 그녀의 친구들을 맞이할 시간을 미루기 위해서라도 천천히 점심 시중을 들도록 했다. 그녀의 주변 그에게서 기원한, 쓸쓸하면서도 달콤한 슬픔의 맛을 그녀는 오래도록 입안에 간직하고 싶었다. 많은 사람들이 그의 지배를 받게 되어, 자신의 마음 속에 자리한 그를 자신의 주변에서도 느끼며 위안을 받고 싶었고, 자신만을 위해 활력 넘치는 동물들이 자신의 고통으로 활력을 잃어가기를 바랐다. 절망에 빠진 어떤 순간에는 그에게 편지를 보내거나, 그가 자신에게 편지를 보내게 만들어서 명예를 실추하고 '모든 것을 잃게' 되기를 바랐다. 그러나 사랑을 위해서라도, 사교계에서의 입지를 유지하여 어느 날 그를 만나게 되었을 때 자신의 권위가 더 발휘될 수 있도록 하는 편이 나았다. 잠깐 친밀해졌다가 그가 그녀에게 행사했던 매력이 사라진다면(그러기를 바라지는 않았고 그럴 수 있다고 믿을 수 없고 한순간도 상상이 되지 않았지만, 그럼에도 그녀의 명석한 정신은 그녀의 마음이 이성을 잃고 맹목적이 된 것을 보면서 치명적인 결말을 예감하고 있었다), 그녀는 누구에게도 의지할 곳이 없으리라는 걸 알고 있었다. 다음에 다른 사랑이 찾아오더라도, 지금 갖고 있는 지위와 방편조차 없을 것이며, 아직은 그 방편 덕분에 파리로 돌아가면 드 라레앙드 씨와 쉽게 친교를 맺을 거라는 생각을 했다. 자신의 감정을 분리하여 검사의 대상으로 직시하고자 애쓰면서 그녀 스스로에게 말했다. "그 사람이 평범하다는 건 알고 있고 항상 그렇게 생각했어. 그게 나의 판단이고 그 사람은 변하지 않았어. 그리고 내 마음에 동요가 교묘하게 자리 잡았지만 그래도 나의 판단은 변하지 않았어. 그래, 별것 아닌 데 매달려 살지. 나는 자크 드 라레앙드 씨를 위해 살고 있는 거야!" 그의 이름을 발음하자마자 이번에는 의식 못한, 분석적이지 않은 연상으로 그의 모습을 떠올리게 되었고, 사소한 것이 그녀에게는 다른 사람들한테서는 느끼지 못하는, 큰 행복과 고통을 동시에 주고 있음을 깨달았다. 그를 잘 알게 되면 모든 건 다 해소될 것이며, 그녀는 환상에 그녀의 고통과 열정의 현실을 부여한 것이었다. A 공주의 사교모임에서 들었던 〈명가수〉의 가사야말로 드 라레앙드 씨를 가장 정확하게 환기시키는 재주가 있었다 Dem Vogel der heut sang dem war der Schnabel hold gewachsen.* 이 노래 구절을 별생각 없이 드 라레앙드 씨의 주제곡처럼 여겼고, 어느 날 트루빌에서 이 곡을 듣게 되었을 때 그만 눈물이 솟아

---

* 바그너의 〈뉘른베르크의 명가수〉 2막. '방금 노래한 새는 튼튼한 부리를 가지고 있네.'

올랐다. 너무 질리지 않도록 자주는 아니지만, 때로 방문을 잠그고 틀어박혀서, 싣고 온 피아노를 그를 자세히 보기 위해 눈을 감고 연주하는 일이 그녀에게는 그것 없이는 견딜 수 없는, 결국에는 깨어날 환상에 취하게 하는 유일한 마약과 같은 즐거움이었다. 때때로 그녀는 고통의 소리를 듣기 위해, 마치 샘물의 부드러운 탄식을 듣기 위해 귀를 기울이듯 멈추었고, 자신의 수치심, 그로 인해 가족들이 느끼게 될 절망과 (그녀가 자신을 그에게 맡기지 않을 경우) 영원한 슬픔이라는 처참한 두 선택지 사이, 참을 수 없는 독인지 알면서도 없애지 못하고, 치유할 줄도 모르며 쾌락과 고통을 모두 사랑에 교묘하게 뒤섞어버린 스스로를 저주했다. 그녀는 우선 두 눈을 저주했고, 어쩌면 눈보다도 이성의 호감을 사고 싶은 역겨운 마음과 호기심이 그 젊은이를 유혹하기 위해 꽃처럼 눈동자를 부풀려, 직선처럼 확신에 차고 모르핀 주사인 듯 물리칠 수 없는 달콤함으로 드 라레앙드 씨의 시선에 자신을 노출시킨 것을 후회했다. 상상력 역시 저주했다, 너무나 애정을 가지고 사랑을 키워왔기에 프랑수아즈는 가끔 자신의 상상력이 사랑을 잉태한 것이 아닌가 생각했고, 그리고 이제는 배 속 아이가 어머니를 조정하고 고문하는 격이었다. 그녀의 섬세함 역시 저주했다, 그토록 교묘하게 그렇게 훌륭하게 또는 그릇되게 그를 만나게 되는 많은 소설들을 준비했다는 사실을 저주했는데, 그를 만날 수 없으리라는 절망스런 불가능성이 아마도 소설의 주인공에 더 집착하게 만들었고, 그녀의 선의와 섬세함은 그녀 스스로 그를 허락했다면 비난받아 마땅한 사랑의 기쁨을 후회와 수치심으로 오염시켰을 것이고, 그녀의 격렬한 의지는 욕망이 불가능에 부딪쳤을 때는 장애물을 극복하기 위해 일어서고 과감해졌으나, 욕망에 저항해야 하거나 다른 감정에 이끌릴 때는 그토록 연약하고 부드러우며 산산조각 난 상태가 되었다. 그녀는 마침내 자신의 생각을 초자연적인 범주에 넣어 저주하기에 이르렀는데 그녀가 받은 최고의 재능이며, 진정한 명칭 없이, 이를테면 시인의 직관, 신앙인의 법열, 자연과 음악의 깊은 감동 등으로 불리는 이 자질은 그녀에게 자신의 사랑 앞에 산의 정상, 끝없는 지평선을 두게 하고, 사랑의 매혹적인 초자연적 빛 속에 잠기게 하며, 이 사랑에 자신의 생각을 조금 나눠주어 연대하고 내면 가장 고귀하고 내밀한 삶과 뒤섞이고 자신의 마음과 생각의 가장 소중한 보물을, 성당의 보물을 성모에게 바치듯이, 사랑에 헌정하고는, 그녀의 마음속에서는 곧 저녁 바다를 향해 흐느끼는 소리가 들렸는데, 바다의 슬픔과 사랑하는 사람을 전혀 볼 수 없는 슬픔은 자매와 같아서, 그녀는, 저녁 해가 바닷가에 지듯, 아름다움의 발현 속에 우리의 정신이 지는, 세상사의 신비하며 형언하기 어려운 느낌이, 고통을 덜어주기는커녕, 자신의 사랑을 심오하게, 점점 구체화하고 확대, 무한하게 하는 것을 저주했다. "왜냐하면 (보들레르가 가을의 늦은 오후에 대해 말한 것처럼) 어렴풋한 느낌이라고 강렬함을 배제하지 않으며 무한함의 끝부분보다 더 예리한 끝은 없기 때문이었다."*

5

"간에 화살이 꽂힌 듯한 키프리스의 고통스런 상처를
마음에 간직하고 해가 뜰 때부터 바닷가 해초 위에서
소멸해가고 있었다."
―테오크리토스,『키클롭스』

전에는 훨씬 행복한 모습이었던 드 브레이브 부인을 트루빌에서 봤다. 그 무엇도 그녀의 병을 고칠 수 없어 보인다. 외모나 지적인 모습 때문에 드 라레앙드 씨를 사랑하는 거라면 더 지적이고 더 잘생긴 젊은 남성을 데려가 그녀의 기분을 바꿔줄 수 있을 것이다. 그의 선량함 또는 그녀를 향한 사랑으로, 그녀가 그를 애착하게 되었다면 다른 남자가 그녀를 더욱더 충실하게 사랑하려고 시도해볼 수 있을 것이다. 그러나 드 라레앙드 씨는 미남도 아니었고 지적이지도

* 보들레르의「예술가의 고해기도 Le *Confiteor* de l'artiste」에서.

않다. 심지어 다정한 사람인지 냉혈한인지, 가증스러운 인간인지 충실한 남자인지 그녀에게 보여줄 기회도 없었다. 그녀가 사랑하는 것은 분명히 그 사람 자체로, 다른 사람들에게서도 족히 발견할 수 있는 장점이나 매력이 아니었다, 그의 불완전함, 평범함에도 그를 사랑하는 것이니 운명적으로 그를 사랑하는 것일 수밖에 없는 것이다. 그런데 그가 누구인지, 그녀는 알기나 할까? 그녀를 그렇게 떨게 하는 유감, 또는 평생을 두고 그 어떤 일도 더 이상 가치가 없을 정도의 완전한 행복을 그를 위해 느끼는 거 말고는. 가장 아름다운 얼굴, 가장 독창적으로 지적인 여성도, 그녀만큼 독특하고 신비한 본질이 현존하는 그 어떤 사람도, 세상 끝까지 아니 영원한 시간 속에, 이렇게 특별한 여성의 분신은 없을 것이다. 애당초 A 공주의 저택으로 그녀를 인도한 준비에브 드 뷔브르가 없었다면 이런 일도 없었을 것이다. 그러나 여러 상황이 전개되며 그녀를 얽맸고, 원인을 알 수 없기 때문에 약도 없는 병에 걸리게 되었다. 드 라레앙드 씨는 물론 이 시간에도 비아리츠의 해변을 거닐면서 별 볼 일 없는 나날을 보내며 볼품없는 꿈을 꾸었는데, 만약 또 다른 자신이 기적같이 강렬한 삶을 드 브레이브 부인의 영혼 속에 살고 있고, 그가 아닌 다른 모든 것을 종속시키고 소멸시키는 지경에 이른 존재감을 갖고 있으며, 그의 존재가 그녀의 마음속에서 실존하는 자신만큼 지속적으로, 더 예민하며 덜 간헐적으로 더 풍요로운 의식을 통해 실질적으로 존재한다는 것을 안다면 깜짝 놀랄 것이었다. 더욱 놀랄 일은 지금까지는 물리적인 그의 존재를 찾는 곳이 없었는데 갑자기 드 브레이브 부인이 가는 곳마다 가장 재능 있는 사람들 사이에서도, 가장 폐쇄적인 살롱에서도, 최고의 풍광을 자랑하는 지역에서도 자신에 대해 이야기한다는 점이었고, 그렇게 모두에게 사랑받는 여성이 그에 대한 애정과 생각, 배려만 하며 이 부당한 찬탈자의 추억 앞에서 다른 사람은 다 지워지고 마치 그만이 오롯이 한 사람의 실체를 가진 듯, 그 자리에 있는 모든 이들은 한낱 기억이나 그림자처럼 공허해진 것이었다.

드 브레이브 부인이 시인과 산책을 하고 대공비와 점심을 하고 산이나 전원으로 가기 위해 트루빌을 떠나든, 혼자 책을 보거나 가장 좋아하는 친구와 이야기를 하든, 말을 타든, 잠을 자든, 드 라레앙드 씨의 이름과 이미지는 소중하고 잔인한, 피할 수도 없이, 하늘이 우리 머리 위에 있는 것처럼, 그녀를 따라다녔다. 그 결과 비아리츠를 지극히 싫어하는 그녀가 비아리츠에 관련된 거라면 무엇이든 고통스럽지만 자신을 뒤흔드는 매력이 있다고 생각하기에 이르렀다. 그 도시에 체류하는 사람들, 드 라레앙드 씨가 누구인지 모르고 그를 보는 사람들, 그의 존재를 충분히 누리지 못하고 그와 함께 있는 사람들을 염려했다. 그들을 원망하지는 않앉고 그들에게 부탁도 못하고, 그에 대해 계속 물어보지만 그녀의 비밀은 아무도 밝히지 못하면서, 주위에서 그렇게 많이 이야기하는 것이 때론 놀라웠다. 커다란 비아리츠 전경 사진이 그녀의 방에서 유일한 장식이었다. 사진 속에서 산책하는 사람들 중에 한 명이 드 라레앙드 씨의 윤곽을 가지고 있다고 생각했다. 그가 저질 음악을 좋아하고 연주하는 것을 알게 된다면, 그녀는 그의 취향에 맞게 자신의 취향을 감상적으로 낮추고, 그의 매력과 고통이 그녀에게 투영한 매혹에 의해 경멸해왔던 로망스 곡들은 곧 그녀의 피아노와 마음속에서 베토벤의 교향곡이나 바그너의 오페라들을 물리치고 자리할 것이었다, 때로 그녀가 단 두세 번, 잠깐 보았던, 그녀의 삶에서 일어난 사건들 중에서 아주 작은 부분을 차지하는 이 스침에서 본 그 남자의 모습이 그녀의 머릿속과 마음속을 완전히 사로잡아 그의 기억으로 지친 그녀의 눈앞에서 흐려지곤 했다. 그녀는 더 이상 그를 보지 못했고, 그의 윤곽, 실루엣, 그리고 그의 눈도 거의 기억하지 못했다. 그 이미지야말로 그녀가 그에게서 소유할 수 있는 유일한 것이었음에도. 그녀는 그 이미지를 잃을지도 모른다는 생각에 정신을 잃었고, 그녀를 힘들게 하면서 이제는 온통 그녀 자신이 되어버렸고 모든 것을 피해 그녀가 안에 들어가 있는, 그 이미지의 보존과 삶에 모든 것을 걸어 고통스럽게 하는 욕망이 사라져 그저 거북함의 기억, 꿈속 고통의 느낌으로 남아, 무엇이 그렇게 힘들었는지조차 잊어버리고 마음속에서 더는 그를 그려보지도 않고 소중히 여기지 않을 수도 있었다. 그런데 드 라레앙드 씨의 이미지가 내면에서 순간 술렁이더니 다시 떠올랐다. 그녀의 고통도 다시 시작되었고 거의 즐거움이 되어갔다.

드 라레앙드 씨는 1월에나 돌아올 텐데, 드 브레이브 부인은 파리에서의 생활을 견뎌낼 것인가? 그때까지 무엇을 할 것인가? 그리고 부인이 어떻게 할지, 또 그는 어떻게 할 것인가?

나는 수십 번 비아리츠에 가서 드 라레앙드 씨를 데려오고 싶었다. 결과는 끔찍할 수도 있는데, 내가 거기까지 고려해야 할 건 아니었고 부인은 절대 허락하지 않았다. 나는 그녀의 얇은 관자놀이가 불가해한 사랑의 쉼 없는 고통의 압력으로 안에서 부서지고 지쳐버린 모습을 보는 것이 안타깝다. 이 불가해한 사랑은 고뇌의 상태를 유지하며 그녀의 삶 전체에 리듬을 주었다. 그가 트루빌에 와 그녀에게 사랑한다고 말하는 상상을 해본다. 그가 보이고 그녀의 눈에서는 빛이 난다. 꿈속에서 들리는, 믿을 수 없지만 듣게 만드는 낮고 담담한 목소리로 말한다. 바로 그분이야. 그들을 결합시키는 운명에 대한 믿음을 주는 그의 신과 같은 웃음이 빛나는 것을 보게 되면, 꿈속에서만 들리는 음성이지만 그녀의 정신을 잃게 하는 말들이 들린다. 사실의 세계와 자신의 욕망의 세계가 평행하다는 느낌, 그의 몸이 드리우는 그림자의 존재가 그의 몸에 결합하는 것만큼 불가능하다는 것을 깨닫는 순간 그녀는 잠이 깬다. 그러면 휴대품 보관소에서 그의 팔꿈치가 팔을 스쳤던 순간, 원했다면, 자신이 알기만 했다면, 지금 껴안을 수 있었을, 그러나 이제는 영원히 멀어진, 그 몸을 그녀에게 제공했던 그 순간을 기억하며 그녀는 곧 난파할 운명의 함선에서 들려오는 듯한 절망과 저항의 신음을 내며 그 소리가 몸을 관통하는 것을 느꼈다. 해변가와 숲속을 산책하며 명상이나 몽상의 즐거움을 누릴 때는, 아니면 그보다는 못하지만 바닷바람이 실어와 옅어진 기분 좋은 냄새나 노래가 그녀를 부드럽게 감싸고 고통을 잠시 잊게 해주면, 갑자기 마음속에 크게 울리는 상처를 느끼며, 파도나 나뭇잎보다 더 높고, 숲이나 바다의 불확실한 지평선 너머 보이지는 않지만 존재하는 불굴의 빛나는 승자의 눈과, 그녀에게 자신을 맡겼던 그날의, 화살을 날리고 화살통과 함께 사라진 그의 흐릿한 이미지를 알아보는 것이었다.

1893년 7월

화가와 음악가의 초상

화가의 초상

알베르트 카위프

카위프,* 투명한 공기 아래 태양이 내려앉듯
회색 산비둘기의 비상이 물을 동요하듯
황금색 물기가 소의 이마와 자작나무를 비춘다
아름다운 태양빛의 푸른 향은
언덕과 늪을 물들이고 빈 하늘에 머문다
모자에 장밋빛 깃을 달고 손을 허리에 대고
기수들은 채비가 되었다, 볼을 붉게 물들이는 신선한 대기는
그들의 얇은 황갈색 입술을 살짝 부풀리고
불타는 들판과 시원한 바람에 달려보고 싶어
다가오는 소 떼를 방해하지 않고 그들은 질주하고
소들은 희미한 황금빛 안개 속에 휴식을 꿈꾸는데
기수들은 잠시 폐부 깊숙이 호흡하기 위해 길을 떠난다

---

* Albert Cuyp (1620-1691). 네덜란드의 풍경화가. 시는 루브르박물관에 소장된 〈산책을 떠나기 위한 준비〉를 묘사한 듯하다.

파울루스 포테르

단조로운 회색이 뒤덮은 하늘의 어두운 근심,
드물게 하늘이 개는 순간 푸름은 더 슬프다
얼어붙은 들판 위에 버려져
이해받지 못한 태양의 미지근한 울음을 투과하며
포테르*는, 어두운 들판의 쓸쓸한 기분이
끝없이, 즐거움 없이, 채색 없이 펼쳐져
나무와 마을에는 그림자가 없고
볼품없는 정원에는 꽃이 없다
양동이를 끌고 오는 농부의 귀갓길
마른 그의 암말은 체념하고, 불안해하며 꿈꾸며,
초조한 나머지 생각이 가득한 머리를 들어 올려
숨 가쁘게 바람의 힘찬 숨결을 들이마신다

앙투안 바토

석양빛이 푸른 망토와 흐릿한 기운으로
나무와 마을을 물들이면

---

* Paulus Potter (1625-1654). 주로 동물을 많이 그린 네덜란드의 화가.

싫증 난 입술 주변에 조금의 입맞춤…
막연한 사람은 다정해지고 가장 가까운 이는 멀어진다

가면무도회, 다른 먼 곳의 우수는
더욱 거짓이며, 슬프고 매력적인 것을 사랑하라고 손짓한다
시인의 변덕, 또는 애인의 신중함,
사랑은 알맞게 장식되어야 하기에
바로 여기 작은 배와 간식과 침묵과 음악이 있다*

안토니 반 다이크

마음의 잔잔한 자부심, 사물의 고귀한 우아함으로
눈은 빛나고, 드높고 아름다운
언어의 자태로 벨벳과 목재는
여성과 제왕 들의 타고난 자만심이라!
반 다이크, 은밀한 손놀림의 왕, 그대는 승리한다
곧 죽을 세상의 아름다운 존재들 속에서
아름다운, 아직도 펼쳐질 수 있는 모든 손 안에서
전혀 의심 없이, 무슨 상관인가, 그녀가 그대에게 영광을

---

* 시는 바람기 많은 젊은 남성을 그렸다고 추정되는 〈무심한 사람〉을 주제로 한 듯하다.

주는데!
 소나무 아래, 바닷가 물결 근처 기사들의 휴식
 그들처럼 고요히, 아니 그들처럼 흐느낌 가까이
 이미 위엄 있는 진중한 왕자들에게
 덤덤한 의상과 용감한 깃털 모자와
 보석들, 불꽃을 통과한 파장
 영혼 가득한 눈물의 씁쓸함
 눈까지 차오르게 하기엔, 너무나 고상해서
 그대는 누구보다도 소중한 산책자
 옅은 푸른 셔츠 차림에 한 손을 허리에 두고
 다른 한 손은 나무에서 딴 잎이 달린 과일을 들고
 나는 이해하지 못한 채 너의 손짓과 눈에 대해 꿈꾼다
 서서, 휴식 뒤에 이 어두운 은신처에서
 리치먼드 공작, 오 젊은 현자여! 아니면 매혹적인 광대일까?
 나는 계속 너에게로 돌아온다. 사파이어는 너의 목에서
 너의 시선만큼 잔잔하며 부드러운 불길을 머금고 있다

화가와 음악가의 초상

음악가의 초상

쇼팽

쇼팽, 탄식과 눈물과 흐느낌의 바다
쉬지 않는 나비들 무리 지어 건너가
슬픔을 연주하며 물결 위에 춤추며, 꿈꾸고, 사랑하고
고통스러워하고, 소리치고, 잠잠해지고, 매혹하거나 달래며
일시적인 사랑의 현기증 나는 부드러운 망각이
항상 그대의 고통 사이로 지나가지
나비가 꽃에서 꽃으로 날아다니듯
그대의 기쁨은 괴로움의 공모자
어지러운 마음은 울고 싶은 마음을 더 자극하네
달과 강물 같은 창백하고 부드러운 벗,
절망의 왕자 혹은 배반당한 고귀한 귀족인 그대
여전히 충만한 창백하여 더 멋진
그대 병자의 방을 햇빛이 범람하면
빛을 반기려다 그를 보는 것으로 고통을 느끼고는…
후회로 웃음 짓고 희망의 눈물 흘린다!

글루크

어느 후작부인이 자신의 영국식 정원에 세우게 한
사랑과 우정의 신전, 용기의 신전
바토의 수많은 사랑의 신이 활을 팽팽하게 당겨
의기양양한 마음들을 그의 분노의 목표물로 겨냥한다

그러나 독일의 예술가, 크니도스*를 꿈꾼 듯
더욱 진지하고 심오하게 겉멋을 내지 않고 작은 벽에
그대가 보는 연인과 신들을 조각했다
헤라클레스는 아르미드의 정원에 장작더미를 놓아둔다!

구두 굽들은 춤추며 더 이상 시선의 잿더미와
웃음이 사라진 산책로를 두드리지 않는다
우리의 느린 걸음을 낮추고 멀리 들리는 걸음을 더 희미하게 하면
하프시코드의 목소리는 멎고 소리가 갈라진다

그러나 아드메토스, 이피게네이아, 그대들 침묵의 외침은
몸짓에서 나와 우리를 여전히 두렵게 하고

---

* 비너스상이 발견된 소아시아의 도시.

오르페우스가 휘게 하고 알체스테가 무릅쓰고 도전한
돛도, 하늘도 보이지 않는 스틱스강에 그대의 천재성을
담근다

글루크, 알체스테처럼 사랑의 신에 의해
흘러가는 시간을 피할 수 없는 죽음에서 승리했다
그는 용기의 신전처럼, 사랑의 신에게 바쳐진
작은 신전의 폐허 위에 장엄하게 서 있다

슈만

오래된 정원의 우정은 그대를 정겹게 맞이하여
울타리에서 울리는 소년들과 새집의 소리를 들어보아라
많은 과정과 상처에 지친, 사랑에 빠진 자
슈만은 격렬한 전투에 실망해 생각에 잠긴 병사 같다

행복한 미풍은 비둘기가 지나는 곳에
재스민 향과 거대한 호두나무 그림자를 스미게 하고
아이는 집 안의 난로 곁에서 미래를 읽는다
구름, 또는 바람이 무덤 같은 그대의 마음에게 말을 건다

예전 그대는 가장무도회의 외침 소리에 눈물 흘렸는데
그 감미로움이 씁쓸한 승리와 뒤섞여
승리의 흥분은 아직도 그대의 기억 속에서 떨린다
그대는 한없이 운다, 그녀가 당신 정적의 품에 있으니

쾰른을 향해 라인강은 성스러운 강물을 푼다
아! 축제 날 강가에서 당신들은 즐겁게
　노래했었지! 그러나 사랑의 연민으로 마음이 부서져, 그대는 잠든다…
빛이 드리운 어둠 속에서 눈물이 빗물처럼 흐른다

죽은 그녀가 사는 곳 꿈꾸고, 배신한 그녀가 그대의 믿음을 가진 곳
그대의 희망은 꽃피고 그녀의 죄는 가루가 되었다…
그리고 깨어나는 순간 가슴을 긋는 섬광
다시 처음으로 번개가 그대를 때린다

흐르며, 향기를 바르고, 탬버린 소리에 행진하면서 아름답기를!
슈만, 영혼과 꽃의 비밀을 털어놓을 수 있는 자여
그대의 즐거운 기슭 사이 고통으로 성스러운 강에는
백합과 달과 제비가, 전진하는 군대가

꿈꾸는 아이가 우는 여자가 입을 맞춘다!

모차르트

바이에른의 공작의 팔에 이탈리아 여인
그녀의 슬프고 차가운 눈은 그의 우수에 매혹된다!
서늘한 정원에서 그는 가슴에
그림자 속에서 빛에 젖을 물리던 그녀의 성숙한 가슴을 품는다
다정한 독일 영혼, 그 깊은 탄식까지도
드디어 사랑받는 강렬한 나태를 맛본다
그것을 붙잡기에는 너무나 연약한 손에
매혹당한 얼굴의 빛나는 희망을 내맡긴다

케루비니, 돈 조반니! 시들어가는 망각과는 멀게
꽃을 밟는 한, 향기 속에 서서
바람이 눈물을 마르게 할 여유 없이
토스카나의 묘지가 있는 안달루시아식 정원을 흩트려버렸다!

독일의 정원에 권태가 안개처럼 내려앉고

이탈리아 여인은 아직도 밤의 여왕이다
그녀의 입김으로 공기는 부드러우며 영적이 되어
그녀의 마술피리는 사랑으로 물기를 빼고
아름다운 날과의 이별로 아직도 뜨거운 그림자 속에는
셔벗과 입맞춤과 하늘의 시원함이 있다*

---

* 시는 모차르트의 오페라 〈피가로의 결혼〉, 〈돈 조반니〉, 〈마술피리〉를 중심으로 쓰인 듯하다.

한 젊은 아가씨의 고백

"관능의 욕구는 우리를 여기저기로 인도하지만 시간이
지나면, 양심의 가책과 방탕한 정신 말고 무엇을 남기는가?
즐겁게 떠나지만 슬픔 속에 돌아오고, 저녁의 쾌락은 아침에
슬픔만을 남긴다. 관능의 즐거움은 먼저 환상을 품게 하지만,
결국에는 상처를 입히고 우리를 죽음으로 내몬다."
─『준주성범』, 1권 18장.

1

"거짓 희열로 구하는 망각 중에서 도취시키는 가장
순결한 것은 달콤하면서도, 침울한 라일락 꽃향기이다."
─앙리 드 레니에

드디어 해방의 순간이 다가온다. 내가 서툴러 명중하지 못했고 어쩌면 맞추지 못할 수도 있었다. 단숨에 죽는 게 나았겠지만 어쨌든 총알을 제거할 수 없었고 심장에서 증세가

시작되었다. 이제 오래 걸리지는 않을 것이다. 그래도 일주일은 걸린다! 아직 일주일이나 걸린다니! 그 시간 동안 나는 이 끔찍한 사건의 연쇄적인 발발을 되짚어보는 일밖에 할 수 있는 게 없다. 내가 이토록 약하지만 않다면, 일어날 힘이 있다면, 이곳을 떠나 열다섯 살 때까지 매년 여름을 보낸 우블리의 저택 정원에서 죽고 싶다. 거기만큼 어머니의 추억이 가득한 곳은 없으며, 그 장소는 그의 존재는 물론, 그녀의 부재마저도 그녀로 가득 차 있다. 사랑하는 사람에게는 상대의 부재야말로 가장 확실하고 효과적이며 가장 강력하며, 가장 불멸의, 가장 충실한 존재가 아닐까?

어머니는 4월 말에 나를 우블리에 데려갔고 이틀 뒤에 떠나셨다가 5월에 다시 돌아오셔서 이틀을 보내시고, 6월 마지막 주에 나를 찾으러 다시 오시곤 했다. 어머니의 짧은 방문은 세상에서 가장 달콤하면서 가장 잔인한 것이었다. 어머니는 나를 강인하게 하고 나의 병적인 감수성을 달래기 위해 평소에는 아주 인색했던 애정의 표시를 이틀 동안에는 한껏 해주었다. 우블리에서 보내는 이틀 동안 밤이면 내 침대로 와 밤인사를 했는데 그녀의 잃어버린 습관이었던 이 밤인사는 나에게 큰 행복이자 더없는 고통을 주었는데, 내가 계속 어머니를 다시 불러 밤인사를 받으려 애쓰느라 잠들지 못하고, 베개가 뜨거우니 뒤집어달라는 둥 발이 차니 손으로 녹여달라는 둥 여러 구실을 계속 찾아 점점 더 열심히 그 필요성을 느껴, 끝에는 더 이상 어찌 할 수 없을 정도가 되었기 때문이었다. 이런 행복한 순간에 감미로움이 더해진 것은, 다정함이 어머니의 원래 모습인데 평소에는 차가운 모습을 보이느라 오히려 힘들 거라는 생각이 들었기 때문이었다. 어머니가 다시 떠나시는 날은 절망의 날이었는데 나는 마차까지 그녀의 옷자락에 매달리다시피 따르며, 나도 파리에 데려가라고 애원하면서, 그녀의 가식적인 행동과 진심을 아주 잘 구별해냈고 나의 슬픔 때문에 "바보같이, 어리석게 구는구나" 하는 화가 섞인 명랑한 꾸중 속에서 내가 스스로를 제어하는 법을 배우기를 원했지만 어머니도 나처럼 언짢다는 마음을 읽을 수 있었다. 아직도 어머니가 떠나시던 그때 그날들에 느꼈던 감정을 기억하며 (이제 와서 고통스런 감정으로 되돌아보지만 그때의 감정은 전혀 변질되지 않고) 바로 그 어느 날 나에 대한 어머니의 애정이 내 맘과 같고, 아니 훨씬 크다는 것을 발견했다. 모든 종류의 발견이 그렇듯, 이 발견도 추측했고 예상했던 것이지만 한편으로는 발견 후에 사실이 영 반대로 밝혀지는 경우도 있다! 내게 가장 소중한 느낌들은 아픈 나를 보러 어머니가 우블리에 왔던 일이다. 그해에는 생각도 못했는데 한 번 더 나를 만나러 오신 것뿐 아니라 숨기거나 부족함 없이 내게 오랫동안 다정함과 사랑을 맘껏 보여주셨다. 그런데 언젠가 그런 다정함과 사랑이 사라질 거라는 생각에 서글퍼져서,

그녀가 아직 온전하게 다정하지 않았던 순간들이 있었고, 어머니의 다정함과 사랑은 내게 항상 너무나 소중했기에 몸이 나아진다는 생각은 오히려 나를 한없이 슬프게 했는데, 내가 충분히 회복되어 어머니가 떠나실 날은 다가오기 마련이었고 그때까지는 그녀의 엄격했던, 관대함 없이 당연했던 예전의 그 모습을 받아들이기에는 나의 병이 깨끗이 나은 건 아니었다.

어느 날은 머물던 우블리로 어머니가 나를 보러 오신다는 사실을 삼촌들이 숨겼는데, 왜냐하면 어린 사촌이 나랑 시간을 보내러 왔는데도 내가 어머니를 기다려야 한다는 즐거운 고민에 빠져 사촌과 제대로 시간을 보내지 않을 거라고 생각했기 때문이었다. 이런 시치미는 내 의지와 가장 무관한 상황이었지만, 내 또래 아이들이 내면에 갖는, 나 또한 가지고 있는 사악함과 관련된, 이후 일어난 여러 가지 상황과 연루되었다. 열다섯 살이던 사촌은 (나는 열네 살이었다) 그 나이에 이미 행실이 좋지 않았는데 얼마 뒤 내가 후회와 쾌감으로 전율하게 된 짓을 가르쳐주었던 것이다. 그의 이야기를 들으며, 그의 손이 내 손을 애무하도록 하면서 근원부터 독이 섞인 기쁨을 느꼈고, 곧 나는 그에게서 벗어날 수 있었는데 아아! 파리에 있는 어머니를 보고 싶다는 강한 욕구를 느껴 어머니를 부르며 정원의 산책로를 돌아다녔다. 그런데 소사나무 앞을 지나는 순간, 벤치에 앉아 웃으며 내게 팔을 벌리는 어머니를 발견했다. 어머니는 베일을 걷어 올리고 내게 입맞춤을 해주었고, 나는 울면서 어머니의 볼에 달려들어 내 나이의 천진난만함이 있어야만 할 수 있는 이야기, 그가 저지른 못된 짓을 낱낱이 전했고, 어머니는 잘 이해하지 못했지만 천사같이 들으면서 나의 양심의 가책을 덜어주려는 선의를 가지고 그 이야기의 중요성을 완화시켰다. 마음의 무게는 가벼워졌으며 짓눌리고 수치스러웠던 영혼은 차츰 가볍게, 그리고 다시 강하게 점점 차올라 내 영혼을 되찾았다. 어머니한테는 천사 같은 온유함이 풍겼고 나의 순수함은 다시 돌아왔다. 곧 나는 코로 순수하며 신선한 기운을 느꼈다. 그것은 어머니의 양산에 가지가 가려진 라일락 꽃이 벌써 피어 풍기는 향기였다. 나무 꼭대기에서는 새들이 있는 힘을 다해 노래했다. 더 높은 곳, 초록 봉우리 사이로 보이는 하늘이 너무나 짙푸른 색이어서, 끝없이 올라갈 수 있는 하늘의 입구인 듯했다. 나는 어머니에게 입을 맞추었다. 어머니의 입맞춤과 같은 감미로움을 느껴본 적이 없었다. 어머니는 다음 날 다시 떠났고 그녀의 출발은 예전보다 더 가슴 아픈 것이었다. 그 출발과 동시에 나의 기쁨도 사라졌다, 한번 잘못을 저지르면서 내게 필요한 힘과, 나를 지탱해주던 것이 나를 버렸기 때문이었다.

계속되는 이별들은 어느 날 다가올, 물론 당시에 내가 어머니보다 더 오래 살 걸 진지하게 고려하진 않았지만, 돌이

킬 수 없는 이별을 나도 모르게 생각하게 하였다. 어머니가 돌아가시면 나도 죽기로 결심했다. 나중에 어머니의 부재는 더욱더 쓸쓸한 교훈을 주었는데, 부재에 익숙해진다는 것은 자기 자신이 크게 축소된다는 것이며, 더 이상 고통받지 않는다는 것을 느끼는 것이 가장 수치스러운 고통이라는 것이었다. 그러나 이 교훈은 곧 부정될 것이다. 아침에 어머니와 식사를 하던, 수많은 팬지꽃으로 뒤덮인 작은 정원을 떠올린다. 팬지꽃들은 항상 슬퍼 보였고 무슨 가문의 문장처럼 진지해 보였지만, 곱고, 부드럽고 때로는 보라색, 때로는 거의 검은 빛깔이 도는 자주색으로, 노란색의 우아하며 신비한 이미지로, 어떤 꽃은 완전히 하얀색으로 연약한 순수함을 자랑하곤 했다. 이제는 나의 추억 속에서 팬지꽃들을 모두 따서 보내며, 그들의 슬픔을 이해하게 되니 더 커져만 갔고 그들의 곱고 부드러운 자태는 영원히 사라지고 말았다.

2

어떻게 추억의 신선한 물이 아직도 샘솟아 내 불순한 영혼 속에 오염되지 않고 계속 흐르는 것일까? 이 아침 라일락 향기는 어떤 재주가 있어서 많은 역한 공기를 지나오면서도 변하거나 희미해지지 않은 것일까? 아! 내 것이면서 동시에 나한테 멀리 있는 나의 열네 살 영혼이 깨어나는 곳은 나의 외부이다. 더 이상 내 영혼이 아니고, 다시 내 것이 되는 것도 내가 어떻게 할 수 없는 것도 잘 안다. 그럼에도 어느 날 내가 그 영혼을 그리워할 줄은 몰랐다. 그 영혼은 정말 순수함 자체였는데 미래의 가장 중요한 일은 바로 영혼을 강인하게 단련하는 것이었다. 우블리에서 가장 더운 낮 시간, 어머니와 햇빛과 물고기가 한껏 유희하는 물가에서 시간을 보낸 다음이나 아니면 아침저녁으로 어머니와 들판을 산책한 뒤에 어머니의 사랑과, 어머니의 마음에 들고자 하는 내 욕구와 적어도, 내 안에서 움직이며, 운명을 떠들썩하게 부르는 힘 또는 의지, 아니면 적어도 상상력 또는 감정에서 그 무엇도 이보다 더 아름답다고 여겨지지 않던 미래에 대해 믿음을 가지고 꿈을 꿨고 운명은 계속 반복적으로 내 마음의 벽을 두드려서 마치 문을 열고 나를 떠나 밖으로 나갈 것만 같았다. 만약 어느 날 내가, 있는 힘껏 뛰어가 어머니에게 천 번 입맞춤하고 어린 강아지처럼 멀리 앞서 달리게 된다면 또는 한없이 뒤처져서 개양귀비 꽃과 수레국화 꽃을 따게 된다면 외치면서 가져오리라, 산책 자체가 주는 즐거움과 꽃을 따는 기쁨보다는 내 안에서, 숲과 하늘의 가없는, 내가 단숨에 달려가 도달해보고 싶은 지평선보다 더 광활하고 매혹적인 전망 속에 뛰어오르고 한없이 펼쳐질 만반의 준비를 마친 삶을 느끼는 행복을 위해서. 열렬한 시선으로 가슴 뛰며, 도취해서 수레국화, 클로버, 개양귀비 꽃다발들을 가져간 건, 꽃들이 나를 웃고 울게 하고 바로 이 꽃들이 당시 나의 모든 희망을 구성했기 때문이었는데 이제 희망들은 너희들처럼 말라버리고 썩어 너희들처럼 피어나지도 못하고 먼지가 되어버렸다.

어머니를 가슴 아프게 한 건 내 의지가 부족하다는 거였다. 나는 무엇이든지 충동적으로 해치우는 편이었다. 충동이 정신과 마음에서 오는 한, 내 삶은 완벽하게 멋지다고 할 수는 없어도 완전히 나쁜 것은 아니었다. 공부에 관한 거나 마음의 안정과 합리적인 멋진 계획들의 실현은 어머니와 나에게 중요한 관심사였는데, 특히 어머니는 적극적으로, 내 경우는 막연하게, 그 실현이 그녀가 구상하고 품어온 의지의 실현이며, 내가 나의 생활에 투영한 이미지라는 것을 우리는 느꼈다. 나는 항상 그것을 다음 날로 미루었다. 나는 시간을 끌었고, 때로는 시간이 지나가는 걸 아쉬워했지만 내 앞에는 아직도 많은 시간이 남아 있었다! 별다른 의지 없이 시간을 보내는 일이 나를 점점 압박했고 해가 갈수록 더욱더 두려워졌으며 갑자기 뭔가 달라질 거라고 생각하지 않았기 때문에 서글펐고, 삶을 변화시키고 의지를 가지려면 아무런 노력도 하지 않으면서, 절대 기적을 기대해서는 안 된다는 생각에 조금 두려웠고 불안해졌다. 의지가 생기기를 바라는 것만으로 충분하지 않았다. 더 구체적으로 의지 없이는 가질 수 없는, 바로 의욕이 필요했던 것이다.

3

"분노한 욕망의 바람이 그대의 육체와
오래된 깃발을 펄럭이게 한다."*
—보들레르

열여섯 살 내내 나는 신경발작을 일으켰고 건강이 나빠졌다. 내 기분 전환을 위해 사교계에 데뷔시켰다. 청년들이 나를 자주 보러 왔다. 그중 한 명은 짓궂고 못된 사람이었다. 그는 부드러운 동시에 과격한 면도 있었다. 그런데 내가 그에게 사랑을 느끼게 되었다. 부모님도 그 사실을 알게 됐지만 내가 속상하지 않도록 나무라지는 않았다. 그를 못 볼 때는 그의 생각으로 온통 시간을 보내면서 가능한 그를 닮아가려고 나를 낮추었다. 그가 처음 나를 놀라게 한 건, 잘못을 저지르게 하고, 내 안에서 스스로 나쁜 생각들이 깨어나게 해, 나쁜 생각들이 비롯된 사악한 어둠 속으로 도로 넣어버릴 수 있는 유일한 힘인 반대 의사를 표현하지 못하게,

* 『악의 꽃』에서.

나쁜 생각들에 익숙해지게 한 것이었다. 사랑이 끝났을 때, 그런 습관들은 여전히 남아 있었고 그것을 악용하려는 몹쓸 남자들이 상당수 있었다. 내 악행의 공모자인 그들은 나의 양심 앞에서 옹호자 역할도 했다. 나는 우선 끔찍하게 후회하며 고백했으나 이해받지 못했다. 친구들은 내가 아버지에게 용서를 빌지 않도록 설득했다. 그들에 따르면 내 나이 또래의 소녀들은 모두 그런 짓을 하며 부모들은 그저 모른 척한다는 것이었다. 나는 계속 거짓말을 해야 했고, 나의 상상력은 피할 수 없는 상황에서 지켜야 하는 침묵으로 거짓말을 채색했다. 그때 나는 살아 있다는 게 편치 않았다, 그렇지만 꿈꾸고, 생각하고, 아직 느끼고 있었다.

 나의 모든 나쁜 욕망들을 분산하고 내쫓기 위해 사교계에 열심히 나갔다. 무미건조한 즐거움을 위해 끊임없이 사람들과 어울렸고, 나는 고독의 흥취와 그때까지 자연과 예술이 주던 비밀스런 기쁨을 잃어버렸다. 그해처럼 자주 음악회에 간 적이 없었다. 오페라 극장의 우아한 복스 좌석에 앉아 사람들이 나를 보고 감탄했으면 하는 마음에 정신이 팔려서 그렇게 음악을 깊이 없이 들은 것도 처음이었다. 음악이 들리기는 했지만 집중하지는 않았다. 혹시 들려와도 음악이 보여주는 모든 것에 눈 감았다. 산책 역시 의미가 없어졌다. 얼마 전까지 하루 종일 나를 행복하게 해주던 것들, 풀을 황금으로 물들이던 조금의 햇빛, 비가 그칠 무렵 꽃이 내뿜는 젖은 향기는 나처럼 감미로움과 즐거움을 잃었다. 숲, 하늘, 강물은 내게 등을 돌리는 것 같았고, 홀로 그들과 마주하며 걱정스럽게 물어봐도 그들은 예전에 나를 매혹했던 희미한 답을 더 이상 들려주지 않았다. 강물과 잎사귀들과 하늘이 알리는 천상의 손님들은 자신들의 마음속에 살면서 순수해진 마음만을 방문하는 듯했다.

아주 가까운, 아! 나에게는 아득히 먼 곳, 내 안의 진정한 치료약을 청할 용기가 없었기 때문에 정반대의 처방을 찾으러, 그럼으로써 사교계가 꺼지게 한 불꽃을 살릴 거라 믿으며 나는 다시 비난받아 마땅한 쾌락을 선택한 것이다. 헛된 시도였다. 다른 사람들의 마음에 들려는 욕망에 사로잡혀, 나는 결단, 선택, 진정 자유로운 행동, 고독을 위한 선택을 하루하루 미루었다. 두 가지 잘못들 중에 하나를 위해 다른 하나를 포기하지 않았다. 아니, 두 개를 뒤섞었다. 내가 뭐라고 하는 거지? 내 행동을 하나라도 막을 수 있을 생각과 감정이 내세우는 제약들을 깨어버리려고 애쓰면서 오히려 다른 잘못을 요청하는 듯했다. 잘못을 저지른 다음에는 마음을 가라앉히려고 다시 사교계에 나갔고, 마음이 진정되는 대로 바로 다른 잘못을 저질렀다. 오늘처럼 후회만 남은 순수함을 잃은 바로 이 끔찍한 순간에, 내 인생의 모든 순간들에서 내가 가장 가치 없었던 순간에, 그런데 나는 모든 사람들에게 가장 인정을 받고 있었다. 사람들은 나를 건방지며 광기 어린 아이라고 했다. 그러나 지금은 내 상상력의 검은 재가 사교계 사람들이 즐기는 취향이 되었다. 이렇게 곧 어머니에게 최악의 죄를 짓게 되었는데, 어머니와의 다정한 관계 때문에 내가 딸들의 모델로 비춰졌던 것이다. 나의 사고는 자멸했는데도 사람들은 나의 지성에 감탄하고 나의 재치에 열광했다. 고갈된 상상력과 메마른 감수성만으로 영적인 삶이 손실된 이들의 갈증을 해소하기에는 충분했는데, 그만큼 그들의 갈증은 인공적이고 허위였고, 그들이 갈증을 해소해왔던 샘 역시 마찬가지였다! 아무도 내 삶의 비밀스런 범죄에 대해 모른다, 나는 이상적인 소녀처럼 보였으니까. 얼마나 많은 부모들이 어머니에게 말했던가, 만약 나의 조건이 조금만 낮았어도 나를 탐냈을 거라고, 아들의 배필로 나 말고 다른 사람은 아예 생각하고 싶지 않았을 거라고! 서서히 마멸되어가는 양심 깊은 곳에 그런 부당한 칭찬을 들을 때면 절망적인 부끄러움을 느꼈지만, 그 부끄러움은 표면으로 나오지는 않았고 나는 너무나 타락하여 그 칭찬들을 내 범죄의 공모자들에게 웃으면서 전해주는 비열함까지 갖고 있었다.

4

"영원히 다시 찾지 못할 것을 잃어버린 모든 이에게… 영원히!"
―보들레르

 스무 살이 되던 해 겨울, 그때까지 건강한 적이 거의 없었던 어머니의 건강이 아주 위태로워졌다. 심장병이라고 했고, 위독한 건 아니었지만 그래도 걱정을 끼치는 일이 없도록 해야 했다. 외삼촌이 어머니가 내가 결혼하기를 바란다고 알려주었다. 아주 구체적이고도 중요한 임무가 내게 주어진 것이다. 얼마나 어머니를 사랑하는지 증명할 수 있는 기회였다. 어머니가 정해준 첫 청혼을 바로 받아들임으로써 의지 부족인 나의 삶을 바꿔야 하는 필요성을 부여했다. 나의 약혼자는 수준 높은 지성과 따듯함, 정력으로 나에게 훌륭한 영향을 끼칠 수 있는 그런 남자였다. 게다가 그는 우리와 함께 살기로 결심했다. 어머니와 떨어져 사는 건 나에게 가장 잔인한 형벌이 되었을 것이다.
 그리고 고해신부에게 내가 저지른 모든 잘못을 고백했다. 나는 약혼자에게도 말해야 하는지 물었다. 그는 나를 동정하며 생각을 돌려놓았고, 다시는 그런 실수를 하지 않겠다는 맹세를 하게 한 다음 죄를 사하여주었다. 그러자 환희가 피어오르면서 꽃이 뒤늦게 만개하듯 영원히 메마른 줄 알았던 나의 마음도 결실을 맺었다. 신의 은총과 젊음의 은혜, 수많은 상처들을 생동감으로 치유시키는 젊음 덕분에 나는 회복되었다. 오욕 뒤에 다시 정결해지는 건 계속 정결한 것보다 더 어렵다고 한 아우구스티누스의 말처럼, 나는 어려운 미덕을 경험했다. 아무도 내가 전보다 훨씬 나은 사람이 되었다는 것을 의심하지 않았고 어머니는 매일, 순수하다고 믿는 내 이마에 입을 맞추면서, 그 이마가 다시 태어났다는 것을 전혀 의심하지 않았다. 사교계에서는 나의 산만한 자세, 침묵과 우수를 부당하게 비난했다. 그러나 나는 화내지 않았다. 나와 내 양심이 공유하는 비밀이 내게는 충분한 기쁨을 제공했기 때문이었다. 내 영혼의 회복, 어머니와 닮은 얼굴로 내게 웃는 낯을 보이며 이제는 멎은 눈물 너머로 부드럽게 책망하듯이 나를 바라보는 영혼은 한없이 매혹적이고 우수에 젖어 있었다. 그렇다, 내 영혼이 다시 살아나고 있었던 것이다. 내가 왜 영혼을 학대하고, 고통스럽게 하고 거의 죽음에 몰아넣었는지 이해할 수 없었다. 적절한 때에 내 영혼을 구해주신 하느님께 무한히 감사했다.

하늘의 신선한 평온함과 깊고 순수한 기쁨의 조화를 '모든 게 이루어진' 저녁 무렵 느끼곤 했다. 약혼자가 누나 집에서 이틀 정도 지내러 집을 비운 동안, 과거 나의 잘못된 행실의 큰 책임을 져야 할 젊은 남자가 저녁 식사에 동석했지만 그것은 5월의 저녁에 그 어떤 슬픔의 그림자도 드리우지 않았다. 내 마음이 그대로 비치는 하늘에는 구름 한 점 없었다. 나와 어머니 사이는, 비록 어머니가 내 행실에 대해 아무것도 모르긴 했지만, 모종의 연대감이 형성되어 있었고, 어머니는 병에서 상당히 회복된 상태였다. "이제 이 주 정도 건강관리를 잘하시면 됩니다. 그럼 다시 악화되는 일은 없을 겁니다!" 의사는 확신하며 말했다. 몇 마디 말이 행복한 미래의 기약으로 느껴졌고, 기뻐 눈물이 흘렀다. 그날 저녁 어머니는, 아버지가 돌아가신 뒤 십 년 만에 처음으로 항상 입던 검은색에 약간의 보라색을 곁들인, 어느 때보다 우아한 드레스를 입고 있었다. 어머니는 자신의 옷차림을 마치 어린 소녀처럼 약간 민망해하면서도, 한편으로는 나의 행복을 축하하고 북돋워주기 위해 아버지에 대한 애도의 감정과 고통을 억눌렀다는 것에 슬프면서도 기쁜 모습이었다. 내가 어머니의 코르사주에 장밋빛 패랭이꽃을 대자 어머니는 처음에는 손으로 밀어냈다가 내가 가져다드린 거라 그러셨는지, 약간 머뭇거리다 수줍은 손놀림으로 꽃을 다셨다. 식탁에 앉으려는 순간 나는 창가 쪽으로 어머니를 이끌어 과거의 고통에서 이제는 약간의 휴식을 취한 얼굴에 격렬히 입을 맞추었다. 우블리에서의 입맞춤 같은 황홀이 다시는 없을 거라고 말한 것은 잘못이었다. 이날 저녁의 입맞춤도 아주 감미로웠다. 아니 어쩌면, 이 입맞춤은, 비슷한 순간의 자태를 불러일으키며, 과거의 밑바닥에서 천천히 스며들어 아직도 창백한 어머니의 볼에 나의 입술을 갖다댄, 우블리에서와 똑같은 입맞춤이라고 하는 게 맞을 것이다.

가까이 다가온 결혼을 축하하며 축배를 들었다. 와인을 마시면 신경을 자극하여 너무 들떴기 때문에 나는 와인을 마시지 않고 항상 물만 마셨다. 그런데 삼촌이 예외인 날도 있지 않냐고 말했다. 이 바보 같은 말을 하던 삼촌의 얼굴에 나타났던 즐거움이 지금도 눈에 선하다…. 오, 하느님! 하느님! 제발, 저는 침착하게 모든 것을 다 고백했는데 이제 여기서 멈춰야 할까요? 어떻게 해야 할지 정말 모르겠습니다! 삼촌이 이런 순간은 예외여야 한다는데요. 삼촌은 웃으며 나를 보았고, 나는 어머니가 나를 말리진 않을까 염려되어 그쪽은 보지도 않고 바로 마셔버렸다. 어머니가 조용히 말했다. "아무리 작은 것이라도 나쁜 일에 자리를 내주면 안 되지요." 샴페인이 너무 상큼해서 나는 두 잔을 더 마셨다. 그러자 머리가 무거워졌고 쉬면서 들뜬 기분을 풀어줄 필요를 느꼈다. 식탁에서 다들 일어났고 자크가 다가와 나를 빤히 쳐다보며 말했다.

"같이 가실래요? 제가 쓴 시를 좀 보여드리고 싶어요."

그의 아름다운 눈이 싱그러운 뺨 위에서 빛나고 있었고, 그의 손이 턱수염을 천천히 쓸어 올렸다. 나의 패배를 깨달았고 나는 그에게 저항할 힘조차 없었다. 나는 떨면서 대답했다.

"좋아요, 저도 보고 싶어요."

대답을 하면서 어쩌면 방금 전에, 두 잔째 샴페인을 마시면서 내가 책임져야 하는, 끔찍한 행위를 이미 저지른 것이다. 다음부터는 그냥 그대로 내버려두면 됐다. 두 문을 모두 잠그고, 그는 내 볼에 입김을 내뿜으며 나를 껴안았고 손은 내 몸을 더듬었다. 쾌감이 점점 더 강렬해질수록 내 마음속에서 끝없는 슬픔과 고뇌가 일었다, 어머니의 영혼, 나의 수호천사, 하느님을 한탄하게 한 것 같았다. 예전에는 악당들이 짐승이나 자신들의 부인과 아이들에게 학대를 저지르는 이야기를 두려움에 떨지 않고는 읽을 수 없었다, 이제야 어렴풋이 알게 된 건 모든 지탄받아야 할 행위에는 향락적인, 그것을 즐기는 육체의 잔인성이 있다는 것, 우리 안의 선의와 순수한 천사가 박해받고 울고 있다는 사실이었다.

곧 삼촌들이 카드놀이를 끝내고 돌아올 것이었다. 그들이 오기 전에 끝내야 했기에 이번이 마지막이다, 나는 다시는 몸을 버리지 않으리라…. 벽난로 위쪽에 비친 얼굴을 바라보았다. 내 얼굴에는 영혼이 느끼는 막연한 고뇌의 흔적은 없었고, 불타는 볼에 빛나는 눈과 벌어진 입, 육감의 바보스럽고 노골적인 쾌락만이 흐르고 있었다. 조금 전 애틋한 다정함으로 어머니에게 입맞춤하던 나를 봤던 사람이 지금 짐승으로 변한 나를 본다면 얼마나 어이가 없을지 생각했다. 그러나 거울에는 자크의 콧수염 밑으로 탐욕스런 입이 내 얼굴 위로 비춰졌다. 깊숙한 곳까지 흔들리며 머리를 그의 얼굴에 갖다댔고 맞은편에서 내가 본 것은, 본 대로 말하자면, 이제는 말할 수 있으니까, 창문 앞 발코니에 서서 망연자실하여 나를 바라보는 어머니였다. 어머니가 소리를 질렀는지는 모르겠고, 나는 아무 소리도 듣지 못했지만, 어머니는 뒤로 쓰러졌고 머리가 발코니의 철책 사이에 끼여 있었다.

이 이야기를 마지막으로 하는 것은 아니다, 이미 말했듯이, 겨냥은 잘했지만 서툴러 명중하진 못했다. 어쨌든 총알을 제거할 수 없었고 심장에서 증세가 시작되었다. 일주일을 이런 상태로 지낼 텐데, 그동안에 나는 이 일의 시작을 떠올리는 걸 멈출 수 없고, 다가오는 종말을 볼 것이다. 어머니가 다른 나의 과오들도 모두 보셨기를 차라리 바란다, 그러나 그때에도 어머니는 거울에 비친, 환락에 넘치는 내 얼굴을 보지 못했다. 아니, 볼 수가 없었다…. 우연이었는지… 그런 모습을 보기 전에 뇌출혈이 온 것이다…. 그래서 보지 못했다…. 볼 수가 없는 것이다! 모든 걸 아는 하느님이 그건 바라지 않으셨다.

시내에서의 저녁 식사

"하지만 푼다니우스, 대체 누가 당신과 식사하는
행복을 누렸는가? 나는 그것이 몹시 알고 싶네."
—호라티우스*

 오노레는 늦어버렸다. 저택 주인 부부와 그가 잘 아는 초대 손님들에게 인사를 하고 나머지 사람들에게도 소개된 다음 자리에 앉았다. 얼마 뒤 옆에 앉은 아주 젊은 남자가 그에게 초대된 사람들의 이름과 그들의 면면에 대해 이야기해 달라고 청해왔다. 오노레는 그 젊은 남자를 사교계에서 만난 적이 없었다. 그는 아주 미남이었다. 여주인이 줄곧 이 남자에게 불타는 시선을 보내는 것으로 보아 왜 그가 초대받았는지 충분히 납득되었고 이 남자는 곧 그녀의 사교계 일원이 될 것이었다. 오노레는 그에게서 미래의 권력을 느꼈고 별로 내키지는 않았지만 예의를 갖추기 위해 그에게

---

* Horatius (B. C. 65 – B. C. 8). 고대 로마 공화정 말기의 시인.

답을 해야 할 의무감을 느꼈다. 주변을 돌아보았다. 이 남자의 맞은편에는 두 남자가 있었는데 서로 말을 하지 않고 있었다. 이들은 둘 다 문학과 관련된 사람들이라 같이 초대되었고 어설픈 배려로 나란히 자리가 배치되었던 것이다. 이들에게는 서로를 적대시할 이유뿐만 아니라 더 개인적인 이유가 있었다. 둘 중 나이가 더 많은 남자는 폴 데자르댕과 드 보게* 씨와 친척인 관계로 이중으로 우쭐해서 모리스 바레스의 총애하는 제자인 젊은이에게 의도적으로 경멸적인 침묵을 고수했던 것이다. 그런데 사실 이들의 적대감은 오히려 상대의 입지를 공고히 해주는 것으로, 마치 악당의 두목과 바보들의 왕을 대적시킨 것 같은 양상이었다. 그 옆자리에는 아주 멋진 스페인 여성이 게걸스럽게 먹어대고 있었다. 그녀는 오늘 저녁 약속을 망설임 없이 희생하고, 진지한 사람으로서 아주 멋진 저택에서 식사하며 사교계에서의 경력을 한층 개선할 기회를 잡으려고 이쪽으로 온 터였다. 그녀는 확실히 계산을 잘 한 것 같다. 프레메르 부인의 속물근성은 그녀의 친구들에게, 그녀의 친구들의 속물근성은 프레메르 부인에게, 천박한 부르주아가 되는 것을 예방하기 위한 일종의 상호 연대보증 같은 것이었다. 그러나 우연히도 프레메르 부인이 지금까지 초대할 수 없었던 사람

---

* 두 문학가는 당시 문인조합을 만들고 러시아 문학을 알리는 데 힘썼다.

들의 재고를 처리하게 되면서 여러 가지 이유로 예를 차리기 위해 초대할 필요가 있는 사람들을 모으다 보니 이런저런 사람들이 모이게 된 자리였다. 이런 사람들에 더해 공작부인까지 초대되어 모양새가 갖춰졌지만, 스페인 여성은 공작부인을 이미 알고 있었기 때문에 더 얻을 건 없었다. 그녀는 남편과 짜증 가득한 시선을 계속 교환하고 있었는데 남편은 식사 자리에서 후두음을 사용하여 5분마다 무엇인가를 말하고 끊임없이 무엇인가를 요청하는 것이었다. "공작에게 저를 소개해주시겠습니까?" "공작님, 공작부인께 저를 소개해주셨으면 합니다." "공작부인님, 제 아내를 소개해드려도 될지요?" 그는 시간을 버린다는 생각에 옆에 앉은 저택 주인의 동업자와 대화를 시작했다. 프레메르 씨는 일 년 전부터 부인에게 동업자를 식사 자리에 초대해달라고 부탁해왔다. 드디어 부인이 그의 말대로 동업자를 초대하긴 했는데 하필 스페인 여성의 남편과 인문주의자 사이에 끼워 넣은 것이다. 책을 너무 많이 읽는 인문주의자는 먹기도 많이 먹었다. 그는 수많은 인용문과 참조문을 사용하여 두 가지 불편을 야기했고 사람을 지겹게 했는데 옆에 앉은 숭고한 평민 여성인 르누아르 부인 역시 그렇게 느끼고 있었다. 그녀는 다호메에서 뷔브르 장군이 승리한 소식으로 화제를 얼른 바꾸었고, 감격에 겨운 목소리로 "우리 가족을 영광되게 하니 얼마나 즐거운 일인지!"라고 말했다. 그녀는 뷔브르가의 사촌이었고 뷔브르가 사람들 모두 그녀보다 젊은 사람들이라 그녀의 나이와 왕실에 대한 애착, 막대한 자산, 세 번의 결혼에도 끝내 불임인 그녀에게 존경을 표했다. 그녀는 자신의 가족에게 느끼는 감정을 뷔브르가의 모든 후손들에게 투영했다. 그녀는 법적인 문제로 법률자문을 둔 미천함에 대해 개인적으로 수치를 느꼈고, 사려 깊은 그녀의 이마에 두른 오를레앙가주의자의 장식 띠에 가문에서 장군이었던 사람의 월계수 가지를 당연하게 달고 있었다. 지금까지 폐쇄적이었던 이 가문에 끼어든 그녀는 이제 가문의 수장, 또는 가장 지체 높은 부인처럼 되었다. 현대사회로 망명을 온 사람이 실제로 살아본 세상에 대해 이야기하듯, 항상 '오래된 귀족들이 있던 시절'에 대해 술회했다. 그녀의 속물근성은 상상력이었으며, 그녀의 모든 상상력은 고대 귀족에 관한 것으로 국한되어 있었다. 과거와 영광으로 빛나는 이름들은 그녀의 감수성 가득한 정신에 특별한 영향력을 발휘했고 왕자들과 식사를 할 때뿐만 아니라 구체제에 대한 회고록을 읽으면서도 그녀는 이해관계를 떠난 즐거움을 느꼈다. 항상 똑같은 포도알 머리인 그녀의 헤어스타일은 그녀의 원칙만큼이나 변함이 없었다. 그녀의 눈은 어리석음으로 빛났다. 그녀의 웃는 얼굴은 고귀해 보였으나 과장된 몸짓과 표정은 품위 있어 보이진 않았다. 신에 대한 믿음이 있어 가든파티나 혁명 전야에 극단주의나 악천후를 손을 부산하게 흔들어 쫓아버리는 듯한, 낙천적인 소란함을 가지고 있었다. 그녀의 이웃인 인문주의자는 사람을 질리게 하는 우아함이 있었고 문장을 쉽게 만들어내는 재주를 부렸다. 왕성한 식욕과 취태를 사람들에게 용서받기 위해 그는 호라티우스를 인용해댔다. 눈에 보이지 않는 고대의, 아직도 신선한 장미가 그의 좁은 이마에 둘러져 있었다. 르누아르 부인은 자신의 힘과 오늘날에는 드물어진, 오래된 전통을 존중하는 모습을 보여줘야 한다고 생각했기 때문에 별로 힘들지 않게, 일정한 예의를 가지고 5분마다 프레메르 씨의 동업자에게 말을 걸었다. 게다가 이 동업자는 불평할 처지가 아니었다. 식탁 반대편에서 프레메르 부인이 그에게 아주 상냥하게 공치사를 하고 있었기 때문이다. 그녀는 이 저녁 식사가 몇 년치 초대의 몫을 하기 바랐기 때문에 향후 오랫동안 좌흥을 깨는 사람을 언급하는 일이 없도록 아예 꽃 더미 속에 묻어버렸다. 프레메르 씨의 경우는 낮에는 은행에서 일하고 저녁에는 부인이 이끄는 대로 사교계에 가거나 집에서 연회가 열릴 땐 자택에 머물며 언제든 탐욕스럽게 먹을 준비가 되어 있으나 부리망이 씌워진 상태와 같아서, 그는 자신과 아주 상관없는 경우 조용한 노여움, 심통 속 체념, 억제된 분노, 심각한 지능 저하가 뒤섞인 표정을 하고 있었다. 그러나 이날 저녁만큼은, 그런 표정 대신 그가 동업자와 시선이 마주칠 때마다 예의 바른 만족감이 은행가의 얼굴에 자리했다. 그의 동업자는 그에게서 평소에는 견디기 어려웠지만 이 식탁에서만큼은 진심에서 우러나오는 은밀한 정감을 느꼈는데, 그건 그의 호사에서 오는 매혹이 아니라 일종의 모호한 우애 같은 것으로 우리가 외국에서 프랑스인을 만나면 그가 가증스런 자라도 반가운 것과 같은 심정이었던 것이다. 매일 저녁 자신의 일과를 무시당하고 그에게 필요한 휴식도 없이 가혹하게 뿌리 뽑힌 채 방치되던 그가 평소 혐오하던 장소에서 드디어 그와 연관 있는 사람, 그가 놓여 있던 비사교적이고 절망적인 고립에서 그를 빼내어 계속 자신과 연결된 누군가를 만난 것이다. 그의 맞은편에서 프레메르 부인은 매혹된 손님들의 눈에 비친 자신의 금발 미인의 모습을 보고 있었다. 부인의 미모를 둘러싼 무난한 명성은 착시를 일으키는 프리즘이었기에 저마다 그녀의 진정한 외모를 발견하려고 애를 썼다. 야심가, 모사꾼, 모험가에 가깝고 더 훌륭한 것을 거머쥐기 위해 그녀가 포기한 금융계에 따르면, 사교계가 있는 포부르 생 제르맹이나 그녀에게 설득당한 왕족들이 보기에 그녀는, 우월한 정신세계와 상냥함과 미덕을 갖춘 천사처럼 비춰졌다. 게다가 부인은 어려웠던 시절의 친구들, 형편이 매우 안 좋은 친구들조차도 잊지 않았고 그들이 아프거나 상을 당했을 때처럼 연민을 불러일으키는 상황, 그리고 또 거기는 사교계가 아니기 때문에 초대받지 않았다고 불평도 할 수 없는 그런 곳까지 챙겼다. 자비심을 충동질하는 데 그들과의 우정의 힘을 동원했고, 임종하는 사람의 머리맡에서 가족이나 신부님과 대화할 때는 진심으로 눈물을 흘리며 너무나 편안한 자신의 삶이 주도면밀한 마음에 불러오는 가책을 하나씩 털어내었다.

그러나 이들 중에 가장 상냥한 손님은 드 D 공작부인이었는데, 깨어 있고 명료한 정신으로 전혀 불안해하거나 동요하지 않아 그녀의 그 아름다운 눈이 말하는 치유할 수 없는 슬픔은 그녀의 입술이 드러내는 비관주의, 그녀의 두 손의 끝없는 고귀한 무력함과 대조를 이루는 것이었다. 선의, 문학, 연극, 행동, 우정 등 모든 것에서 삶의 강력한 사랑을 받는 공작부인은 시들지 않고 외면받는 꽃처럼 그녀의 아름다운 입술을 깨물었고 그 환멸을 느끼는 웃음이 입 양 끝을 살짝 들어 올렸다. 그녀의 눈은 후회로 물든 강물에서 결코 전복된 적 없는 정신을 보유하고 있음을 알려주는 듯했다. 길에서, 극장에서 생각에 잠겨 지나가던, 얼마나 많은 행인들이 별 같은 이 변화무쌍한 눈을 보고 자신들의 꿈을 점화했을 것인가! 이제 공작부인은 어떤 가벼운 희극을 기억해내거나 자신의 옷차림새를 머릿속으로 준비하면서, 체념한 표정으로 생각에 잠긴 채 손 마디마디를 슬프게 길게 늘이는 것을 계속했고 주변에 절망적이며 심오한 시선을 던져 쉽게 영향받는 사람들을 슬픔의 급류로 빠져들게 하고 있었다. 그녀의 세련된 대화는 건성으로 시들어버리고, 이미 과거가 돼버린 매력적인 비관주의의 우아함으로 차 있었다. 이처럼 절대적인 영향력을 가진 존재로 살아가면서 옷을 입는 단 한 가지 방식만 있다고 생각하는 공작부인은 방금 전 토론에서 사람들에게 계속 반복했다. "모든 것에 대해 어떤 이야기든지 어떤 생각이든지, 다 가능할 수는 없나요? 나도 옳을 수 있고 당신도 옳을 수 있어요. 단 하나의 의견만 갖는 건 정말 끔찍하고 편협한 일이죠." 그녀의 정신은, 가장 최근 유행하는 방식으로 옷을 입은 그녀의 몸과 같지는 않았고 그녀는 상징주의자와 신앙인을 편안하게 조롱했다. 그녀의 정신은, 상당히 아름답고 생기 넘치는데 예쁘게 보이려고 오래된 방식으로 치장한 매력적인 여성과 같았다. 어쩌면 의도적으로 멋을 추구하는 방식일 수도 있었다. 너무나 직설적인 생각들이 그녀의 정신을 흐리게 했는지 모른다, 그녀가 스스로에게 금지한 색깔들이 그녀의 피부색을 죽이는 효과가 있는 것처럼.

오노레는 옆에 앉은 미남에게 사람들의 서로 현격히 다른 모습을 간략하게 선의를 가지고 묘사해주었는데 명석한 드 토레노 부인이나 재기 넘치는 드 D 공작부인이나 아름다운 르누아르 부인 모두 비슷비슷해 보였다. 그는 그들의 유일한 공통점, 아니 공동의 광기, 모두가 감염된, 창궐하는 전염병인 속물근성에 대해서는 언급하지 않았다. 또 그들의 본성에 따라 증상은 다른 양태로 나타나서, 르누아르 부인의 망상적이며 시적인 속물근성과 공무원처럼 빨리 높은 자리에 오르려고 애타 하는, 드 토레노 부인의 정복적인 속물근성의 차이가 있었다. 그럼에도 불구하고 이 무시무시한 부인은 언제라도 다시 인간적일 수 있는 사람이었다. 옆 사람이 그녀에게 몽소 공원에서 부인의 손녀딸을 보았는데 아주 예뻐서 감탄해 마지않았다고 하자 그녀는 격에 맞지 않다고 생각해 다물고 있던 입을 열었다. 어디서 왔는지도 모르는 이 회계사에게 부인은 이내 순수한 감사의 마음으로 가득 차서 오래된 친구처럼 이야기를 나눴는데, 그런 마음은 어떤 왕자에게서도 부인이 느낄 수 없었던 것이었다.

프레메르 부인은 자신이 고도의 임무를 수행하고 있다는 만족감이 충분히 공개적으로 느껴지는 자세로 손님들과의 대화를 주도하고 있었다. 훌륭한 작가들을 공작부인들에게 소개하는 데 익숙한 그녀는 자신이 보기에도 전능하며 의전에서도 주권 의식을 갖는 외교부 장관처럼 느꼈다. 마치 극장에서 관객이 예술가, 관객, 작가, 연극의 규칙과 작품의 정신을 높은 자리에서 내려다보며 이해하는 느낌이었다. 대화는 아주 원만하게 진행 중이었다. 바야흐로 저녁 식사에서 남자가 옆에 앉은 부인의 무릎을 스치거나 또는 그들의 기질과 교육, 특히 어떤 여성이냐에 따라 어떤 문학 작품을 좋아하는지 묻는 시간이 되었다. 일순간 격돌을 피할 수 없어 보였다. 오노레 옆의 잘생긴 남자는 젊은이의 경솔함을 앞세워 에레디아*의 작품에 미처 생각지 못한 많은 사유가 숨겨져 있을 수 있다고 감히 시도를 했고, 동요한 사람들은 그들의 일상적인 사고방식과 대비해보고는 갑자기 어두운 표정을 지었다. 그때 프레메르 부인이 즉시 큰소리로 수습을 했다. "오히려 대단한 카메오, 찬란한 에나멜, 흠집 없는 금속공예 같지요…." 이 말에 모두의 얼굴에는 열정과 만족감이 나타났다. 무정부주의자들에 대한 토론은 더욱더 심각했다. 그러나 역시 프레메르 부인은 자연법칙의 운명에 체념하듯 천천히 말했다. "이런 말들이 다 무슨 소용일까요? 결국 어디나 항상 부자와 가난한 사람들이 있기 마련인데요." 그 자리에 있던, 가장 가난하다는 사람조차 적어도 십만 리브르의 종신연금을 받는 그들은, 이 진실에 엄습되고, 불안감에서 해방되어 예의 바른 즐거움으로 마지막 샴페인 잔을 비웠다.

저녁 식사 뒤에

오노레는 와인을 섞어 마신 탓에 약간 취기가 오르는 걸 느끼며, 작별 인사는 하지 않고 아래층에서 외투를 받아 나와서는 샹젤리제 거리를 걷기 시작했다. 그는 극도의 즐거

---

* José Maria de Hérédia (1842 – 1905). 프랑스의 고답파 시인.

움을 느끼고 있었다. 우리의 욕망과 꿈에 실현의 장을 폐쇄하는 불가능이란 장애물이 제거되었고 그의 사고는 실현 불가능한 것을 통과하며 스스로의 움직임에 흥분하여 즐겁게 이동했다.

매일 저녁 각각의 인간과 내부에 우리가 미처 생각지도 못한 기쁨과 슬픔의 해가 지는 듯한 신비한 샹젤리제 거리는 그의 마음을 끌었다. 그가 생각한 모든 사람들이 한없이 따듯하게 느껴졌고 그는 이 골목 저 골목을 돌며 그 사람들을 만나기를 기대했고, 만약 기대가 실현되었다면 그는 두려움 없이 모르는 사람, 무관한 사람에게도 다가가 가벼운 두근거림을 안고 이야기를 했을 것이었다. 지나치게 가까이 위치했던 삶의 장식이 떨어져 나가면서 그의 삶은 멀리까지 새로움과 신비로 눈부시게 펼쳐졌고 그를 초대하는 따듯한 정경이 이어졌다. 그것이 단 하루 저녁의 신기루 또는 현실이라는 안타까운 점이 그를 절망시켰고 앞으로는 이처럼 아름다운 것들을 계속 다시 보기 위해 그는 이렇게 멋진 저녁 식사, 기분 좋게 마시는 일만 해야겠다고 생각했다. 그로부터 멀리에 있는, 그의 무한한 전망에 여기저기 놓여 있는 곳들에 당장 도달할 수 없음을 아쉬워했다. 문득 그는, 15분 전부터 계속해서 조금 굵어지고 과장된 목소리로 "사는 것은 슬픈 일인데, 참 어리석지"(이 마지막 단어는 오른팔의 단호한 움직임으로 강조되었고 이때 그는 지팡이의 갑작스런 움직임에 주목했다)라고 중얼거리는 데에 놀랐다. 기계적으로 나온 이 말은 아마도 표현할 수는 없었던, 그런 시각의 가장 평범한 형용이었을지도 모른다.

"아, 나의 즐거움과 후회의 강도가 단지 백배 커졌지만 지적인 내용은 동일해. 내 행복은 신경성일 뿐이고 개인적이고 다른 사람에게 표현하기엔 불가능하지, 내가 이 순간을 글로 적는다면 내 문제는 동일한 장점과 약점을 가질 거야, 평상시와 같은 시시함 말이지." 그가 느끼는 신체적인 안락함이 그가 오랫동안 거기에 대해 생각하는 것을 막았고, 바로 즉시 최고의 위안인 망각을 가져다주었다. 대로에 도착했다. 사람들이 지나다녔고 그는 사람들에게 호의를 보내며 상대방도 그러리라 확신했다. 자신이 그들의 관심을 받는 영광스런 목표물이란 느낌이 들었다. 그는 자신에게 맞춤한, 눈부신 흰색 복장과 단춧구멍에 꽂은 검붉은 패랭이꽃을 보여주기 위해 외투의 단추를 풀었다. 그와 쾌락적인 거래에 있는 행인들의 감탄과 정감을 위해 그는 그대로 몸을 맡겼다.

회한, 시간 색의 몽상들

"시인으로 사는 법은 단순해서 아주 평범한 영향에도 그는 즐거울 수 있어야 하네. 그는 햇빛 한 줄기에도 즐거움을 느끼고, 숨 쉬는 공기에도 만족하고, 물만 마셔도 취기를 느껴야 하네."*
—에머슨

1 튈일리 정원

오늘 아침 튈일리 정원에서 햇살은, 가벼운 잠이 들어 지나가는 행인의 그림자가 드리울 때마다 잠을 깨는 금발 소년처럼, 돌계단마다 잠이 들었다. 오래된 궁전을 등지고 어린 나무들이 푸르러져간다. 매혹된 바람의 입김은 과거의 향기에 라일락의 신선한 향기를 보탠다. 공공장소에 서 있는 조각상들은 미친 여자들처럼 두려움을 주지만, 현자들이

* 「시인」에서.

햇빛을 받아 빛나는 나무 그늘 밑에서 그들의 흰 피부를 보호하듯이 정원의 조각상들은 소사나무들 속에서 꿈을 꾼다. 파란 하늘이 가라앉아 쉬고 있는, 안쪽 원형 연못은 눈빛처럼 반짝였다. 연못 주변의 테라스에서 보니, 오르세 부두의 구시가지에서 나와 강 반대편으로 마치 다른 세기의 사람인 듯한 경기병이 지나가고 있었다. 메꽃이 제라늄으로 가득한 화분을 마구 뒤덮고 있었다. 향일성식물 헬리오트로프는 진한 향을 발산했다. 루브르 궁 앞쪽으로는 접시꽃이 깃대처럼 가볍고 둥근 기둥처럼 고귀하고 우아하게, 젊은 처녀처럼 얼굴을 붉히며 서 있었다. 햇빛으로 무지개처럼 광채를 내고, 사랑에 탄식하며 물줄기가 하늘로 올라갔다. 테라스 끝 석상 기수*가 명랑한 나팔을 입술에 대고 엄청난 속력의 질주를 시도하며 봄의 격정을 구현한다.

그러나 하늘이 흐려지기 시작하고 비가 올 것 같다. 더 이상 창연한 하늘이 빛나지 않는 둥근 연못가는 눈동자가 빈 눈, 또는 눈물을 가득 머금은 화분과 같다. 실없는 분수 줄기는 봄바람을 맞으면서 점점 더 빨리 하늘로 가소로운 노래를 쏘아 올린다. 라일락 꽃의 무상한 달콤함은 한없이 슬프게 한다. 그리고 저쪽에서, 고삐를 내린 말의 움직이지 않는 까마득한 질주를, 마찬가지로 움직이지 않는 대리석 발

---

* 앙투안 쿠아즈보의 조각상.

의 격렬한 움직임으로 격려하면서 기수는 검은 하늘에 대고 무심코 외친다.

2 베르사유

> "운하에 가까이 가면 가장 위대한 웅변가라도
> 몽상을 마다하지 않는다. 즐거울 때든 슬플 때든
> 나 역시 운하에서 항상 행복하다."
> ―라모트 에그롱 씨에게 보내는 발자크의 편지

가을은 지치고 드물게 비추는 햇빛으로 하나하나 단풍색을 잃어간다. 오후 내내 불타던, 아침에도 지는 해의 찬란한 환상을 느끼게 하던 짙은 단풍들이 이제 사그라지는 것이다. 달리아, 인도 패랭이꽃과 노란 국화, 제비꽃, 흰 장미만 여전히 가을의 어두우며 쓸쓸한 단면 위로 빛난다. 저녁 6시, 어두운 하늘 아래 역시 회색으로 단조로운 튀일리 정원을 지나가면 짙은 나무들이 가지마다 강렬하면서 섬세한 절망을 그리는 동안 갑작스럽게 가을꽃을 피운 숲은 어둠 속에서, 과격한 즐거움으로 잿빛 지평선이 익숙한 눈에 풍요롭게 빛난다. 아침 시간은 더욱 기분이 좋다. 햇살이 아직도 가끔 빛날 때면 나는 연못가의 테라스를 떠나 육중한 돌계단을 따라가면서 내 그림자가 나보다 앞서 계단을 내려가는 모습을 본다. 여기에서 다른 작가들의 이름*을 굳이 말할 필요는 없을 것이다, 베르사유는 녹슬고 다감한, 낙엽의 왕실 묘지이며 거대한 호수와 대리석들로 꾸며진 진정한 귀족의 장소이며 타락한 곳으로, 이곳을 짓기 위해 땀 흘린 수많은 노동자들의 삶이, 이전 세기의 사람들의 기쁨을 증가시켰다기보다는 현대인의 우수를 정제하는 데 더 기여했다는 사실도 우리를 별로 동요시키지 않는다. 많은 작가들에 이어서 나도 분홍빛 대리석 연못의 붉어진 잔을 바닥까지, 최상의 가을날 도취하게 하는 쓸쓸한 부드러움에 대해 헛소리를 할 정도로 자주 마셨다. 시들거나 썩어가는 잎사귀로 뒤섞인 땅은 멀리서 보면 색 바랜 노란색과 보라색의 모자이크같이 보였다. 작은 오두막집 마을**을 지날 때 바람 때문에 외투 깃을 올리면서 나는 비둘기가 구구 하고 우는 소리를 들었다. 사방에서 회양목 향내가 올라와 성지주일聖枝主日처럼 취하게 했다. 가을로 가득 찬 이 정원에서 내가 어떻게 작은 봄꽃 다발을 얻을 수 있단 말인가? 물 위에 떨고 있는 장미 잎사귀들을 바람이 구겨버린다. 트리아농 정원의 낙엽 속에는 흰 제라늄의 작은 아치형 다리가 있어 차가운 연못 위로 바람에 살짝 기운 꽃들을 위로 끌어 올려주었다. 물론 노르

---

* 특히 모리스 바레스, 앙리 드 레니에, 로베르 드 몽테스키외 페젠삭—프루스트
** 베르사유의 엄격한 프랑스식 정원에 질린 마리 앙투아네트가 영국식 작은 오두막집을 지은 곳.

망디의 어느 한산한 길에서 바닷바람과 소금 냄새를 경험한 적이 있지만 꽃핀 철쭉 가지 너머의 바다를 본 순간, 곁에 있는 꽃들에게 물가가 어떠한 우아함을 더해주는지 새삼 알게 되었다. 낙엽으로 가득 찬 양쪽 물가 위 아치 위에, 차가운 수면으로 세련된 자태와 정숙한 우아함으로 꽃과 잎을 드리운 흰 제라늄의 순결한 자태라니. 오, 여전히 푸른 숲의 은빛 노화여, 울고 난 가지, 경건한 몸짓으로 여기저기에 마련한 연못과 운하여, 나무의 우수에 바쳐진 물항아리 같아라!

3 산책

그렇게 맑고 벌써 해가 더워도 바람 불면 아직 서늘하고 나무는 겨울처럼 나목으로 있다. 불을 지피려고 죽은 것 같은 나뭇가지를 베었는데 수액이 솟아올라 팔꿈치까지 적시는 걸 보니, 얼음 같은 껍질 속에 나무의 격렬한 심장이 들어 있었구나. 나무들 사이 겨울의 대지는 아네모네, 앵초, 제비꽃으로 채워져 있고, 어제까지만 해도 어둡고 비어 있는 듯하던 강물에는 편히 쉬고 있는 연푸른색의 생기 도는 하늘이 드리웠다. 10월의 흐리며 지친 아름다운 저녁, 강물 끝까지 펼쳐지며 사랑과 멜랑콜리로 죽어가는 그런 하늘이 아니라 연하고 다정한 창연함, 순간순간 회색, 푸른색과 장밋빛 생각에 잠긴 구름의 그림자가 아닌, 반짝이는 지느러미와 유영하는 농어, 장어, 빙어가 지나가는 깊고 강렬한 하늘이었다. 기쁨에 떨며 이들은 빛나는 봄의 정령이 눈부시게 매혹시킨 초원과 풀숲 속에서 하늘과 풀잎 사이를 달린다. 그들의 머리 위로, 귀 사이 배 아래로 시원하게 흐르는 강물들도 노래하며 흥겹고 물결 위를 햇빛이 달리며 지나간다.

달걀을 찾으러 가보면 닭장에서도 즐거움은 없는 게 아니었다. 시인처럼 영감을 받은, 풍요로운 태양은 가장 보잘것없으며 이제까지 예술의 영역에 들어갈 거라고 생각해본 적 없던 장소에서도 아름다움을 발산하는 것을 주저하지 않았고, 퇴비와 고르지 않게 포장된 농가의 뜰과 나이 먹은 하녀처럼 굽어진 배나무에도 자비로운 온기를 보냈다.

시골 농가의 익숙한 풍경 속에 몸을 더럽히지 않으려고 발끝으로 조심조심 걸으며 장엄하게 모습을 드러내는 자는 도대체 누구인가? 바로 헤라 여신의 새, 죽은 보석으로 빛나는 것이 아니라 아르고스의 눈을 한, 공작새의 화려함이 이 장소에서 놀라움을 자아낸다. 축제 날, 일찍 도착하는 초대 손님들에 앞서 땅에 끌리는 형형색색의 드레스에 위엄 있는 목에는 새파란 장식을 미리 착용하고 머리에는 새털 장식을 한 저택의 여주인은 휘황찬란한 자태로 철책 앞에서 구경꾼들의 감탄 어린 시선 속에, 곧 문 앞에서 맞이할 왕가 혈통인 왕자를 기다리거나 그를 위해 마지막으로 지시를 내리려고 정원을 가로지르는 듯하다.

그런데 낙원의 새인 공작새는 이곳 조류 사육장의 칠면조, 암탉들 사이에서, 마치 감금된 앙드로마크가 노예들 사이에서도 왕가의 상징과 타고난 아름다운 화려함을 전혀 잃지 않고 털실을 지으며 생을 보낸 것처럼 살고 있다. 아폴론이 아드메토스의 양 떼를 지킬 때에도 그 빛나는 모습은 항상 알아볼 수 있었다.

4 음악을 듣는 가족

"음악은 부드럽기 때문에 영혼을 조화롭게 해주며
천상의 코러스처럼 마음속에서 노래하는
천 개의 목소리를 깨운다."*

서로 생각을 이야기하고 사랑하고 활동적인, 활기가 넘치는 가족에게는 정원을 가지는 것이 정말 좋은 일이다. 봄, 여름, 가을의 저녁에 모두 하루 일과를 마치고 정원에 모일 것이다. 작은 정원이라 울타리가 서로 가까이 붙어 있고, 높지도 않고, 눈을 들어 서로 하는 일 없이 몽상하며 바라볼 수 있는 하늘의 조각이 크지 않아도 괜찮다. 아이는 미래의

---

* 빅토르 위고의 「에르나니Hernani」에서.

꿈과 가장 좋아하는 친구와 영원히 헤어지지 않고 살게 될 집을 떠올리고, 젊은이는 사랑하는 여성의 신비한 매력에 대해, 젊은 어머니는 아이의 미래에 대해 생각하고, 고통스러웠던 과거를 지나온 부인이라면 정원에서 정갈한 시간을 보내며 차가워 보이는 남편의 외면에서 연민을 불러일으키는 괴로운 후회를 읽는다. 아버지는 멀리 지붕에서 피어오르는 연기를 보며 저녁 햇빛이 먼 곳에서 매혹적이었던, 평화로운 옛 장면들을 회상하고 그가 맞이하게 될 죽음에 대해, 자신의 죽음 이후 자녀들의 삶에 대해 생각해본다. 가족들의 영혼은 해질녘 종교적으로 한껏 고양되고 커다란 보리수나무와 마로니에, 전나무는 그들에게 형언하기 어려운 향기와 거룩한 그림자를 드리운다.

서로 생각을 이야기하고 사랑하고 활동적이며, 감성적인 영혼을 지닌 가족에게는 저녁 시간에 이 감성적인 영혼이 누군가의 목소리, 맑고 고갈되지 않는, 소녀나 젊은 남성의, 음악과 노래에 재능 있는 목소리로 구현된다면 더없이 좋은 일이다. 가족의 조용한 정원 앞을 지나는 이방인은 가까이 다가가면서 가족의 종교적인 몽상을 깰까 걱정하게 되지만, 이방인에게는 들리지 않아도 가족이나 친구들이 서로 모여서 노래를 듣고 있는 모습을 본다면 그들이 보이지 않는 미사에 참석한 듯이 보일 것이다. 서로 다른 자세를 취하고 있음에도 그들 가족의 흡사한 표현들은 순간적인 공감에 의해 실현된 하나의 이상적인 연극을 위한, 공동의 꿈속에의 합일에 의해서 인간 영혼의 진정한 조화를 보여준다. 때때로 바람이 풀잎을 쓸고 오랫동안 나뭇가지를 흔들면 가족들의 머리는 바람결에 숙여졌다가 갑작스레 다시 일어선다. 그 모두는 가슴 떨리게 하는 보이지 않는 전령이 이야기를 전하는 듯, 근심을 하며 기다리고 열렬히 몰입해서 듣거나 공포심을 갖고 같은 소식이 서로 다른 반향을 불러일으키는 것을 듣는 듯하다. 음악이 주는 번민이 극한에 달하며 그 격정적 표현은 크게 낮아진 음, 기운이 한풀 꺾인 충동으로 완화되었다. 빛나는 절정, 그 신비한 음울함은 노인에게는 삶과 죽음의 거대한 장면들일 수 있으며, 아이에게는 바다와 대지의 임박한 약속이며, 사랑에 빠진 젊은이에게는 미지의 극점이자 사랑의 빛나는 암흑세계이다. 생각에 잠긴 사람은 자신의 정신적인 삶 전체가 펼쳐진 것을 보고, 미약한 멜로디에서 갑작스럽게 음이 낮아지는 부분은 자신의 나약함과 전락을 생각하며, 멜로디가 다시 상승할 때 그의 마음도 온통 다시 일어서서 비상을 한다. 하모니의 낮고 힘찬 웅얼거림이 불투명하면서도 풍요로운 그의 기억을 뒤흔든다. 활동적인 남자는 협화음의 혼합에, 비바체에서의 질주에 숨이 차고 결국 아다지오에서 당당하게 승리한다. 불충실한 여성은 잘못이 용서되고, 무한해지는 것을 느끼고, 그녀의 잘못은 일상의 즐거움에 만족하지 못해 길을 잃어버린 데에 정신적 이유를 둔 것이라 신비를 추구하며, 그리고 종소리처럼 꽉 찬 음악이 크나큰 열망을 채워주는 듯한 느낌을 받았다. 음악가는 음악 속에서 단순히 기술적인 즐거움만 느낀다고 여겼지만 자신의 눈에 감춰진 상당히 아름다운 감정에 휩싸인 음악적 감동을 받는다. 그리고 나는 이 음악 속에서 가장 광활하며 보편적인, 삶과 죽음, 바다와 하늘의 아름다움을 맛보며 나의 사랑하는 그대, 음악이 가진 가장 독특하며 각별한 매력을 느낀다.

5

오늘의 역설은 내일의 선입견이 된다. 오늘날 가장 무겁고, 가장 기분 나쁜 선입견도 유행이 유약한 선의를 베푼 짧은 순간에는 참신한 사고로 여겨졌다. 많은 여성들이 모든 선입견에서 자유롭고 싶어 하면서도 선입견을 원칙이라고 생각한다. 그래서 그녀들은 선입견을 연약하며 조금 낯선 꽃인 양 장식으로 받아들이지만, 사실은 그녀들을 무겁게 짓누른다. 여성들은 모든 것에 배경이 있다고 생각하지 않으며 모두 다 동일 선상에 둔다. 그녀들은 책이나 삶을 아름다운 하루 일과나 오렌지처럼 맛본다고 말한다. 의상제작자의 '예술', '파리인의 삶'에 대해 '철학'이라고 한다. 그럼에도 불구하고 만약에 아무것도 구분하거나 판단하지 말고 무조건 "이것은 좋다, 저것은 나쁘다"라고 말하라 하면 얼굴을 붉힐 것이다. 예전에는 여성이 품행이 좋은 경우, 자신의 도덕성의 적극적 반응, 다시 말해 그녀의 사고가 본능을 잘 제어하는 것이라고 생각했다. 오늘날의 여성들은 품행이 좋은 경우 바로 그녀의 타고난 천성이 도덕성에 비해 우월해서 다시 말해 이론적으로 이야기하는 부도덕함을 극복했다는 것이다(알레비L. Halévy와 메일락H. Meilhac의 연극을 보시길). 도덕과 사회의 관계망에서 극단적으로 해이해지면서 여성들은 이제 이론상의 부도덕성에서 본능적인 선의로 표류하는 중이다. 여성들은 쾌락만을 추구하는데, 쾌락은 찾지 않을 때만 찾아오는 법이거늘 여성들은 쾌락 추구에 너무 고심을 한다. 이런 회의주의와 딜레탕티슴*이 책에 적혀 있다면 마치 오래된 장신구를 본 듯 여성들은 놀랄 것이다. 여성들은 유행할 재치에 대해 신탁이 되는 것과는 거리가 멀고 오히려 때늦은 앵무새와 같다. 아직도 그녀들은 예술을 애호하고 또한 그녀들에게도 잘 어울린다. 만약에 딜레탕티슴이 그녀들의 판단을 그릇되게 하고 그녀들의 성가신 행동을 유발한다 해도, 여성들에게 이미 시들어버렸지만 여전히 친절한 은혜를 베푼다는 점을 부정할 수 없다. 여성들은 정제

---

* dilettantisme. 예술을 직업이 아니라 취미로 즐기는 태도.

된 문명사회에서, 존재가 누릴 수 있는 고귀하며 용이한 가치를 한껏 느끼게 한다. 무뎌진 감각보다는 상상력, 마음과 정신, 눈과 코와 귀를 위해 축제가 열리는, 영적인 시테르 섬*으로 그녀들이 계속 떠나는 것은 그녀들의 태도가 어느 정도 지적 쾌락을 위한 것임을 알 수 있다. 이 시대의 가장 공정한 초상화가는 이런 모습들을 팽팽히 당겨지거나 단단한 모습으로는 그리지 않을 것이다. 그녀들의 삶은 풀어 헤친 머리채에서 새어 나오는 달콤한 향을 흩뿌린다.

6

야심은 영광보다 더 도취시킨다. 욕망은 꽃피우고 소유는 모든 것을 시들게 하니, 삶을 살기보다는 꿈꾸는 편이 낫다. 물론 산다는 것도 꿈꾸는 것일 수 있지만, 그러나 그것은 되새김질하는 동물의 연약한 의식 속에 산재하는 꿈과 유사한, 모호하고 중압감 있는 꿈보다도 덜 신비하고 덜 명료할 수 있다. 셰익스피어의 작품은 극장에서 연기될 때보다 연습을 하는 방에서 볼 때 더 아름다워 보인다. 불멸의 사랑하는 여인을 창조해낸 시인들 대부분은 여인숙의 보잘것없는

---

* 비너스의 섬으로 알려진 쾌락의 섬.

하녀들과의 경험밖에는 없으며, 매우 부러움을 사는 쾌락주의자들은 그들이 실제 살고 있는 삶에 대해, 아니 그들을 이끌고 있는 삶에 대해 쓸 줄을 모른다. 열 살짜리 소년을 하나 알고 있는데 그 아이는 건강하진 못하지만 일찍부터 뛰어난 상상력을 가지고 있었고 순전히 정신적인 사랑을 자신보다 나이가 많은 소녀에게 퍼붓고 있었다. 그는 그녀가 지나가는 것을 보기 위해 몇 시간씩 창가에 앉아 있었다. 잠을 자고 먹는 것도 잊었다. 어느 날 그는 창문에서 몸을 던졌다. 좋아하는 소녀에게 다가가지 못하는 절망감 때문에 죽었다고 모두들 처음엔 그렇게 생각했었다. 그런데 사실은 반대로 그녀와 오랫동안 이야기를 나눈 다음에 죽음을 선택한 것이었다. 게다가 그녀는 그에게 아주 다정하게 대했다고 한다. 따라서 그가 이런 열광적이며 다시는 되풀이되지 않을 순간을 경험한 후에 남은 무의미한 날들을 포기한 거라고 생각하게 되었다. 그가 자주 이야기를 나눈 친구에게 고백한 내용을 미루어 보건대, 그는 꿈속의 소녀와 매번 이야기를 나눌수록 실망했으나 소녀가 떠나고 나면 그의 풍부한 상상력을 통해 부재하는 그 소녀에 대한 모든 힘을 되찾았고 다시 그녀를 보고 싶다고 갈망하게 되었다고 한다. 그녀를 만날 때면 그는 불완전한 상황 속에서 실망을 유발하는 요소들을 알아보고자 했다. 그런데 최상의 만남 뒤에 그의 정교한 공상은 소녀를 고도의 완벽의 차원까지 완성해

냈고, 그의 예민한 성정은 방금 겪은 절대적인 완성에 반해 불완전함을 느껴, 그래서 죽을 지경이 되었고 그는 창문에서 몸을 던졌던 것이다. 이후 백치가 되었으나 장수하였다고 한다. 이 추락 사건으로 자신의 영혼과 생각, 소녀의 말을 다 잊어버렸고 소녀를 마주쳐도 그는 알아보지를 못했다. 소녀는 주위의 애원과 위협에도 불구하고 그와 혼인을 해 수년 동안 노력을 했지만 결국 남편이 자신을 알아보지 못하는 상태에서 사망했다고 한다. 산다는 것은 그 소녀와 같은 것이다. 그녀를 꿈꾸고 꿈꾸는 것을 사랑한다. 같이 살려고 해서는 안 된다. 우리는 소년처럼 아둔해지는데 갑자기 그렇게 되는 건 아니지만 삶에서는 모든 것이 미세한 뉘앙스를 가지고 악화가 진행된다. 십 년이 지난 뒤에 꿈을 더 이상 기억하지도 못하고 그것을 부정하며 그 순간 풀을 뜯어먹는 데 열중하는 들판의 소처럼 산다. 죽음과의 결합에서 의식을 가진 영혼의 불멸성이 나올지 누가 아는가?

7

"대위님, 책을 보시면서 소일하시겠습니까? 이젠 사랑을 나누실 수도 없고 전투에 나가실 수도 없으신데, 어떤 책을 사다드리면 좋겠습니까?" 부관이 대위에게 물었다. 대위가

퇴직을 하고 생을 마감할 때까지 (심장병으로 살날이 얼마 남지 않은 상태였다) 지낼 작은 집이 마련되었던 것이다.

"아무것도 사지 말아요, 책도 사지 마세요. 책은 지금까지 내가 해왔던 일만큼 흥미로운 이야기를 해주지도 못해요, 게다가 남은 시간이 길지도 않은데 내 흥미로웠던 업적을 기억하는 일을 방해받고 싶지 않아요. 내 큰 궤짝 열쇠를 주시오, 거기에 매일 읽을거리가 있소."

궤짝에서는 많은 서신이 나왔는데, 그저 희끄무레해지거나 종종 색이 변한, 때로는 아주 긴 서신, 단 한 줄의 글이 있는 엽서, 시든 꽃과 사물의 모양과 카드를 받았을 때 주변을 기억하기 위해 그가 직접 몇 마디 말을 적은 카드들, 조심을 했는데도 그가 너무나 자주 입을 맞춰서 마치 신앙심 깊은 신자의 닳은 성유물聖遺物처럼 바래버린 사진들이 나왔다. 모두 너무 오래된 것이었는데 그중에는 이미 죽은 여성의 편지도 있었고 그가 보지 못한 지 십 년도 더 된 여성들이 보낸 편지도 있었다.

서신들 중에는 구체적인 육체적 쾌락, 또는 그의 삶에서 정말 별것 아닌 것들에 대한 애정이 담겨 있는 것도 있었는데, 그건 그의 삶을 열정적인 색으로 아주 모호하면서도 아주 특별하게 그린 거대하고도 위대한 감동의 벽화와 같은 것이었다. 입속 키스의 환기, 그가 망설임 없이 영혼을 내맡기고 싶었던 싱그러운 입, 그러나 그를 외면해버린, 그래서 그를 오랫동안 울렸던 입이 있었다. 그는 약해지고 낙심한 상태였지만 이 생생한 기억을 조금 단숨에 삼키고 나면 마치 햇빛에 잘 익은, 몸을 덥혀주는 와인 잔처럼, 따뜻하며 기분 좋은 몸의 떨림, 봄이 우리의 건강을 회복해주는, 겨울 난로가 우리의 약한 몸에 주는 그런 것을 느꼈다. 늙고 지친 그의 몸이 그런 열정을 불사른 적 있다는 기억, 그런 불타는 열정을 살았던 기억은 그에게 삶의 소생을 가져왔다. 그리고 생각해보니 그것은 그의 몸 위에 길게 누워 있던, 엄청난 크기의 움직임이 있는 포착 불가능한 그림자라는 생각, 그리고 이 모든 게 영원한 밤 속에 뒤섞여 완전히 융화될 거라는 생각에 그는 다시 울기 시작했다.

그것이 그림자일 뿐이고, 불꽃의 그림자이고 이제 다른 곳에서 불타고 있다는 생각, 그는 다시 그들을 보지 못할 거라는 생각에 이 그림자들을 열렬히 사랑하기 시작했고 다가올 절대적인 망각과는 대비되는 완전히 소중한 존재처럼 다뤘다. 모든 키스와 입 맞췄던 머리칼들, 많은 눈물과 입술들, 취하기 위한 와인처럼 퍼부었던 애무, 음악처럼 커진 절망, 신비와 운명의 끝까지 확장되는 것을 느꼈던 행복한 저녁, 그를 너무나 꼭 안아주었던, 열렬히 사랑했던 그녀, 그의 그녀를 위한 열렬한 사랑보다 이 이상 무엇도 할 수 없을 정도로 사랑했던 그녀, 그녀가 그를 그렇게 꼭 껴안았는데 이제는 희미해져 떠나고 있었고 그는 그녀를 더 붙잡지도,

그녀의 흩날리는 코트 자락에서 퍼져 나오는 향기도 붙잡지 못했고 그는 다시 향기라도 느끼기 위해, 향기를 부활시키고 자신 앞에 나비처럼 고정시키기 위해 몸을 떨었다. 그러나 그것은 매번 무척 어려웠다. 나비 한 마리 잡지 못하면서 항상 손가락으로 날개에 어른거리는 신비를 떼어낼 뿐이었다. 아니, 그들을 거울 속에서 보았고 그들을 만지려다 헛되이 거울에 부딪혔고 번번이 그것들을 더욱 퇴색시킬 뿐이었으며, 잘 구별되지도 않았고 점점 덜 매력적으로 보였다. 사계절 어느 알려진 적 없는 법칙 또는 불가사의한 추분으로 인해, 그의 마음속 퇴색된 거울은 그 무엇으로도 닦아낼 수가 없었다. 젊음이나 요정의 정화시키는 숨결로도 어쩔 수가 없었다.

그리고 차츰 입속의 키스, 끝없던 시간들, 그를 황홀하게 했던 그 향기들을 잃어버리면서 고통이 줄었다.

덜 고통을 느끼는 데 고통을 느꼈고, 그리고 이 고통도 이내 사라졌다. 마침내 모든 고통이 함께 떠나버렸다, 모두, 그러나 떠나보내야 할 쾌락은 없었다, 그들은 이미 얼굴도 돌리지 않고 그들의 날개 돋친 구둣발로, 오래전부터 꽃핀 가지들을 손에 들고, 충분한 젊음이 남아 있지 않은 이 거처를 떠나버린 것이었다. 그리고 누구나처럼 그도 죽었다.

8 성유물

친구가 되고 싶었지만 나와 잠깐 말을 나누는 것도 허락하지 않았던 그녀, 팔리는 그녀의 유품을 모두 사버렸다. 매일 저녁 그녀가 즐겨 했던 카드놀이 세트, 두 마리의 마모셋 원숭이, 가문의 문장이 평평한 면에 표시돼 있는 세 권의 소설책, 그녀의 개도 사버렸다. 오! 희열의 순간이여, 그녀의 삶의 소중한 여가들이여, 그대들은 나만큼 즐기지도 못하고 욕망하지도 않았으면서 그녀의 가장 자유롭고, 침범할 수 없는 가장 비밀스런 시간들을 누렸지, 그대들은 행복을 느끼지 못했고 그래서 그 행복한 순간을 이야기할 수도 없다.

그녀가 매일 저녁 좋아하는 남자 친구들과 손가락으로 가지고 놀던 트럼프 카드들은 그녀가 지겨워하거나 또는 웃는 것을 보았고, 그녀가 시작한 연애를 목격하고 이후로 그녀를 만나러 매일매일 찾아오는 남자를 위해 손에서 내려놓았던 카드들, 그녀의 공상과 피로도에 따라 침대에서 펼쳤다 덮었다 했던, 그녀의 기분과 꿈에 맞춰 골랐던 소설들, 책에 꿈을 맡기고 책들이 표현하던 꿈과 섞이고 그녀가 더 멋진 꿈을 꾸게 도와주던 책들은, 그녀에 대해 무엇을 기억하는지, 아무 말도 하지 않을 건가?

그녀가 소설 속의 인물들과 시인의 삶에 대해 생각해보았던 소설들이여, 그대들과 함께, 평온함과 때로는 아주 강렬한 내밀함을 경험했던 카드들이여. 그대들과 시간을 보내고 이런저런 생각을 했던 카드들은 그대들에게 열려 있던, 그대들이 위로했던 그녀의 마음에서 간직한 것이 하나도 없는가?

트럼프 카드와 소설들, 그녀의 손에 자주 머물렀고 그녀의 탁자에 그토록 오래 있었기 때문에, 킹, 퀸, 잭은 가장 눈부신 저녁 축제가 되면 그녀에게 없어서는 안 될 동반자였고 그녀의 침대 곁에서, 램프와 그녀의 시선이 교차되는 불빛 아래에 조용하면서도 목소리가 가득 찬 꿈을 꾸는 소설 속 남녀 주인공들인 그대들에게 그녀의 방의 공기, 그녀의 옷감들, 그녀의 손과 무릎의 촉감에 스며든 그녀의 향기는 다 날아가지 않고, 배어 있을 것이다.

그대들을 구기던, 즐겁거나 신경질적인 손의 주름들을 그대들은 간직하고 있다. 책이 준 또는 어떤 일생에 대한 고통으로 그녀가 눈물 흘릴 때, 그대들은 그 눈물을 아직도 간직하고 있지 않은지, 그녀의 눈을 반짝이게 했거나 슬프게 했던 햇빛은 그대들에게 이 따뜻한 색채를 주었다. 나는 떨면서, 그대들이 밝히게 될 사실들에 고통스러워하며, 그대들의 침묵에 불안해하면서 그대들을 어루만진다. 아! 어쩌면 매혹적이며 연약한 그대들처럼 그녀는 자신의 우아함에는 무관심하며 무의식적인 증인이었는지 모른다. 그녀의 가장 실제적인 아름다움은 나의 욕망 속에 있는지 모른다. 그녀는 그녀의 삶을 살았고 어쩌면 나는 홀로 그녀를 꿈꾸었는지도 모른다.

9 월광소나타

여행의 피로보다도 떠오르는 아버지의 엄격함과 근심, 피아의 무관심, 내 적들의 지독한 집착이 나를 지치게 했다. 낮 동안은 아순타의 동행, 그녀의 노래, 나를 잘 알지 못하면서도 내게 보여준 다정함, 그녀의 흰 피부와 갈색 머리와 장밋빛 입술, 바닷바람의 돌풍에도 지속되는 그녀의 향기, 그녀의 모자 깃털, 목에 걸려 있던 진주들이 나의 기분을 전환시켜주었다. 그러나 저녁 9시에 나는 의기소침해져서 그녀에게 마차로 돌아가라고 하고는 바람을 쐬면서 좀 쉬게 해달라고 했다. 우리는 거의 옹플뢰르에 도착했고, 이 장소는 괜찮았는데 벽을 마주하고 키 큰 나무들이 양쪽에서 불어오는 바람을 막아주는 대로변 입구에 있는 곳이었고, 공기도 좋았다. 그녀는 알겠다면서 나를 두고 떠났다. 나는 풀 위에 누워 어두운 하늘 쪽으로 고개를 돌리고, 어둠 속에서는 구별이 되지 않아 보이지는 않지만 등 뒤에서 들려오는 바닷바람 소리가 달래는 대로 잠에 빠져들었다.

곧 나는 꿈을 꾸기 시작했고, 꿈속에서 황혼이 멀리 모래와 바다를 비추고 있었다. 땅거미가 지고 있었고, 꿈속의 일몰과 황혼은 모든 일몰, 모든 황혼과 같았다. 누군가가 내게 편지를 가져다주었고 나는 읽고 싶었지만 아무것도 보이지 않았다. 그제야 강렬하게 퍼져 내린 빛의 느낌에도 불구하고 사실은 아주 어둡다는 것을 깨닫게 되었다. 일몰은 정말 특이하게 창백하고 광택이 없는 빛으로, 마술처럼 밝힌 모래 위에 수많은 어둠을 모아두어 조개 하나를 구별하기에도 정말 많은 노력이 필요했다. 꿈속의 이 특별한 황혼은 마치 병들고 색 바랜 햇빛이 극지의 모래 위에서 일몰을 하는 듯했다. 나의 서글픔은 홀연히 사라졌고 아버지의 결단, 피아의 감정, 내 적들의 기만은 아직 나를 억누르고 있었지만 자연스런 필요에 의해 무관심해진 듯 더 이상 나를 짓누르지는 않았다. 어두운 빛남의 대조, 나의 고통에 마술과도 같은 휴전 상태는 내게 어떠한 경계심도 어떤 두려움도 불러일으키지 않았고 나는 점점 커지는 즐거움에 둘러싸이고 적셔져 이내 그 달콤함의 강도가 나를 깨우기에 이르렀다. 눈을 떴다. 찬란하며 창백한 나의 꿈이 내 주위에 펼쳐져 있었다. 자려고 기댔던 벽은 환한 빛으로 가득 차 있었고 담쟁이덩굴의 그림자가 오후 4시의 그것처럼 강렬하게 드리워져 있었다. 네덜란드산 포플러나무의 울창한 잎사귀들이 미세한 바람에 뒤집히며 반짝였다. 파도와 하얀 돛들이 보였다. 하늘은 밝고 달이 떴다. 가끔씩, 가벼운 구름이 달 위로 지나가면서 해파리 혹은 오팔의 중심부와 같은 창백한 푸른색 뉘앙스로 물들었다. 사방에서 빛나는 그 빛을 그러나 내 눈은 그 어디에서도 포착할 수가 없었다. 신비할 정도로 빛나는 풀잎 위로 어둠은 버티고 있었다. 숲과 웅덩이는 완전히 어두웠다. 갑자기 가벼운 소리가 불안하게 들리더니 빠른 속도로 커지고 숲속에서 구르는 듯했다. 미풍에 바스러지는 나뭇잎들이 전율하는 소리였다. 잎사귀 하나하나 위로 굴러가는 소리가 밤의 거대한 침묵 위로 넘실거리는 파도 소리처럼 들렸다. 그리고 소리가 줄어들면서 멈췄다. 두 줄의 떡갈나무 길 사이에 길게 놓여 있는 좁은 풀밭은 꼭 어두운 두 방파제 사이로 흐르는 맑은 강물 같았다. 달빛은 경비원의 집, 우거진 가지, 돛, 잎사귀들을 소멸시킨 밤을 비출 뿐, 그들을 깨우지 않았다. 잠 속의 침묵에서 달은 그들의 유령과 같은 모호한 형태를 비출 뿐이어서 낮에는 그토록 사실대로 보이던 확실한 존재와 평범한 이웃 관계의 영원성으로 나의 가슴을 짓누르던 그 형태를 나는 자세히 구별할 수 없었다. 문 없는 집, 줄기 없는 나뭇가지들, 잎사귀가 거의 없는 나뭇가지들, 배 없는 돛은, 부정할 수 없고 습관적으로 단조로운 현실 대신 기이하며, 어둠 속에 빠져들어 알맹이 없이 빛나며 잠든 나무들의 기이한 꿈 같았다. 사실 숲은 결코 이렇게 깊이 잠든 적이 없었고 달이 틈을 타서 하늘과 바다에 이 성대한 창백하고 부드러운 축제를 소리 없이 준비한 듯했다. 나의 슬픔은 사라졌다. 아버지가 야단치는 소리, 피아가 비웃는 소리, 나의 적들이 음모를 준비하는 소리, 이 모든 것이 내게는 현실로 느껴지지 않았다. 유일한 현실은 바로 이 비현실적인 빛 속에 있었고, 나는 웃으면서 빛의 가호를 빌었다. 어떤 이해 불가한 유사점으로 나의 고통이 이곳 숲, 하늘, 바다에서 경축되는 장엄한 신비와 닮았는지 이해할 수 없었지만 그들의 설명과 그들의 위로를 들었고 그들의 용서가 발설되었고, 내가 그 비밀을 이해하는지 아닌지는 별로 중요한 것이 아니었는데 왜냐하면 내 마음이 그것을 잘 들었기 때문이었다. 바로 그 이름으로 나의 성스러운 어머니 밤을 불렀고 나의 슬픔은 불멸의 누이 달에게 이해받았고 달은 밤의 정화된 고통과 구름이 걷힌 내 마음에서 빛났고, 내 우수도 사라졌다.

문득 발소리가 들려왔다. 짙은 색의 넓은 코트 위로 흰 얼굴을 드러낸 아순타가 이쪽으로 오고 있었다. "당신이 추울까 봐 걱정하던 차에 오빠가 잠이 들어서 다시 왔어요." 낮은 목소리로 내게 말했다. 그녀 곁으로 다가갔다. 그녀는 떨리는 몸에 코트 자락을 덮어주었고 내 목뒤로 손을 둘러 옷깃을 잡아주었다. 우리는 깊은 어둠 속에서 나무 밑으로 몇 걸음 걸었다. 우리 앞에서 무엇인가 빛나고 있었고 나는 물러날 새 없이 옆으로 비켜서다가 나무줄기를 밟은 줄 알았으나 그건 우리의 발밑에서 빠져나갔고 우리는 달빛 아래를 걸었다. 그녀의 얼굴을 내 쪽으로 다가오게 했다. 그녀는 웃었고 나는 울기 시작했고, 그녀도 울고 있는 것을 보았다. 우리는 그제야 달도 울고 있음을, 달도 우리의 슬픔에 동조하고 있음을 알았다. 달빛의 에이는 듯하면서도 부드러운 느낌이 우리의 마음에 닿았다. 우리처럼 달도 울고 있었다, 항상 그러하듯, 달이 왜 우는지 알지 못하면서 눈물을 흘렸고, 그러나 울고 있다는 것을 깊이 깨달으면서 달은 저항할 수 없는 부드러운 절망 속에 숲과 들판과 다시 바다에 비치는 하늘과 그리고 드디어 달의 마음을 잘 볼 수 있게 된 내 마음을 끌어당겼다.

10 지나간 사랑 속에 있는 눈물의 원천

소설가나 소설 속 주인공들이 이미 끝나버린 사랑으로 되돌아가면 독자는 무척 감동하지만 사실 불행하게도 그것은 인위적인 것이다. 지나간 사랑의 무한함과 현재의 절대적인 무관심 사이의 대비, 수천 가지의 디테일들, 대화에서 다시 소환된 이름, 서랍에서 발견된 편지, 그 사람을 다시 마주쳤을 때, 심지어는 뒤늦게 그를 소유하게 되었을 때와 같이 그토록 가슴 아프고, 참아내는 눈물로 가득 찬 이러한 대비가 예술 작품에는 존재하지만 우리의 실제 삶은 무관심과 망각만 있을 뿐이어서, 우리가 사랑한 여인과 우리의 사랑은 겨우 미학적이라면 모를까 더 이상 우리 마음에 들지 않으며, 사랑과 함께 번민과 고통의 힘 또한 사라져버린다. 이 대비로 인해 가슴을 찢는 우수란 정신 속에서만 가능한 사실이다. 만약 어떤 작가가 그가 그리고 있는 열정의 끝이 아닌, 시작 부분에 이것을 배치했다면 심리적인 현실성도 가질 수 있을 것이다.

종종 우리는 사랑을 시작하고 나서야 우리의 경험과 통찰력으로 비로소 눈뜨게 되고, 우리의 사랑이 영원할 것이라는 느낌, 아니 사실은 환상을 가지고 맞서는데도 불구하고, 그녀에 대한 생각 덕분에 존재를 지탱하게 하는 그녀에 대해 우리의 마음이 다른 모든 여자들과 마찬가지로 어느 날 무관심해질 거란 걸 알고 있다…. 더 이상 고통에 찬 행복감 없이 그녀의 이름을 듣게 될 것이고 그녀의 글씨를 두근거림 없이 읽게 될 것이고 그녀를 길에서 마주치려고 일부러 다른 길로 드는 일도 없을 것이며 더 이상 동요하지 않고 그녀를 바라보게 될 것이고 열광하지 않으면서 그녀의 육체를 소유하게 될 것이다. 우리가 그녀를 영원히 사랑할 것이라는 아주 완강하며 황당한 예상에도 불구하고, 이 확실한 존재는 우리를 울게 할 것이다. 사랑은, 한없이 신비하며 슬픈 거룩한 아침처럼 일어나, 우리의 고통 앞에 사랑의 낯설며 한없이 깊은 거대한 지평선의 일부와 매혹적인 비탄의 감정을 놓아둘 것이다….

11 우정

고통스러울 때 따듯한 침대에 눕는 것은 정말 행복한 일이다, 어떤 노력의 의지나 저항력도 다 사라지고, 머리를 이불 속에 넣고 온몸을 팽개쳐 가을바람을 맞는 나뭇가지들처럼 흐느껴 운다. 그런데 침대보다 더 나은, 신의 향기가 가득한 것이 있다. 그것은 바로 우리의 다정하며, 심오하고, 쉽사리 허물어지지 않을 우정이다. 우정의 침대가 슬프고 얼음같이 차가울 때 나는 내 마음을 떨면서 누인다. 나의 생각을 우리의 따듯한 우정으로 덮으며, 밖에 그 무엇도 보지 않고 더 이상 나를 보호하려 애쓰지 않으며, 무장 해제가 되어, 그러나 우리 우정의 기적으로 바로 힘을 얻고, 불굴의 상태가 되어 나는 나의 고통과 더불어 그 고통을 가두어줄 거라 믿는 신뢰의 기쁨으로 운다.

12 슬픔의 일시적인 효과

우리에게 행복을 주는 사람들에게 감사하자, 그들 덕분에 우리의 영혼이 꽃을 피우게 되는, 그들은 매혹적인 정원사들인 것이다. 또한 우리에게 못되게 구는 여성, 그저 무관심한 여성, 그리고 우리에게 슬픔을 준 잔인한 친구들에게도 감사하자. 오늘날은 알아볼 수도 없는 파편들로 우리의 심장을 황폐하게 했고 또 비통한 바람처럼 나무뿌리를 뽑고 가장 연약한 가지를 부러뜨렸는데, 바람은 때로 예측하기 어려운 수확을 위해 몇 개의 알찬 씨앗들을 뿌려주기도 하는 것이다.

끔찍한 참담함을 감추고 있던 우리의 작은 행복들을 모조리 부수고, 우리의 헐벗은 마음으로 비어 있는 슬픈 정원을 만들면서, 그들은 우리가 명상하고 판단할 수 있게 해준 것이다. 슬픈 연극들은 비슷하게 우리에게 좋은 역할을 하니 즐거운 작품들에 비교하여 이들을 우수하다고 생각해야 하지 않을지, 명랑한 작품들은 우리의 허기를 본격적으로 해소해주기보다는 그저 요기밖에 되지 않는다. 우리에게 양식은 쓰라린 것이어야 한다. 행복한 삶에서는 다른 사람들의 운명이 실제로 드러나지 않는데 우리의 잇속을 위해 그것을 은폐하거나 욕망이 그것을 변형시키기 때문이다. 그러나 삶에서는 고통에 초연함 속에서, 연극에서는 슬프고도 아름다운 감정 속에서, 우리의 주의 깊은 영혼에게 다른 사람의 운명과 스스로의 운명이 의무와 진리에 대해 전혀 들어본 적 없는 영원한 말을 들려준다. 진정한 예술가의 슬픈 작품은 고통받았던 이의 어조로 우리에게 말을 걸고 고통받는 모든 이들에게 모든 것을 내려놓고 듣게 한다.

아! 그런데 감정이 가져온 것, 이 변덕스러운 기분이 앞서면서 즐거움보다 고귀한 슬픔도 미덕처럼 지속적이지 못하다. 어제저녁 그렇게 우리를 한없이 고양시켜서 우리의 삶 전체를 현실의 예리하면서도 진심에서 우러난 연민으로 고찰하게 해준 비극을 오늘 아침에는 잊어버린다. 일 년이 지나고 어쩌면 우리는 사랑하는 여인의 배신과 친구의 죽음에서 위로받은 상태일 것이다. 파손된 꿈과 시든 행복 위로 바람은 흐르는 눈물 속에 알찬 씨를 뿌리지만, 눈물이 너무 빨리 말라 싹이 틀 겨를이 없는 것이다.

퀴렐F. de Curel 씨의 연극 〈손님〉을 보고 나서

13 시시한 음악 예찬

시시한 음악을 혐오하세요, 하지만 경멸하지는 마세요. 사람들이 음악을 연주하고 아니 노래로 잘 부르기까지 하니

까요, 심지어 좋은 음악보다 더 열정적으로 부르니까요, 사람들의 꿈과 눈물로 채워졌으니까요. 그 점에서 존중할 만하죠. 이 음악은 예술사에서 전혀 존재감이 없지만 사회의 애정사에서는 중요한 입지를 차지하고 있지요. 애호라고 하지는 않고, 존중이라고 한 것은 시시한 음악이 단지 우리가 고상한 취미에 기여하고 또는 이것을 부정적인 면이라고 부를 그런 형태가 아닌, 음악의 사회적 역할의 중요성을 인식하게 해주기 때문입니다. 예술가가 보기에 아무런 가치가 없는 노래가 얼마나 많은, 낭만적이고 사랑에 빠진 젊은이들의 마음을 토로하는 곡이 되었던가요. 그 많은 〈금반지〉와 〈아! 잠든 채로 그대로 있어 주오〉 같은 노래의 악보는 매일 저녁 유명 인사들의 손에서 넘겨지고, 이 세상 가장 아름다운 눈에서 흐르는 눈물에 젖어, 가장 순수한 음악의 대가조차 그 우수에 찬 달콤한 영향을 부러워할 지경이며, 순진하고 영감에 가득 찬 이 노래들은 고통을 숭고하게 해주며 꿈을 북돋고 몸을 맡긴 열렬한 감정, 아름다움의 도취시키는 환상을 믿게 합니다. 서민들, 부르주아들, 군인들, 귀족들은 모두 같은 우편배달부에게서 갑자기 알게 되는 부고와 그들을 기쁨에 넘치게 하는 행복한 소식들을 받으며, 보이지 않는 사랑의 메신저와 소중한 공통의 고해신부가 있습니다. 그들이 바로 시시한 음악가들입니다. 훌륭한 귀, 고급 음악에 익숙해진 귀가 순간 듣기를 거부하는 바로 그 성가신 후렴은 수천의 영혼과 삶이 주는 보물과 비밀을 간직하였고, 그것이 노래의 영감으로, 위로할 준비가 다 되어 항상 피아노 악보대에 놓여 있는 꿈꾸는 우아함과 이상인 것입니다. 어떤 아르페지오 부분과 '반복'은 수많은 연인들과 천상의 멜로디나 사랑하는 여인의 음성을 꿈꾸던 몽상가에게는 영혼에서 울리는 곡입니다. 너무 많이 연주되어 낡아버린 시시한 로망스 악보는 우리에게 묘지나 하나의 마을처럼 마음에 와닿습니다. 그 마을의 주택 양식이 별 볼 일 없으면 어떠하고, 저질 취향의 장식에 가려 무덤도 묘비명도 잘 안 보이면 어떻습니까. 기꺼이 공감되고, 존중할 만한 상상력 앞에서 잠시 미학적 경멸을 내색하지만 않는다면 자욱한 먼지 속에서, 그들에게 다른 세계를 느끼게 해 이 세상에서 즐기거나 구슬프게 울게 했던, 아직 파란 꿈을 입에 문 한 무리의 영혼이 날갯짓을 할 수가 있는 것입니다.

14 호수에서의 조우

어제 불로뉴 숲으로 저녁 식사를 하러 가기 전에 그녀의 편지를 받았다, 일주일 전 내가 절망해서 보냈던 편지의 답장이었고 떠나기 전 내게 작별 인사는 못할 듯하다고 차갑게 답하는 내용이었다. 나도 매우 냉정하게, 그러는 편이 낫겠다고 즐거운 여름휴가를 보내라고 답을 했다. 그러고 나서 외출 준비를 마치고 지붕 없는 마차를 타고 불로뉴 숲을 가로질러 식사를 하러 갔다. 나는 너무 슬펐지만 침착했다. 그녀를 잊기로 했고 이제 시간이 흐르면 잊게 될 거라 믿었다.

마차가 호숫가 길에 들어섰을 때 호수 주변, 마차가 다니는 길에서 약 오십여 미터 떨어진 좁다란 산책로를 천천히 걷고 있는 여자가 보였다. 언뜻 봐서 누구인지 알 수는 없었다. 여자는 내게 가벼운 손인사를 했고 나는 먼 거리에도 불구하고 그녀임을 알아보았다. 바로 그녀였던 것이다! 나는 그녀에게 정성스럽게 인사를 보냈다. 그녀는 계속 나를 바라보았고 마치 내가 마차를 멈추고 그녀를 마차에 태워주기를 바라는 듯했다. 그러나 나는 아무런 행동도 하지 않았고, 나는 나로부터가 아닌 외부에서 오는 듯한 감정이 휘몰아치고 나를 강하게 조르는 느낌을 받았다. "내 생각이 맞았어, 내가 모르는 어떤 이유로 나한테 항상 냉정한 척한 거네. 그녀는 나를 사랑하는 거야." 나는 혼잣말을 했다. 무한한 행복, 물리칠 수 없는 어떤 확신이 나를 사로잡아 나는 거의 쓰러질 뻔했고 울음을 터트렸다. 마차는 아르메농빌에 거의 도착했고 나는 눈물을 훔쳤고, 눈앞에는 마치 내 눈물을 마르게 하려는 듯 다정한 손인사가 다시 떠올랐고, 마차에 타도 되겠냐고 질문을 던지는 듯하던 그녀의 눈이 고정되었다.

나는 저녁 식사 자리에 눈부신 상태로 도착했다. 내 행복은 자리에 있는 모든 사람들에게 기분 좋고 감사한 우호적인 친절함으로 표출되었고, 자리에 있는 그 누구도, 그들이 모르는 그 작은 손이 나에게 인사를 하면서 나를 이토록 눈부시게 한 기쁨의 불을 지피고 비밀스런 쾌락의 매력을 나의 행복에 부과한 것을 알지 못했다. 드 T 부인만 아직 도착하지 않은 상태였는데 그녀도 곧 나타났다. 그녀는 내가 아는 사람들 중에서 가장 무의미한 사람이었고, 그녀의 외모는 멋진 편이었음에도 나를 가장 기분 나쁘게 하는 사람이었다. 그날 저녁, 너무나 행복했던 나는 각자 가지고 있는 단점들, 추함을 모두 용서하여 그녀에게도 다정한 표정으로 다가가 인사를 건넸다.

"조금 전에는 지금처럼 친절하시지 않더군요." 그녀가 내게 말했다.

"조금 전에요? 조금 전에는 당신을 본 적이 없는데요?" 난 대꾸했다.

"무슨 소리예요! 저를 못 알아보셨다고요? 멀리 떨어져 있긴 했죠, 호숫가를 따라 걷는데 당신이 마차로 당당하게 지나가기에 내가 손인사를 했고 늦지 않으려고 마차에 동승했으면 했지요."

"아, 그게 당신이셨군요!" 나는 큰 소리로 답하고는 거듭 사과했다.

"아! 용서를 구합니다. 정말 죄송합니다!"

"이분이 정말 안돼 보이네요! 이렇게 유감스러워 하시다니, 샤를로트 대단해요…. 이제 샤를로트가 옆에 있으니 그만 마음 푸세요!" 그 집 여주인이 내게 말했다.

내 모든 행복은 파괴되었고, 나는 정말 슬펐다.

그랬다! 그리고 더 기막힌 것은 이 일이 있은 후에는 더 이상 예전과 같지 않았던 것이다. 나의 실수를 알아차린 후에도 내가 사랑하지만, 나를 사랑하지 않던 그녀의 이미지는 오랫동안 그녀에 대해서 간직했던 생각을 바꾸어놓았다. 내 머릿속의 이미지를 수정하려고 애썼고 그래서인지 오히려 그녀를 잊는 것이 더디게 되었다, 괴로워하는 나를 위로하기 위해서 내가 느낀 손이 그녀의 손이었다고 믿으며, 눈을 감으면 나에게 알은체하던 작은 손, 내 눈물을 닦아주고 내 이마를 식혀줄 수도 있었을, 내가 그녀를 마차에 태워줄지 질문을 던지는 듯하던 슬픈 그 눈으로, 평화와 사랑과 화해의 연약한 상징처럼 부드럽게 내밀던 그 장갑 낀 손을 다시 보게 되었기 때문이다.

15

불타는 하늘이 화재가 발생했음을 나그네에게 알려주듯

이 불타는 시선은 대부분 반사용으로 쓰이는 열정을 드러내 보여준다. 그 열정은 거울에 비친 열정일 뿐이다. 때로는 무심하고 명랑한 사람들이 크고 어두운, 근심 가득한 눈을 가지고 있는 경우가 있는데 마치 그들의 영혼과 눈 사이에 여과기가 있어서 영혼의 모든 내용물을 '걸러내어' 눈으로 보낸 듯하다. 그러다 보니, 단지 이기주의적 걱정에 고조되어, 불타는 열정을 사르는 사람을 멀리하면서, 사람들을 끌어들이는 공감적 이기주의의 걱정에 더워진, 그들의 마른 영혼은 음모 가득한 인공적인 궁전일 뿐이다. 끊임없이 사랑으로 불타고, 우수에 찬 이슬이 그 열정을 적시고 빛나게 하며, 떠돌게 하고, 불을 끄지 못하고 물에 잠기게 한 그 눈은 비극적인 불길로 세상을 놀라게 할 것이다. 영원히 식어버린 세계의 강력한 위성으로 그들의 영혼과는 분리된 두 개의 구형, 사랑의 구球, 눈은 죽을 때까지 엉뚱하며 실망스러운 반짝임, 거짓 예언자, 그들의 마음에는 담지도 않는 사랑을 약속하는 배신을 계속할 것이다.

16 이방인

도미니크는 꺼진 벽난로 옆에 앉아서 손님들이 오기를 기다리고 있었다. 매일 저녁 그는 몇몇 주요한 귀족들과 능력 있는 사람들을 초대했고, 좋은 집안에서 태어난 부유하고 매력적인 그를 사람들은 혼자 두지 않았다. 촛대는 아직 켜지지 않았고 햇볕은 방 안에서 쓸쓸하게 사라져가고 있었다. 멀리서 갑자기 그에게 이야기하는 다정한 목소리가 들렸다.

"도미니크!" 그 순간, 가까우면서도 멀리서 들려온 것 같은 '도미니크'라는 말에 그는 공포로 몸이 얼어붙었다. 그는 이 목소리를 들은 적은 한 번도 없었지만 누구인지 바로 알 수 있었기 때문이었다, 그의 회한은 바로 희생자, 죽은 고귀한 희생자의 목소리를 알아차렸다. 그는 과거에 자신이 저지른 죄를 떠올려봤지만 기억나지 않았다. 그러나 목소리의 주인공은 그의 죄를 비난하고 있었고, 그건 아마도 그가 의식하지 못하고 저질렀으나 이 음울함과 공포로 미루어볼 때 책임을 져야 하는 죄인 듯했다. 그는 눈을 들어, 그의 앞에 진지하면서도 친근한, 희미하면서도 손에 잡힐 듯한 모습으로 서 있는 이방인을 보았다. 도미니크는 존경을 담은 몇 마디 말로 쓸쓸하면서도 확신에 찬 이방인의 권위에 경의를 표했다.

"도미니크, 저녁 식사에 초대받지 못한 사람은 나 아닌가? 너는 나한테 용서를 받아야 할 잘못이 있어. 그리고 다른 사람들 없이도 지내는 법을 알려주지, 그들은 네가 나이 들면 오지 않을 거야."

"너를 식사에 초대할게." 자신도 처음 듣는 다정하고 근엄한 목소리로 도미니크가 말했다.

"고마워." 이방인이 답했다.

이방인이 끼고 있는 반지에는 어떤 왕족의 표식도 없었고 그의 말에서 느껴지는 재치는 빛나고 뾰족한 바늘로 정신을 덮고 있지도 않았다. 그러나 형제애가 담겨 있는 그의 강렬한 시선을 느끼면서 도미니크는 알 수 없는 행복에 취했다.

"나를 네 곁에 두고 싶으면 다른 사람들을 보내야 해."

도미니크는 손님들이 문을 두드리는 소리를 들었다. 촛대는 아직 켜지지 않았고 이제는 완전히 밤이었다.

"그들을 돌려보낼 수는 없어, 나 혼자 있을 수 없단 말이야."

"그래, 나랑 있게 되면, 너는 혼자인 셈이지." 이방인은 서글프게 말했다. "그래도 너는 나를 데리고 있어야 해. 넌 나에게 잘못한 게 있고 그걸 보상해야 하니까. 나는 그들 모두보다 너를 더 좋아해, 그들 없이 지낼 수 있는 방법을 알려주지, 그들은 네가 늙으면 다시 오지 않을 거야."

"그럴 수는 없어." 도미니크가 대답했다.

도미니크는 강압적이고 저속한 습관이 명령하는 대로, 어떤 고귀한 행복을 희생하고 그 복종의 대가로 받아야 할 즐거움조차 갖지 못하는 느낌이 들었다.

"빨리 선택하지." 이방인이 건방지게 요청했다.

도미니크는 사람들에게 문을 열어주러 가면서 감히 이방인 쪽으로 고개를 돌리진 못한 채 물었다.

"그런데 너는 누구지?"

그러자 이방인은 어느새 자취를 감추면서 말했다.

"오늘 저녁에도 여전히 나를 희생하는 버릇은 네가 습관을 지속하려고 내게 입힌 상처의 피로 인해 내일 더욱 굳건할 것이다. 한 번 더 습관을 따르면 더욱 강압적이 되고 그 습관은 매일매일 너에게서 나를 외면하게 하고 나를 더욱 고통받게 할 것이다. 곧 너는 나를 죽일 것이다. 그러고 너는 나를 다시는 보지 못할 것이다. 너는 누구보다 내게 갚을 것이 많은데, 그리고 조만간 사람들은 너를 저버릴 것이다. 나는 네 안에 있고 나는 결코 너에게서 멀리 있지 않지만, 벌써 나는 거의 존재하지 않는다. 나는 너의 영혼이다, 내가 바로 너인 거야."

손님들이 모두 들어왔다. 모두 식당으로 이동했고 도미니크는 방금 사라진 방문자와 나눈 대화를 그들에게 이야기하고자 했으나 다른 사람들이 다 지루해했고, 집주인이 거의 다 잊어버린 꿈 이야기를 떠올리느라 지치는 듯하자, 지롤라모가 그를 중단시켰고, 모든 사람들이 환영했고, 도미니크는 이런 결론을 내렸다.

'그래서 절대로 혼자 있으면 안 돼, 고독은 우수를 부르게

마련이지.'

그리고 그들은 마시기 시작했다, 도미니크는 훌륭한 손님들에게 고무되어 명랑하게 이야기를 했지만 즐겁지 않았다.

17 꿈

"너의 눈물은 나를 위해 흐르고
나의 입술은 너의 눈물을 마셨네."*
―아나톨 프랑스

토요일에 내가 도로시 B 부인의 인상에 대해 어떻게 말했는지 (나흘 전인데) 기억하는 데에는 어떤 노력도 필요 없다. 우연히 그날 그녀에 대한 이야기를 했고, 나는 그녀가 매력이 조금도 없으며 지적이지도 않다고 생각한다고 솔직히 대답했다. 나이는 스물둘인가 스물셋인 걸로 알고 있었다. 사실 나는 그녀를 잘 알지 못했고, 그녀에 대해 생각할 때는 특별히 관심을 끌었던 기억도 없으며 그녀의 이름만 눈앞에 보이는 것이었다.

토요일 저녁 좀 이른 시간에 잠자리에 들었다. 그런데 새벽 2시쯤 바람이 하도 세게 불어 덜 닫힌 덧문 탓에 잠이 깨

---
* 『코린트의 결혼』에서.

어 일어나 다시 닫아야 했다. 잠든 것은 짧은 시간이었지만 몸도 쉬었고 불편함도 없었고 꿈도 없이 잤던 것을 돌이켜 생각해보았다. 그리고 눕자마자 다시 잠이 들었다. 그러나 얼마인지 한동안 잠을 자고 차츰차츰 잠에서 깨어나 아니 차츰 꿈의 세계에서 깨어나, 처음엔 일반적으로 깨어날 때 현실 세계가 그러하듯 혼란스러웠고, 그러나 명료해졌다고 말하는 편이 맞겠다. 나는 트루빌의 모래밭에 앉아 쉬고 있었고 그곳은 내가 모르는 어떤 정원에 놓인 해먹 같기도 했는데 한 여성이 나를 지긋하게 바라보고 있었다. 바로 도로시 B 부인이었다. 아침에 방에서 깨어날 때, 내 방에서 자고 있었음을 알고 놀라는 정도보다 더 놀라지는 않았다. 내 동행인의 초자연적 매력, 그녀의 존재가 내게 발생시킨 관능적이며 정신적 숭배의 열정에 대해서도 그다지 놀라지 않았다. 우리는 그것을 서로 잘 안다는 듯 마주 보았고, 우리에게 행복하고 영광스런 거대한 기적이 일어나고 있음을 의식했고, 그녀가 공모자여서 나는 그녀에게 무한히 감사를 했다. 그런데 그녀가 말했다.

"나한테 감사하다니 정신이 이상한 거 아냐? 너도 나한테 마찬가지로 하지 않았을까?"

그리고 그녀를 위해서 똑같이 했을 거라는 느낌이 (나는 정말 확신하고 있었다) 우리의 가장 밀접한 결합의 증거인 양 나의 기쁨을 거의 착란 지경까지 흥분시켰다. 그녀는 손가락으로 신비한 기호를 만들어 보이면서 웃었다. 나는, 마치 내가 동시에 그녀이기도 나이기도 한 것처럼, 그것이 의미하는 것을 알고 있었다. "너의 모든 적, 너의 문제, 너의 후회, 너의 모든 약점은 이제 아무것도 아니지 않아?" 내가 뭐라고 답을 하기도 전에, 그녀가 아주 쉽게 승리했고, 그녀가 모두 파괴하고 나의 고통에 최면을 걸었다고 말하는 나의 대답을 들어야 했다. 그녀는 내게 다가왔고 내 목을 애무했고 천천히 내 콧수염을 쓸어 올렸다. 그러면서 내게 말했다. "이제 다른 사람들에게로 가요, 삶 속으로 돌아가요." 초인적인 기쁨이 나를 가득 채웠고, 가상의 행복을 실현하는 힘이 느껴졌다. 그녀는 내게 꽃을 주고 싶어 했고, 그녀의 가슴 사이에서 아직 피지 않은 노란색, 핑크빛 장미를 꺼내 나의 장식용 단춧구멍에 달았다. 갑자기 나는 새로운 쾌락에 의해 도취가 극에 달하는 것을 느꼈다. 외투 단춧구멍에 꽂은 장미꽃이 사랑의 향내를 코끝까지 풍기기 시작했다. 나의 즐거움이, 나는 이해할 수 없는 깊은 감동으로 도로시를 동요하게 하는 것을 보았다. 바로 그 순간 그녀의 눈이 (내가 그녀 개인을 알고 있다고 확신하는 신기한 의식에 의해) 가벼운 경련을 일으키고 뒤이어 곧바로 우린 울었는데, 내 눈에, 눈물이 말 그대로 그녀의 눈물이 가득 고였다. 그녀는 다가와 내 뺨에 자신의 젖혀진 머리를 대며, 그녀의 신비한 우아함, 사로잡는 생동감을 내가 감상할 수 있도록 하면서, 혀를 상큼한 입 밖으로 겨누고 웃으며 내 눈에 맺힌 눈물을 모조리 채취했다. 그리고 입술로 가벼운 소리를 내며 눈물들을 마셨고, 나는 미지의 입맞춤처럼, 나와 직접 접촉된 것보다 더 은밀히 동요했다. 나는 불현듯 깨어났고 내 방임을 알아차렸고 근처에서 쏟아지는 폭우 속에서 번개가 치자마자 천둥이 바로 오듯이, 이것이 거짓이며 불가능하다는 전격적인 확신이 뒤따르기 전에 현기증 나는 행복의 기억을 감식하였다. 이러한 여러 생각에도 불구하고 도로시 B는 내 머릿속에서 더 이상 어제와 같은 여성이 아니었다. 기억 속에서 그녀와 가진 모종의 관계로 인해 패인 작은 홈은 거센 밀물이 빠져나가면서 알 수 없는 흔적만을 남기듯 거의 지워졌다. 그녀를 다시 보고 싶은 강렬하면서도 환멸적인 욕구가 일었고, 그녀에게 편지를 보내고 싶다는 본능적인 필요이자 현명한 의구심 또한 일었다. 대화 중에 그녀의 이름이 나오면 몸이 떨렸지만 그녀가 그냥 평범한 사교계 여성으로만 느껴졌던 때, 꿈을 꾸기 전까지의 의미 없는, 내가 무관심했던, 그녀와 동반되는 이미지가 떠올랐지만, 그녀는 가장 소중하고 열광케 하는 운명을 부여받은 어떤 여성보다도 내게는 더 매혹적이었다. 그녀 쪽으로는 한 발짝도 떼지 않을 것 같았지만, 꿈속의 또 다른 '그녀'를 위해서라면 내 생명이라도 줄 수 있을 것 같았다. 이미 이 이야기 속에서 벌써 조금씩 변형된 그녀의 기억을 시간이 조금씩 지워가고 있다. 그녀의 모습은, 책을 읽다가 저녁이 되고 어두워지면서 시야가 흐릿해지는 것처럼 조금씩 조금씩 희미해져가고 있다. 이제 그녀의 모습을 알아보려면 어둠 속에서 책을 읽다가 글자를 보기 위해 잠시 눈을 감는 것처럼 잠시 생각을 멈추어야 한다. 완전히 지워진 상태에서도 아직 그녀 생각으로 내 안에는 큰 혼란이 깃든다, 그녀의 향적이 남긴 포말 또는 향기의 쾌락이 크디크다. 그러나 이 혼미함은 사라질 것이고 나는 도로시 B 부인을 아무런 느낌 없이 보게 될 것이다. 그녀는 알지 못하고, 자신과 무관한 이 일에 대해 그녀에게 말해 무엇하겠는가.

아! 사랑은 이 꿈처럼 이해하기 어려운 정화의 힘을 지니고 나를 지나쳐갔다. 내가 사랑하는 사람을 알고 있는 그대지만 그대는 내 꿈속에 없었고, 그대는 나를 이해하기 어려울 것이다, 그러니 나에게 조언하려고 애쓸 필요가 없다.

18 추억의 풍속화

우리의 추억 속에는 네덜란드 풍속화처럼 인물들의 생활 단면에서 포착된 그저 그런 모습, 서민들은 성대한 일도 없고, 어떤 경우에는 아무런 일도 없이 특별하지 않으며, 크지도 않은 액자 속 그림과 같은 몇몇 장면들도 간직되어 있을 것이다. 인물들의 자연스러움 그리고 순수한 장면이 매력이며, 그림과 우리 사이의 거리에 부드러운 빛을 발하며 아름다움에 젖게 한다.

군대에서의 생활은 이러한 장면들이 많았던 자연스러웠던 때로 특별한 즐거움도, 별다른 고뇌도 없이 아직도 잔잔하게 기억이 많이 난다. 부대가 위치하던 전원과 농촌 출신의 동료 병사들은 순박했고, 특히 내가 그때를 전후로 만났던 사람들에 비해, 몸도 멋졌고 민첩하고 정신세계는 더 독특하고 스스럼없고 꾸밈없는 성격이었고, 업무가 규칙적이어서 안정감이 있었고 무엇보다도 덜 예속된 상상력 덕에 생활의 즐거움이 지속적이어서 즐거움을 좇아 달리면서 실제로는 즐거움에서 멀어지는 경우가 없는 생활이어서, 이제 생각해보면 그 시절은 결함 없이 행복한 진실과 매혹이 가득한, 작은 그림들이 연속돼 그 위에 시간이 잔잔한 슬픔과 시정을 뿌렸던 순간으로 채워져 있었다는 생각이 든다.

19 시골 마을의 바닷바람

"자주색 꽃잎의 어린 양귀비꽃을 가져다주리."
—테오크리토스, 『키클롭스』

바람은 정원에, 작은 숲에, 들판을 가로지르며 헛된, 광기 어린 열정으로 작렬하는 햇빛을 흩트리고 잡목들의 가지를 맹렬하게 흔들면서 추격하여 이미 누워버린 가지들은 반짝이는 덤불숲에서 이제는 전율하며 몸을 흔들고 있네요. 나무와 걸어놓은 빨래, 공작새가 펼친 꽁지는 지상을 떠나지 않았으면서도 바람이 불 때마다 날고 있는, 잘못 날린 연처럼, 놀랍도록 맑은 푸른 그림자로 투명한 공기 속에 선명하게 보이네요. 바람과 빛의 혼미가 샹파뉴 지방인 이곳을 바닷가 풍경과 비슷하게 합니다. 햇빛에 불타고, 바람으로 숨 가쁜 길 위쪽은 가득한 태양과 맨하늘로 올라가니 곧바로 태양과 바다 거품으로 하얀 바다를 보게 되는 것은 아닐까요? 그대는 매일 아침에 두 손 가득 꽃과 새들, 산비둘기, 제비, 어치가 산책로에 남긴 부드러운 깃털을 가지고 나를 보러 왔었지요. 이 깃털들이 지금 내 모자에서, 양귀비는 장식 단춧구멍에서 꽃잎을 하나씩 떨어트리고 있으니 어서 집 안으로 들어갑시다.

바람을 맞은 집은 배처럼 소리를 내고 보이지 않는 돛들이 부풀고 깃발들이 밖에서 펄럭입니다. 당신의 무릎 위에 신선한 장미 다발을 그대로 두고 당신의 포갠 두 손 사이에서 내 마음이 울게 부디 내버려두세요.

20 진주들

아침에 집에 돌아와 슬픔과 냉혹한 망상에 사로잡혀, 떨면서 잠자리에 들었다. 조금 전 너의 방에서, 전날의 네 친구들, 너의 내일 계획들(내게는 그처럼 적대적인 사람들과 나를 겨냥한 음모들), 현재 너의 생각들, 이 모든 불투명하고 넘어설 수 없는 장애물들이 네게서 나를 갈라놓았다. 네게서 멀리 있는 지금, 너의 불완전한 존재는 입맞춤이 걷어올릴 영원한 부재의 일시적인 마스크이니, 너의 진실된 얼굴을 보이고 내 사랑의 욕망을 충족시킬 수 있을 것 같은데! 난 떠나야 했다. 슬프고 얼어붙은 상태에서 나는 네게서 멀리 있다. 그런데 갑자기 나의 행복하고 친근한 꿈들이 뭔가에 현혹되어, 맑게 타는 듯한 불꽃 위로 짙은 연기를 내며 즐겁게 끊임없이 머리에서 올라온다. 그리고 이불 속에서 몸이 더워지고 내 손에서는 네가 쥐여줬던 장미향 담배 냄새가 깨어났다. 그 손에 입을 대고 오랫동안 향기를 맡고, 사랑과 행복과 '너'의 깊은 숨을 내쉰다. 아! 내가 사랑하는 그대, 내가 그대 없이도 잘 지낼 수 있는 이 순간, 나는 너와의 추억 속에 즐겁게 유영한다, 이제 너와의 추억은 방을 가득 채웠고 도달할 수 없는 너의 몸과 겨룰 일도 없고 나는 그저 이유 없이, 간절하게 말한다, 너 없이는 살 수 없다고. 너의 존재만이 네 몸에서 밤을 보내는 진주처럼 투명하고, 우수에 차 있으면서도 따듯한 채색을 나의 삶에 가능하게 해준다고. 너로 인해 나는 살아가고 너의 온기는 진주처럼 내 삶에 뉘앙스를 준다. 진주처럼, 네가 나를 곁에 두지 않는다면 나는 죽을 것이다.

21 망각의 기슭

"죽음은 죽음이 엄습한 존재를 아름답게 하고 그들의 덕목을 과장한다고 하는데 사실은 삶이 그들에게 잘못을 저지른 것이다. 죽음이라는 경건하고 흠잡을 곳 없는 증인은 진리와 자비심에 따라 인간이 악보다는 선을 더 많이 가지고 있음을 알려준다." 미슐레J. Michelet가 죽음에 대해 말한 것은 어쩌면 불행했던, 위대한 사랑 다음에 오는 죽음에 대해서 이야기할 때 더 적확할 것이다. 우리를 그토록 고통받게 했던 존재가 이제 그 무엇도 아닌 존재가 되었을 때 흔히 쓰는, 그가 '우리를 위해 돌아가신'이라는 표현은 그것을 충분히 표현하지 못한다. 우리는 죽은 사람을 애도하면서, 여전히 그들을 사랑하며 그들보다 오래 남아 있는 그들의 불가항력적 매력은 우리를 그들의 무덤에 자주 가보게 한다. 사실은 우리에게 많은 고통을 주었던 존재들, 그들의 정신으로 우리가 완전히 포섭된 존재들은 더 이상 고통이나 기쁨의 그림자도 우리에게 부가하지 못한다. 그는 우리에게 죽음 이상의 상태이다. 그를 이 세상에서 유일하고 소중한 존재로 여기고, 저주하고, 경멸한 후에 그들 얼굴의 윤곽이 기억의 눈앞에 그려지자마자 너무 오랫동안 그를 지켜본 까닭에 우리는 지쳐버렸고, 그를 판단하는 게 불가능하다. 사랑하는 사람에 대한 판단, 그렇게 다양하게 변모하는 판단은 우리의 맹목적인 마음을 그의 명료함으로 고문하기도 하고, 어떨 때는 마음과 이성 사이의 불화를 종결짓기 위한 맹목이 되면서 마지막 동요의 작업을 수행한다. 우리가 산 정상에서만 발견할 수 있는 풍경처럼, 용서의 고귀한 진정한 가치 속에 우리에게는 죽음보다 더한 존재였던, 우리의 삶 자체였던 그녀가 나타난다. 우리는 그녀가 단지 우리의 사랑에 답을 하지 않았다고 알고 있었으나 그녀가 우리를 위해 진정한 우정을 간직하고 있었음을 이제 이해한다. 추억이 그녀를 아름답게 하는 것이 아니라 다만 사랑이 그녀를 다치게 한 것이다. 모든 것을 원하던 사람에게는, 원하는 것을 다 얻던 사람에게는 모든 것을 가져도 충분하지 않으므로, 무엇을 조금 받는다는 것은 어이없는 잔인함으로 여겨진다. 이제 우리는 우리의 절망, 아이러니, 영구한 횡포가 낙담시키지 않은 그녀의 고귀한 관대함이었음을 깨닫는다. 그녀는 항상 다정했다. 그녀가 우리를 사랑하지 않았기 때문에 이해할 수 없었다고 생각한, 오늘날 들려오는 그녀에 대한 이야기들은 관대한 올바름과 매혹으로 가득하다. 우리는 오히려 부당하며 엄격한 이기주의로 가득 차서 그녀에 대해 이야기했다. 우리가 그녀에게 빚진 것은 아닐까? 사랑의 거대한 밀물이 영원히 빠져나가고, 우리 안에서 걷는 산책길에는 신기하고 멋진 조개들을 여러 개 주울 수 있는데, 그것을 귀에 대보면 더 이상 고통받지 않으며 우수에 찬 즐거움과 함께 과거의 소문을 들을 수 있다. 그러면 측은함을 느끼면서, 불행하게도 우리가 사랑하는 것보다 우리를 덜 사랑했던 그녀에 대해 생각해보게 된다. 그녀는 이제 우리에게 '죽음보다 더' 죽은 상태가 아닌 것이다. 그녀는 우리가 애정으로 기억하는 사람이 되었다. 정의는 그녀에 대한 생각을 우리가 제대로 정립하기를 바란다. 전능한 정의의 힘에 그녀는 우리의 마음속에 정신으로 부활하여 우리가 그녀에게서 멀리 준비한 최후의 심판 앞에 침착하고 눈물이 가득한 모습으로 나타난다.

22 실제하는 존재

우리는 스위스 엥가딘의 외딴 마을에서 사랑을 나눴다. 독일어 발음의 꿈이 이탈리아어 음절의 감성에 녹아드는, 그래서 두 배로 아름다운 이름의 마을이었다. 주위에는 세

개의 미지의 녹색 호수에 전나무 숲이 담가져 있었다. 빙하와 봉우리가 뾰족한 산정이 수평선을 이루고 있었다. 저녁이 되면, 여러 겹의 풍경이 불빛의 아름다움을 더했다. 오후가 끝나갈 무렵, 6시쯤 실스마리아 호숫가 산책을 어떻게 잊을 수 있을까? 눈부시게 덮인 눈 위로 선 낙엽송은 검푸른 평온함으로 거의 자주색에 가까운 창백한 물빛에 달콤하며 빛나는 녹색의 가지를 펼쳤다. 어느 날인가, 정말 멋진 순간이 있었다. 순간적으로 해가 지면서, 물 위로 갖은 뉘앙스를 펼쳐 보여주었고 우리의 영혼은 기쁨으로 들떴다. 불현듯 우리가 몸을 움직이자 핑크빛 작은 나비 한 마리, 그리고 둘, 그리고 다섯 마리가 우리가 있던 연안의 꽃에서 날아올라 호수 쪽으로 가는 것을 보았다. 그들은 곧 날아가는 핑크빛 미세한 먼지같이 작아지더니 다시 돌아오면서 천천히 호수를 횡단했고 섬세한 뉘앙스가 펼쳐진 호수 위에 마치 시들어가고 있는 커다란 꽃 위로 잠시 멈추듯이 날갯짓을 멈추곤 했다. 너무도 찬란한 장면이었고 우리의 눈은 눈물로 가득 찼다. 작은 나비들은 호수를 가로지르면서 우리의 영혼 위로 감수성의 활처럼 왔다 갔다 했고, 그렇게 훌륭한 아름다움 앞에 감동으로 긴장한 우리의 영혼은 떨릴 준비가 되어 있었다. 그들의 비상이 보여주는 가벼운 움직임은 물에 닿지는 않았지만 우리의 눈과 마음을 어루만졌고, 그들의 작은 핑크빛 날갯짓에 정신은 혼미해졌다. 호수 반대편에서 이쪽으로 다시 날아오는 것을 보는데 그들은 자유롭게 물 위를 날면서 감미로운 화음을 연주했고 그것은 우리에게 반향되어 들렸다, 나비들은 변덕스러운 회전을 수천 번 하며 첫 음률을 변주하며 매혹적인 환상곡의 화음을 연주했다. 우리의 감응하는 영혼은 조용한 그들의 비상 속에 황홀하고 자유로운 음악을 들었고, 호수와 숲과 하늘 그리고 우리의 삶의 깊고 부드러운 하모니가 마술과 같은 온화함으로 우리의 눈물을 흘리게 하였다.

너에게는 말하지 않았지만 그해에 너는 내 눈빛에서 멀리 있었지. 그러나 우리가 엥가딘에서 사랑을 나누다니! 너를 충분히 보지 못한다는 생각에, 난 너를 집에 두지 않았지. 너는 내 산책에, 식탁에 같이 있었고 내 침대에서 잠들고, 내 영혼 속에서 꿈을 꾸었지. 어느 날, 어떤 신비한 전령인 확실한 본능에 네가 밀접하게 관련되고, 네가 체험한, 그래 체험한 것이 맞는, 네가 내 안에 '실존'했으니까, 이 유치한 짓에 대해 네게 말하지 않았지, 그 어느 날 (우린 둘 다 이탈리아를 본 적이 없었기 때문에) 우리는 알프그륌에 대해 듣고 매료되었지, "거기에서 이탈리아가 보여요." 우리는 알프그륌으로 출발했다, 산정들이 펼쳐지고 이탈리아가 시작되는 곳에 실제의 딱딱한 풍경이 갑자기 끝나고 꿈의 배경으로 푸른색 계곡이 펼쳐지리라 상상했었다. 그러나 가다 보니, 국경이 갑자기 토양을 바꾸지도 않았고 풍경이 달라져도 그것을 실감할 만큼 알아보기는 힘든 정도라고 느꼈다. 우리는 약간 실망하면서 조금 전에 그런 유치한 생각을 했다는 데 그만 웃고 말았다.

하지만 정상에 도착해서 우리는 완전히 감탄하고 말았다. 우리의 유치했던 상상이 눈앞에서 현실이 된 것이다. 우리 옆에는 빙하가 반짝이고 있었다. 발밑으로는 개울물이 엥가딘의 인기척 없는 마을을 돌며 진한 녹색으로 흐르고 있었다. 자줏빛 경사진 비탈이 굽이굽이 펼쳐지고 닫히기를 몇 차례 반복한 끝에 짙푸른 지역과 이탈리아로 향하는 눈부신 대로가 펼쳐졌다. 지명들도 어느새 다른 방식이었고 이 색다른 달콤함에 우리는 곧바로 적응을 했다. 포스키아보 호수, 베로나의 산정, 비올라의 계곡을 보았다. 그다음에 우리는 아주 야생적이며 호젓한 장소로 갔는데, 황량한 자연으로 그 누구도 올 수 없는 장소라는 점, 누구에게도 보이지 않을 것이며 누구도 침범하지 못할 곳이라는 확신에서 그곳에서 사랑을 하고 싶다는 관능이 흥분을 극단으로 키웠다. 너를 물질적으로 곁에 두지 않은 것, 다시 말해 네가 나의 유감의 형태로만, 또한 실제로는 나의 욕망의 형태로만 있는 것이 나는 정말 슬펐다. 나는 정상에서 조금 내려와 여행자들이 구경을 하는, 아직도 상당히 높은 곳에 섰다. 외진 여인숙이 있고 방문객들을 위한 방명록이 있었다. 내 이름을 적고 옆에 네 이름을 상징하는 문자를 혼합해서 적었다,

너의 영적 동행을 실제로 입증하는 물적 증거를 남기고 싶었기 때문이다. 너의 일부를 방명록에 남기면서 네가 내 영혼을 짓누른다는 무게를 덜고 싶었다. 그리고 어느 날 너를 이곳에 데려와서 이 한 줄을 읽게 하리라는 희망을 품었다, 그러면 너는 나와 함께 나의 이 슬픔을 해소해주기 위해 높이 오르겠지. 내가 더 말할 필요 없이 너는 다 이해했을 것이다, 아니 모든 것을 다 기억하리라, 너는 산 높이 올라가면서 산에 빠져들게 될 것이고 나랑 함께하고 있다는 것을 확인하기 위해서라도 내게 몸을 기대겠지, 나는 너의 입술 사이로 오리엔트 담배의 옅은 향을 느낄 것이고 모든 것을 잊어버리겠지. 우리는 단지 기쁨을 위해서 아주 멀리 있는 다른 사람들도 듣지 못하게 우리만의 소리로 크게 무분별한 소리들을 지르겠지. 짧은 풀잎은 정상의 가벼운 바람에도 몸을 떤다. 급한 경사는 네 발걸음을 늦출 것이고 너는 약간 숨이 찰 것이고 내 얼굴은 너의 숨결을 느끼기 위해 다가가고, 우리는 정말 혼미한 상태일 것이다. 우리는 마치 백진주 옆에 흑진주가 있는 것처럼, 하얀 호수가 부드러운 검은 호수 옆에 있는 곳에도 가리라. 엥가딘의 외딴 마을에서 우리는 사랑을 했지! 우리는 산 안내원들만 다가오게 할 것이고, 키 큰 사람들의 눈은 다른 이들의 눈과는 다른 것을 비추어 마치 또 다른 '물'과 같을 것이다. 이제 더는 네 걱정을 하지 않는다. 너를 소유하기 전에 이미 만족감이 왔다. 플라토닉한 사랑은 그 자체로 만족을 갖는다. 나는 이 나라에 너를 데려올 필요가 없을 것이다, 이 나라를 이해하거나 알기도 전에 너는 이미 놀랍고 정확하게 이 나라에 대해 말한다. 너의 시선은 나에게 갑자기 낯선 부드러움을 가진 이름, 독일어와 이탈리아어 이름 들을 환기시킨다, 실스마리아, 실바플라나, 크레스탈타, 사마덴, 첼레리나, 윌리히, 비올라 계곡.

23 실내의 일몰

자연처럼 지성 또한 그 나름의 광경이 있다. 일출과 달빛과 같이 내게 많은 눈물을 흘리게 하고 감격시킨 장면들이더라도, 하루 일과를 마친 산책 시간에 해가 지면서 바다를 빛나게 하듯 우리의 영혼 속 수많은 물결에 음영을 주는, 거대하고도 쓸쓸한 동요만큼 열정적인 감동으로 나를 압도하지는 못했다. 그렇게 우리는 밤으로 발걸음을 재촉했다. 무척 아끼는 말이 점점 속도를 더하는 질주에 놀라고 마치 우리는 취한 기수처럼 신뢰와 기쁨으로 떨면서 같이 들썩이는 생각을 했고, 나아가 그 생각을 내면화하고 방향을 잡으면서 점점 더 불가항력으로 그 생각에 우리를 귀속시켰다. 애정 어린 감동에 젖어 어두운 들판을 달렸고, 성대한 경기장이며 우리를 이끌며 도취시키는 비약의 열정적인 증인인,

밤이 내려앉은 떡갈나무에게 인사를 했다. 하늘을 올려다보면서, 태양의 작별 인사에 아직도 마음이 흔들리는 구름 사이로 비친 우리 생각의 불가사의한 빛은 정신의 고양 없이는 볼 수 없으며, 점점 더 빨리 들판으로 돌진했고 따라오는 개, 우리를 태우고 가는 말, 또는 침묵하는 친구, 주변에 살아 있는 존재가 아무도 없을 때는 장식 단춧구멍에 꽂힌 꽃이나 우리의 열띤 손에서 항상 즐거운 지팡이가 흥분한 우리의 우수 어린 대가를 시선과 눈물로 받는다.

24 달빛이 비추듯

밤이 오자, 하늘과 들판과 바다가 태양 아래 빛나는 모습을 계속 볼 수 없다는 데 두려워하며 나는 침실로 갔다. 방문을 열자, 석양이 환하게 방 안을 비추고 있었다. 창문으로 집, 들판, 하늘과 바다가 보이자 마치 꿈속에서 그것들을 '다시 보는' 듯한 느낌이었다. 부드러운 달빛은 내게 그들의 형태를 망각하고 두터워진 어둠을 완전히 흩어지게 하지 않는, 창백한 찬란한 빛으로 그들을 환기시켜주었다. 낮에는 그들의 외침, 목소리와 웅성거림으로 내게 기쁨을 주고 한편 고통스럽게 했던, 말이 없고, 희미하며 매혹되고 창백해진 정원의 사물들을 몇 시간 동안이나 바라보았다.

사랑은 사라졌고 나는 망각의 문턱에서 두렵다. 그러나 곧 편안해지고, 약간 창백한, 바로 내 곁에 또는 멀어진, 마치 이렇게 달빛 아래 그래서 이미 희미해진, 나의 모든 지나간 행복과 지금은 치유된 모든 고통들이 나를 바라보며 말이 없다. 그들의 침묵은 나를 감동시키고 그들의 멀어짐과 불분명한 창백함은 나를 슬픔과 시로 취하게 한다. 그래서 이 내면의 달빛을 바라보는 것을 멈출 수가 없다.

25 사랑에 비추어 본 희망 비판

한 시간 남짓 거리에서 우리에게 다가와 현재가 되어버리면 시간은 그 매력을 잃게 되며, 그 매력을 되찾기 위해, 우리의 영혼이 원대하고 잘 준비된 전망을 가지고 있다면 현재를 우리에게서 멀리, 기억의 길에 두는 것이다. 얼른 다가가기 위해 초조하게 희망하며 피곤한 암말들의 걸음을 서두르는 시의 홍취 가득한 마을은, 우리가 언덕을 넘고 난 뒤 가려졌던 그 조화로운 마을이 사실은 평범한 길, 가까이 모여 지평선 자락에서 희미해지는 집들의 부조화로 발산되고, 푸른 안개가 소실되며 마을을 침투한 듯하여 막연한 기대를 휘저어버린다. 그러나 매번 자신의 실수에 대해서 또는 현재의 본질에 회복 불가능한 결함을 의심하기는커녕 매번 외부의, 다양하고 우발적인 요소를 핑계 대는 연금술사처럼, 우리도 특정 상황의 악의성, 우리를 시기하던 상황에서 오는 부담, 갈망하던 정부의 못된 성격, 고약한 날씨나 여행 중에 만족스럽지 못했던 숙소들이 우리의 행복을 방해했다고 생각한다. 행복의 향유를 파괴하는 요소들을 모두 없앨 수 있다고 믿으면서 우리는 때로 볼멘 믿음과 이미 실현된 꿈으로 전혀 환상을 잃지 않고, 다시 말해 실망하지 않고 동경하는 미래에 호소한다.

누구보다도 더욱 희망에 대한 생각으로 빛나는 몇몇 사람들, 사려 깊거나 우울한 그들은 희망이 기다린 시간에서 나오는 것이 아니며, 자연은 모르는, 빛으로 넘치는 우리의 마음이 염원을 지피지 않으면서도 퍼부어대는 것임을 금방 발견한다. 그래서 그들은 욕망해서는 안 되는 것을 욕망하는 힘, 그들의 외부에서 취하려고 하면, 그들의 마음속에 들어와 시들게 될 꿈이 이뤄지기를 바라는 힘을 잃었다. 이 쓸쓸한 성향은 사랑에서 특별히 더 두드러지고 그것은 정당화된다. 상상력은 희망을 끊임없이 왕래하며 실망을 멋지게 자극한다. 불행한 사랑은 행복의 경험을 불가능하게 하면서 우리가 허망함을 발견하지 못하게 한다. 철학적인 교훈, 늙어감에 대한 조언, 야심의 좌절은 행복한 사랑의 기쁨을 우울함으로 바꿔놓는다! 그대는 나를 사랑하나요, 다정한 아가씨? 그런데 왜 사랑한다는 그 말을 할 때까지 그렇게 잔인

했던가? 이렇게 서로 사랑하는 격렬한 행복을 생각하기만 해도 나는 현기증을 느끼고 이가 부딪치며 떨린다!

당신의 꽃을 흩뜨리고 머리카락을 쓸어넘기고, 당신의 보석을 떼내고 당신의 살에 닿으면서 나의 키스로, 바다가 모래 위로 올라오듯, 당신의 몸을 덮고 넘어뜨린다, 하지만 당신은 나에게서 빠져나가고 당신과 함께 행복도 떠났다. 당신을 떠나야 할 것 같다, 나는 혼자 돌아오면서 더욱 슬프다. 이 재앙 이후로 다시는 당신 곁으로 돌아갈 수 없다, 이렇게 나의 마지막 환상을 깨버렸고 나는 영원히 불행하다.

내가 어떻게 그대에게 그런 이야기를 할 용기를 냈는지, 내 삶의 행복, 아니 적어도 삶의 위안을 송두리째 사정없이 뽑아버린 것이다, 아직도 때로, 나를 도취시켰던 행복한 신뢰가 비치던 당신의 눈은 이제 당신의 현명함, 실망이 당신에게 알려준 슬픈 환멸만을 투사하게 될 것이다. 우리 중에 하나가 또 한 명에게 감추던 비밀을 우리는 낱낱이 말해버렸고, 이제 우리에게 행복은 없다. 우리에게는 심지어 희망의 무심한 즐거움조차도 남아 있지 않다. 희망은 신념의 행위이다. 우리는 희망에 대한 믿음이라는 미망에서 깨어났고, 희망은 죽었다. 즐거움을 포기한 우리는 더 이상 희망으로 황홀해질 수 없다. 희망 없이 희망을 갖는 것, 현명해 보이는 이것은 불가능한 것이다.

사랑하는 아가씨, 그래도 제게로 다가오세요. 당신의 눈을 닦고 보세요, 눈물이 내 앞을 가리는 것인지 모르겠지만 저기, 우리 뒤에 휘황한 빛이 켜진 것이 보이네요. 아! 사랑하는 아가씨, 그대를 정말 사랑해요. 그 손을 제게 주세요, 저 아름다운 불꽃 쪽으로 너무 가까이는 말고 그저 다가가 보기로 해요…. 관대하고 힘찬 기억이 우리의 행복을 바라고 우리를 위해 많은 일을 해주는 듯하네요, 아가씨.

26 숲속 나무 밑

우리는 나무라는 힘차고 평화로운 종을 두려워할 이유가 없으며 오히려 배울 게 많다, 그들은 우리에게 끊임없이 강장제 에센스와 진정용 향기 나는 연고를 제공해주며, 그 우아한 동행은 우리에게 몇 시간을 시원하고 조용히 둘러싸여 지낼 수 있게 해준다. 강한 햇빛이 내리쬐고 눈을 뜨기 힘든, 끓는 더위에 노르망디의 낮은 골짜기로 내려가자 그곳에는 가지는 가늘지만 꼿꼿한 제방처럼 빛의 대양을 가르고, 숲속의 나무 밑 컴컴한 침묵 속에서 듣기 좋게 몇 방울의 빛만을 간직하여 울리는, 키 크고 빽빽한 너도밤나무가 부드럽게 솟아 있다. 우리의 정신은 사교계에서처럼 관계를 늘리는 기쁨보다 바닷가와 평원과 산속에서 고립되는 걸 더 기뻐한다, 사방이 뿌리 깊은 나무에 둘러싸여 우리의 정신은 나무처럼 점점 고양된다. 등을 대고 누워, 마른 잎새 더미에 머리를 젖히고 깊은 휴식을 취하다 보면, 우리 정신의 민첩함이 나뭇가지를 흔들지 않고도 노래하는 새 곁에까지 올라가는 것을 볼 수 있다. 작은 햇빛이 이곳저곳 나무뿌리 주변에 머물고 때로는 그들의 가지 끝에서 잎들을 빛에 잠기게 하고 황금색으로 물들인다. 나머지는 모두 느슨하게, 한자리에서 짙은 행복에 입을 다문다. 호리호리하게 서서, 그들의 수많은 가지를 건네주며 휴식하는 한적한 나무들은 고유의 자연스런 자세로 우리에게 태곳적이며 젊고, 우리와는 다른 삶에 교감하라고 고즈넉한 속삭임으로 말을 건다, 나무의 삶은 우리의 삶에 비해 고갈되지 않는 심연의 보고와 같다.

가벼운 바람이 한순간 나무를 반짝이게 하고 짙은 부동不動을 뒤흔든다, 나무는 살짝 떨며 정상의 빛을 흔들어 그들의 발밑으로 그림자를 옮긴다.

1895년 8월, 디에프의 프티 아브빌에서

27 마로니에

가을에 마로니에 나뭇잎들이 노랗게 물들었을 때 그 밑

에 서 있는 것을 특히 좋아했다. 신비하며 푸르스름한 그 동굴 안에서 머리 위 창백한 금색의 중얼거리는 폭포가 시원함과 어둠을 뿌리는 것을 몇 시간이고 바라보았다! 울새와 다람쥐 들이, 두 세기 전부터 봄이 되면 희고 향기 고운 꽃을 피우는 수직 정원 같은 나뭇가지에, 연약하면서도 깊은 녹색 둥지 속에 사는 것을 부러워했다. 아주 살짝 굽혀진 나뭇가지들이 지상을 향해 고귀하게 내려오는 것이 마치 어떤 다른 나무들이 머리를 밑으로 하여 줄기 위에 심어진 듯했다. 남아 있는 잎사귀들의 옅은 색깔이, 잎이 많이 떨어져 단단하고 검게 보이는, 나뭇가지들을 더욱 부각시켰고, 나무줄기에 이들 가지들이 모여 있는 모습은 마치 퍼져 있는 부드러운 금발을 모으는 화려한 빗 같았다.

1895년 10월, 레베이용에서

28 바다

첫사랑의 고뇌를 알기 전 삶에 대한 혐오와 신비의 매혹을, 그리고 현실이 그들을 만족시키기에는 부족함을 예감이라도 하듯 미리 경험한 사람을 바다는 항상 매혹시킬 것이다. 이들은 조금의 피로를 느끼기 전에 휴식이 먼저 필요하고, 바다는 이들을 위로하고 막연히 열광하게 할 것이다. 대지와 달리 바다는 인간의 노동과 삶의 흔적을 갖지 않는다. 바다에는 그 무엇도 머물지 않고 무엇이든 흘러갈 뿐, 배의 흔적도 바다 위에서는 얼마나 빠른 속도로 지워지는가! 바로 거기에 지상의 것이 지니지 못한 바다의 위대한 순수함이 있다. 이 순결한 물은, 곡괭이가 아니면 흔적을 낼 수 없는 굳은 땅보다 훨씬 미묘하다. 아이의 발자국은 물 위에서 맑은 소리와 함께 깊은 자국을 내고 물의 일치된 빛깔은 그 순간 부서진다, 아니 모든 흔적이 지워지고 바다는 다시 이 세상의 시작처럼 고요해진다. 땅의 길들에 지쳤거나 그 길들을 시도해보기 전에 그것들의 기복이 얼마나 심하며 형편없는지 알아차린 사람은, 더욱 위험하면서도 더 매혹적이고 불확실하며 비어 있는 흐릿한 바닷길에 매료될 것이다. 모든 것은 텅 빈 들판 같은 넓은 바다에 평화롭게 떠도는, 집도 그늘도 없는 하늘의 마을, 어렴풋한 가지들인 구름을 펼치는 커다란 그림자까지도 더욱 불가사의하다.

밤에도 속삭임을 멈추지 않는 바다는 불안한 삶을 사는 우리에게 잠을 자라는 허가증과 같다, 모든 게 다 사라지진 않는다는 약속, 불이 켜져 있을 때는 혼자라는 걸 덜 느끼게 하려고 아이의 머리맡에 켜둔 작은 전등과 같다. 대지와 달리 바다는 하늘과 분리돼 있지 않고 색깔은 하늘빛과 조화를 이루며 가장 섬세한 뉘앙스로 감동을 준다. 태양 아래 바다는 반짝이고 저녁이 되면 일몰과 함께 저문다. 태양이 사라져도 바다는 계속 태양을 그리워하고 그저 어둡게 남아 있는 대지와 비교하면, 그의 빛나는 추억도 간직한다. 쓸쓸하면서도 부드럽고 일렁이는 물의 순간이 바로 우리에게 바다를 바라볼 때 가슴이 흘러내리는 듯한 느낌을 준다. 거의 밤이 되어 하늘이 캄캄한 대지 위로 어두워졌을 때도, 바다에서는 밤이 아직도 약하게 빛나고 신비하게도 낮 동안 반짝이던 기념물들을 비밀스럽게 물결 밑에 감추고 있다.

바다는 우리의 상상을 신선하게 전환시켜주기도 한다. 인간의 삶에 대해 생각하지 않게 해주고 우리의 영혼을 즐겁게 해주는데, 바다는 무한하지만 무능한 열망, 낙하로 끊임없이 부서지는 충동, 영원히 부드러운 탄식이기 때문이다. 언어처럼 사물의 흔적을 남기지 않고 바다는 음악처럼 우리를 매혹시키고, 사람들에 대해 아무런 말도 하지 않으며, 그러나 바다는 우리 영혼의 움직임을 모방한다. 우리의 마음은 파도와 함께 솟아나고 파도와 함께 낙하하며 자신의 부족함을 잊고 스스로의 슬픔과 바다의 슬픔의 내밀한, 자신의 운명과 다른 것들의 운명을 합류시키는 일치 안에서 위로를 받는다.

1892년 9월

29 바닷가

내가 의미를 잊어버린 말들, 그 단어들을, 내게로 오는 먼 길에 있는 것들을 통해 오래전부터 지나다니지 않았지만, 다시 지나갈 수 있다고 확신하는, 닫힌 적 없던 길을 통해서 다시 한번 말해달라고 해야 하는가. 노르망디로 돌아가서 특별히 애쓸 필요 없이 바다 가까이로 가면 된다. 아니면 가끔씩 바다가 엿보이며, 바닷바람이 소금, 축축한 잎사귀와 우유 냄새를 혼합하는 숲속의 길에 가련다. 고향의 이 모든 것들에게 아무런 요구도 하지 않으련다. 내가 태어나는 것을 본 고향의 모든 것들은 이 고장 출신의 아이에게 관대하여, 아이에게 잊혀진 것들을 스스로 다시 가르쳐줄 것이다. 모든 것들, 특히 그 향기는 내가 바다를 다시 보기도 전에 바다임을 알려줄 것이다. 나는 희미하게 들려오는 바닷소리를 들을 것이다. 잘 알고 있던 산사나무 길을 따라, 갑자기 길섶이 갈라지며 보이지 않지만 옆에 있는 친구를 발견하듯, 항상 탄식하는, 제정신이 아닌, 쓸쓸함의 여왕 바다를 볼 것이라는 감동과 긴장으로 나는 걸을 것이다. 그리고 갑자기 바다를 보게 되리라, 넘치는 햇살에, 자신처럼 푸르지만 조금은 흐린 색의 하늘을 반사하며, 조는 듯 보이는 그런 날의 바다를 보게 될 것이다. 흰 돛이 나비처럼 고요한 물 위에 날아 앉아 움직이지 않고 마치 열기로 멍해진 듯 보인다. 반대로 바다가 포효하고 있다면, 태양 아래 파도가 일면서 거대한 진흙 벌판처럼 노랗게, 하지만 아주 멀리에서는 고정된 듯 눈부신 눈의 왕관을 쓴 것처럼 보일 것이다.

30 항구의 돛대들

땅보다 약간 높은 방파제들 사이에 난 물길 같은 좁고 긴 항구에 저물녘 햇살이 빛나고 행인들은 항구에 정박해 있는 배들을, 마치 어제 도착했는데 곧 떠날 채비를 마친 다른 나라 귀족들을 바라보듯이 모여들었다. 자신들이 그곳 군중들에게 불러일으키는 호기심에 무관심하고, 군중들의 낮은 신분이나 자신들의 언어를 구사할 줄 모르는 것을 무시하는 듯한 배들은 습한 숙소에서 하룻밤을 보내면서 한결같이 움직이지 않고 고요한 기세를 유지한다. 단단한 뱃머리는 앞으로 항해하게 될 먼 거리에 대해서 그리고 지금까지 겪어 온, 세상만큼이나 오래된, 아니면 그들을 파고들어 오는, 살아남지 못할 위험한 항로에 대해 길게 이야기하는 듯하다. 가냘프면서도 저항력을 갖고 있는 이 범선들은 그들이 군림하는 대서양 앞에 길을 잃은 듯 슬픈 긍지를 품고 서 있었다. 경이로우면서 공들인 밧줄들의 복합성은 정밀하고도 용이주도한 지식처럼 조만간이나 한참 후에 끊어지고야 말 자신들의 불확실한 운명을 물속에 반영한다. 그들의 험난하고도 아름다운 생활에서 최근 잠시 물러났지만 다시 내일 물속에 몸을 담그려는 돛은 한껏 부풀렸던 바람으로 부드러웠고, 앞쪽의 돛대는 사선으로 예전의 동작처럼 몸을 기울여 선두에서 선미까지 선체의 만곡彎曲이 그들 항적의 신비스러우면서도 유연한 우아함을 표현하는 듯했다.

질투의 종말

1

"'우리가 선을 원하든 원하지 않든 우리에게
선을 내려주세요, 우리가 악을 원하더라도
우리를 악으로부터 멀리 있게 해주세요.'
이 기도문은 아름답고 믿을 만해 보인다. 만약
고칠 게 있다면 숨기지 말고 이야기해보아라."*
―플라톤

"내 귀여운 나무, 귀여운 나귀, 어머니, 오빠, 나의 나라, 나의 작은 신, 나의 귀여운 이방인, 귀여운 연꽃, 귀여운 조개, 내 자기, 내 귀여운 식물, 내가 옷을 입을 동안 나가줄래요, 8시에 봄Baume가에서 만나요. 8시 15분이 지나서 도착하면 안 돼요, 제발, 그럼 배가 몹시 고프니까."

---

* 『알키비아데스 2』에서. 청년 알키비아데스와 소크라테스의 질의응답으로 이루어져 있다.

그녀는 오노레의 등 뒤로 방문을 닫으려다가 그가 다시 "목!" 하고 말해서 서두르며 과장된 온순한 몸짓으로 그에게 목을 내밀었고, 그것이 그를 웃게 했다.

"네 목과 내 입술 사이에, 네 귀와 내 콧수염 사이에, 네 손과 내 손 사이에는 특별한 우정이 깃들어 있어서 너도 어쩔 수 없어. 우리가 더 이상 사랑하지 않더라도 우정은 끝나지 않을 거라고 확신해, 내가 사촌 여동생 폴과 싸웠지만 내 하인이 매일 저녁 그 집의 하녀를 만나러 가는 걸 막을 수 없는 것처럼 말이야. 내 입술이 스스로, 나의 동의 없이 네 목으로 가는 거지."

그들은 서로에게서 한 발자국 떨어져 있었다. 갑자기 시선이 교차하면서 상대방의 눈에서 서로 사랑하고 있다는 생각을 포착하고자 했다, 그녀는 일순간 그 상태로 서 있다가, 마치 달려온 사람처럼 숨이 막히면서 의자에 주저앉았다. 둘은 거의 동시에 깊은 격정에 휩싸여 키스를 하려는 듯 입을 크게 벌려 발음했다.

"내 사랑!"

그녀는 침울하고 슬픈 어조로 머리를 흔들면서 말했다.

"오, 내 사랑."

그녀는 머리를 살짝 흔들면 그가 절대로 뿌리치지 못한다는 걸 알고 있었고, 그는 그녀에게 달려들어 입을 맞추고 천천히 말했다, "못됐어!" 너무나 다정하게 말해서 그녀의 눈에 눈물이 맺혔다.

시계가 저녁 7시 30분을 알렸다. 오노레는 떠났다.

집에 도착해 오노레는 혼잣말을 해본다. "어머니, 오빠, 나의 나라" 그리고 잠시 멈추었다가 "그래, 나의 나라!… 귀여운 조개, 내 귀여운 나무"라고 말하면서 그는 이 단어들이 너무나도 쉽게 그들의 용도에 길들여져서 웃음을 참지 못했다, 별 의미 없는 단어들이 그들에게는 무한한 의미로 채워져 있었던 것이다. 사랑의 창조적이고 풍부한 재능에 거리낌 없이 스스로를 내맡기며 그들은 차츰차츰 그가 제안하는 그들만의 언어를 가지게 되었는데, 마치 국민이 무기와 유흥과 법률을 갖추는 것과 같았다.

저녁 만찬에 가기 위해 옷을 입으면서 그는 그녀를 약속하고 부르는 욕망의 힘에 의해 그녀를 다시 보게 될 순간으로 가볍게 내달렸는데 그것은 체조 선수가 공중그네를 향해 도약하면서 아직 거리가 있음에도 닿은 듯하며, 음악의 소절이 드디어 멜로디를 마칠 화음을 만나 다가가는 것 같았다. 이렇게 오노레는 지난 일 년의 시간을 헤쳐왔다, 아침이 되자마자 그녀를 보게 될 오후 시간을 향해 조바심을 냈다. 그의 일과는 사실 12시간 또는 14시간으로 구성된 것이 아니라 네다섯 개의 30분 단위로, 그 시간을 기다리고 추억하는 것으로 구성돼 있었다.

손 부인이 알레리우브르 공주의 저택으로 들어왔을 때,

오노레는 몇 분 전에 도착해 있었다. 손 부인은 먼저 공주에게 인사를 한 뒤 다른 초대 손님들에게도 인사를 하고 오노레에게는 한참 대화 중인데 문득 손을 잡듯이 대강 인사를 했다. 그들의 관계가 알려졌다면, 함께 왔으면서도 같이 들어오지 않으려고 그녀가 잠시 기다렸다가 들어왔다는 느낌을 주었을 것이다. 그러나 어쩌면 이들이 이틀 정도 만나지 못했을 수도 있고 (사실 그들이 만나기 시작한 일 년 전부터 이틀 동안 못 본 적은 한 번도 없었지만) 또 서로 만나서 우정 어린 인사의 기쁨을 느끼지 못하는 것일 수도 있다, 왜냐하면 그들이 서로를 생각하지 않고는 5분도 견디지 못하기 때문에, 결국 서로를 떠났던 적이 없었던 것이며 그래서 그들은 갑자기 만나는 일도 없는 것이다.

저녁 식사 동안, 그들이 이야기를 나눌 때면, 활기찬 이야기에서 부드러운 이야기로, 한 친구 이야기에서 다른 친구로 화제를 옮기는 그 모습은 엄숙하면서도 서로에게 자연스런 존중이 묻어나서 마치 연인들 간의 관계에서 볼 수 없는 것이었다. 이들의 모습은 마치 신들의 모습과 유사해 사람의 모습으로 살았다고 우화에서 전해지는, 아니면 두 천사가 형제 간의 우애로 살갑게 지내면서도, 그들이 같이 뿌리를 두고 있는 신비한 근본과 혈통이 존경하는 마음을 흐리지 않는 것이었다. 식탁 위에서 나른하게 군림하는 붓꽃과 장미의 활력을 그들이 느끼는 동안 공기 속으로 오노레와 프랑수아즈가 자연스레 내뿜는 애정의 향기가 침투했다. 어느 순간에 그는 여느 때의 다정함보다도 더 격렬한 달콤함으로 향기를 내뿜는 듯했다. 향일성식물 헬리오트로프와 태양이나 꽃핀 라일락과 빗물처럼, 자연은 둘의 관계에서 격렬함이 억제되는 것을 허락하지 않았다.

이렇게 그들의 애정은 비밀스럽지 않은 만큼 더욱 불가사의한 것이었다. 그것은 마치 사랑하는 여인이 차고 있는 이해할 수 없으면서도 눈에 보이는 팔찌와 같은 것으로, 그녀를 살릴 수도 죽일 수도 있는 사랑하는 사람의 이름이 해독할 수 없는 문자로 잘 보이게 적혀 있어서, 궁금한 사람은 누구나 가까이 다가가 볼 수 있으나 의미를 포착하지 못하고 실망하는 것과 같았다.

"언제까지 그녀를 사랑할 수 있을까?" 오노레는 식탁을 떠나며 스스로 물어보았다. 지금까지 그가 영원할 거라고 믿었던 격정들은 얼마나 짧게 타오르다 말았는지 또한 이 열정도 그렇게 끝날 거라는 생각은 지금 그의 애정에 그림자를 드리웠다.

그래서 그는 그날 아침 미사에서 신부님이 읽어주셨던 복음을 기억해냈다. "예수님께서 손을 펼치며 말씀하셨다. 이 창조물은 내 형제요, 이 여성은 내 어머니요, 여러분은 모두 나의 가족이요." 그는 순간 떨면서 신에게, 하늘 높이 솟아 있는 종려나무처럼 그의 온 영혼을 맡기며 기도했다.

"오 하느님, 하느님! 그녀를 평생 사랑할 수 있는 은총을 제게 주세요. 그것이 제가 당신께 간청하는 유일한 은혜입니다. 전능하신 하느님, 당신을 영원히 사랑합니다!"

이제 소화 중인 위 때문에 영혼이 처지게 되는 물리적인 시간이 되어, 그의 피부는 목욕을 마쳐 개운한 고급 속옷을 걸치고 입은 담배를 피우고, 눈과 어깨는 노출되고 빛으로 뒤덮여 포만한 상태로, 중력의 법칙이나 죽음과 같은 물리적인 법칙을 깰 만큼 불가능한, 물리적인 법칙인 그의 변심을 방해할 기적에 대해 의심하면서, 나태하게 기도를 하고 있었다.

그녀는 다른 생각에 사로잡힌 그의 눈동자를 보고 일어서서 마치 서로 멀리 떨어져 있는 것처럼, 그가 그녀를 보지 못하는 상태에서 그의 곁으로 가서 끌어당기는 듯, 불평하는 듯한 어투로, 그를 그토록 웃게 했던 어린아이 투로, 마치 그가 그녀에게 말이라도 건 것처럼 말했다.

"뭐라고?"

그는 웃으면서 그녀에게 말했다.

"그만, 한마디만 더 하면 키스해버릴 거야, 내 말 듣는 거지, 여기 모든 사람들 앞에서 키스한다고!"

그녀가 웃었고 슬프고 만족스럽지 못한 표정을 지으면서도 그를 즐겁게 해주려고 다시 말했다.

"괜찮아, 좋아, 보니까 전혀 내 생각을 안 하던데!"

그가 그녀를 바라보며 웃었다.

"말도 안 되는 소리를 하네!" 그리고 부드럽게 덧붙였다. "못됐어, 못됐어!"

그녀는 이제 그를 두고 다른 사람들과 이야기를 하러 갔다. 오노레는 이어 생각했다. '내 마음이 그녀에게서 멀어진다고 생각되는 순간이 오더라도 마음을 부드럽게 붙잡고 있어야겠어, 그래야 그녀가 눈치채지 못할 거야. 나는 항상 지금처럼 다정하고 너를 존중할 거야. 내 마음속에 새로운 사랑이 들어와도 그녀에게는 조심스럽게 숨길 거야, 지금 내 몸이 그녀 아닌 다른 사람들과 나눈 쾌락을 그녀에게 숨기고 있는 것처럼 말이지.'(그리고 그는 알레리우브르 공주 쪽으로 시선을 돌렸다) 그리고 그녀가 차츰 다른 삶을 살도록, 다른 사람을 마음에 두도록 할 것이다. 그는 질투하지 않을 것이고 그녀에게 더 품위 있고 영광스럽게 존경심을 가질 만할 사람을 직접 소개해주리라 생각했다. 그리고 프랑수아즈에게서 그가 좋아하지 않을 듯한 여성, 하지만 정신적 매력이 있는 여성을 상상해볼수록 그녀와 헤어지는 것이 한결 고귀하고 간단해 보였다. 너그러우며 부드러운 우정, 우리가 가진 가장 존엄한 것을 자격이 있는 사람에게 베푸는 온정 등이 바로 그의 온화한 입술을 부드럽게 스치고 갔다.

바로 그때 프랑수아즈는 밤 10시가 다 된 걸 보고 인사를 하고 자리를 떠났다. 오노레는 마차까지 그녀를 배웅해주고 어둠을 틈타 무모하게 키스를 퍼붓고 다시 돌아왔다.

세 시간 후에 오노레는 통킹에서 돌아와 그날 저녁 환대를 받은 드 뷔브르 씨와 함께 귀가하고 있었다. 오노레는 드 뷔브르 씨에게 프랑수아즈와 비슷한 시기에 혼자가 되었고 그녀보다 더욱 아름다운 알레리우브르 공주에 대해 물어보았다. 그가 공주를 사랑하는 것은 아니었지만, 프랑수아즈가 알더라도 고통받지 않는다는 확신만 있다면 공주의 육체를 소유하면서 큰 쾌락을 느낄 수 있을 것 같았다.

"공주에 대해서는 알려진 게 거의 없어요, 적어도 제가 떠날 때만 해도 그랬지요, 귀국하고는 아직 아무도 만나지를 못했어요." 드 뷔브르 씨가 말했다.

"그럼 오늘 저녁엔 쉬운 사람이 없었군요." 오노레가 결론 내렸다.

"그렇죠, 그런 셈이죠." 드 뷔브르 씨는 답했다. 오노레의 집 앞에 도착해서 그들의 대화도 끝날 참에 드 뷔브르 씨가 덧붙였다.

"손 부인은 빼야죠, 당신도 소개받았겠죠, 같이 식사를 했으니까요. 손 부인을 원한다면 그땐 어렵지 않죠. 내 타입은 아니지만요!"

"그런 이야기는 들어본 적이 없는데요." 오노레가 의아해했다.

"당신은 젊어요. 오늘 밤 손 부인을 독차지한 사람이 있지요, 의심의 여지가 없어요. 젊은 프랑수아 드 구브르 씨죠. 그 사람 말론 손 부인 성질이 대단하다던데요! 근데 몸매는 훌륭하지 않대요. 그 이상은 이야기를 안 하더라고요. 더 말할 것도 없이 지금도 누구랑 재미를 보고 있다고 내기할 수 있어요. 그 여자가 항상 모임에서 일찍 빠져나가는 걸 눈여겨봤나요?"

"과부가 된 뒤로 오빠와 같이 살고 있던데요, 밤늦게 들어오면 문지기가 떠들고 다닐 걸 알 텐데요."

"이봐요, 저녁 10시에서 새벽 1시까지, 무슨 짓이든 할 수 있는 여유가 있어요! 그걸 누가 알겠어요? 안 그래도 곧 1시네요, 가서 자야 할 시간이에요."

드 뷔브르 씨가 초인종을 눌러주었고 잠시 뒤 문이 열렸다. 드 뷔브르 씨는 오노레에게 손을 내밀었고, 오노레는 기계적으로 작별 인사를 하고 건물 안으로 들어오자마자 바로 다시 나가고 싶은 강렬한 욕구를 느꼈으나, 이미 그의 등 뒤로 대문이 육중하게 닫혔고 계단 밑에서 그를 애타게 기다리던 촛불 말고는 주위에 아무런 불빛도 비치지 않았다. 그는 다시 문을 열어달라고 문지기를 깨울 수는 없어서 그대로 자신의 집으로 올라갔다.

2

"우리의 행위는 선한 천사이자 악의 천사
우리 곁을 걷는 숙명적인 그림자."*
―보몬트와 플레처

 드 뷔브르 씨가 오노레에게 해준 여러 이야기 중에서도, 직접 듣기도 하고 또한 자기 자신도 무심코 했던 이야기와 유사한 이야기를 들은 날부터 오노레의 삶은 완전히 달라졌다, 그 이야기들은 낮에 혼자 있을 때 그리고 밤 내내 들려오는 것이었다. 그는 프랑수아즈에게 곧바로 몇 가지 질문을 했는데 오노레를 너무 사랑하는 그녀는 화를 내기보다는 그의 번민 때문에 고통을 받으면서, 결코 그를 속이고 부정한 짓을 한 적 없으며, 그러지도 않을 것이라고 맹세했다.
 그는 그녀 곁에 있을 때면 그녀의 작은 손을 맞잡고 베를렌의 시를 암송해주었다.

 아름다운 작은 손으로 내 눈을 감겨주리라.

 그리고 그녀가 "나의 오빠, 나의 나라, 내 사랑하는 자기"라고 말하고 그녀의 목소리가 그의 가슴속에서 고향 마을

---

* 에머슨의 『미국철학에세이』에서.

의 종소리처럼 부드럽게 한없이 메아리치면 그는 그녀를 믿었다, 이전처럼 행복하지는 못했지만 적어도 지금 번민에서 회복 중인 그의 마음이 어느 날 다시 행복을 되찾는 것이 불가능해 보이지 않았다. 그러나 프랑수아즈에게서 떨어져 멀리 있을 때, 가끔은 옆에 있을 때조차도 그녀의 눈이 정열로 빛나는 것을 보면 그 정열이란 과거 다른 사람에게서 불붙은 것으로, 어제의 것이 내일의 것이 되지 말란 법은 없다는 생각이 들었다, 그리고 자신이 몇 번이나 프랑수아즈가 아닌 다른 여성 사이에서 육체적 욕망에 넘어갔는지 그리고 프랑수아즈를 계속 사랑하면서도 그녀에게 얼마나 거짓말을 했는지 생각해보면 그녀 또한 그에게 거짓말을 한다고 해도 전혀 부조리한 것이 아니었으며, 그녀에게 거짓말을 하기 위해 그녀와의 사랑을 저버려야 했던 것은 아니었으며, 그녀가 그를 알기 전, 지금 그를 불태우는 그녀의 바로 그 열정으로 다른 남자들에게 몸을 던졌을 것이라는 것, 그것은 그가 그녀에게 불어넣는 부드러운 열정보다 더 지독한 열정이었을 것이라고 그는 생각했다, 왜냐하면 모든 걸 극대화하는 상상력을 가지고 바라보고 있었기 때문이었다.

결국 그는 그녀를 배신한 적이 있다고 말하려고 했다. 복수를 하겠다거나 자신처럼 그녀 또한 고통받게 하기 위해서가 아니라 대신 그녀도 그에게 진실을 말해줬으면 했고 특히 자신의 내면에 존재하는 거짓말을 느끼지 않기 위해서였

질투의 종말 287

고 그의 관능의 허물을 속죄하기 위해서였다, 자신이 질투의 대상을 만들기 위해 때로 스스로의 거짓 증언과 육체적 욕구를 프랑수아즈에게 투사한다는 느낌을 받았기 때문이었다.

어느 저녁 프랑수아즈와 샹젤리제 거리를 산책하면서 그는 그녀를 배신한 적이 있다고 이야기를 해보았다. 그녀가 창백해지면서 힘없이 벤치로 주저앉자 그는 크게 놀랐고 게다가 그녀는 분노하지 않고 정말로 비통하고 낙담한 상태에 빠져 그가 가까이 내민 손을 밀쳐내기까지 했다. 그 뒤 이틀 동안 그는 그녀를 잃었다고 생각했고 아니, 그녀를 되찾았다고 생각했다. 하지만 그녀가 자신의 사랑에 보여준, 선명하게 슬픈, 무의식적인 자세는 오노레에게 충분하지 않았다. 그녀가 자신에게만 몸을 주었다는 믿기 어려운 확신을 얻자 그의 마음이 드 뷔브르 씨가 그의 집까지 같이 온 날 대문 앞에서 가르쳐준 마음의 고통, 아니 동일한 고통이 아니라, 그 고통의 기억이, 고통이 이유가 없는 것이라고 증명해도, 멈추지 않고 그에게 아픔을 주는 것이었다. 우리는, 꿈속 환상이라고 이미 인지한 살인의 기억이 아침에 되살아나면 떤다. 다리가 절단된 사람이 더 이상 있지도 않는 다리에서 평생 고통을 느끼는 것과 마찬가지인 것이다.

헛되이 낮에는 걷고, 승마로 피로해지고 자전거를 타고 검술 연습을 하다가 프랑수아즈를 만나서 그녀를 집까지 바래다주고, 자신의 손, 이마와 눈에서 믿음과 평화와 꿀과 같은 달콤함을 느끼고 집으로 돌아오면 안정되고 향기를 비축해둔 느낌이지만 곧바로 불안해지기 시작했고, 침대에 조심스레 누워 채 한 시간도 안 되어, 방금 전의 신선한 사랑을 느끼며, 행복이 변질되기 전에 잠들고자 했고 그 행복이 밤을 통과해 다음 날까지 그대로 꼭 이집트 왕자처럼 영광을 유지하기를 그는 바랐다. 그러나 드 뷔브르 씨의 말들, 아니면 그가 이후에 만들어낸 수많은 이미지들 중 하나가 그의 생각에 나타났고 그러면 잠들기는 다 틀려버렸다. 이미지는 금방 나타나지는 않았지만, 곧 나타나리라는 것을 느꼈고 이미지에 대항해 몸이 굳어지면서 그는 촛불을 다시 켜고, 책을 읽거나 그가 읽고 있는 문장들의 의미로 그의 머리를 쉴 새 없이 채워서 공백을 남기지 않도록, 그 흉측한 이미지가 단 한순간이라도 조금의 공간을 차지하지 못하도록 애를 썼다.

그러다 불쑥 이미지가 들어왔고 그럼 내보낼 수가 없었다. 그가 있는 힘을 다해서, 기진맥진할 때까지 지키던 주의력의 문이 갑자기 열렸고 다시 문이 닫혔을 땐 이 끔찍한 동반자와 함께 밤을 보내는 일만 남아 있었다. 명확한 것은 이 밤도 다른 밤들처럼 모든 게 끝났고 그는 단 1분도 잠들 수 없다는 것이었다. 그러면 그는 잠이 오게 하는 브로미디아 약병을 찾아 세 숟갈을 떠 넣었다. 이제는 확실히 잠들 것이라는 생각, 무슨 일이 일어나든 잠드는 길밖에 없다는 사실에 불안해져서 또한 프랑수아즈에 대해 불안해하며, 절망과 증오를 가지고 생각하기 시작했다. 그는 사람들이 자신과 프랑수아즈와의 관계를 모르는 것을 이용해 그녀의 정절을 남자들과 내기를 해서 그녀가 넘어가는지 보고 싶었고 무언가를 발견하고, 무엇이든지 다 알고 싶어서, 방에 숨어서 다 지켜보고 싶었다(그는 더 젊었을 때 재미로 그런 짓을 했던 걸 기억해냈다). 그가 농담하듯 부탁했기 때문에 그는 우선은 잠자코 있을 것이다, 그렇지 않다면 얼마나 파렴치하고 분노를 살 행위인가! 하지만 모두 그녀 때문이다, 다음 날 '나를 절대로 속인 적이 없는 거지?' 그가 이렇게 물었을 때, 그녀는 '절대로'라고 여전히 사랑스런 어조로 말을 할 것이다. 어쩌면 그녀는 모든 것을 고백할 텐데 그렇더라도 그가 꾸민 계략에 굴복한 꼴이 된다. 그렇게 되면 이 작전은 그에게 아주 유익한 것이 될 것이다, 그는 그를 죽이는 병, 나무에 기생하는 벌레의 병이 나무를 죽이듯 그를 죽이던 사랑의 병에서 치유될 것이다. (밤에 희미한 촛불이 밝히는 거울에 자신을 한번 비춰보면 알 수 있을 것이다.) 아니, 그런데 그 이미지는 상상 속의 것들보다 더 강렬하게 계속 나타나 가여운 그의 머리에 헤아릴 수 없는 타격을 줘서 그는 시도하려던 계획을 생각도 하지 못하게 되었다.

그러다 갑자기 그녀와 그녀의 상냥함, 그녀의 사랑, 순수함에 대해 생각하다가 그가 그녀에게 저지르려던 능욕에 생각이 미치며 눈물이 나려 했다. 게다가 그런 짓을 같이 저녁 모임에서 만나는 친구들에게 부탁하려고 하다니!

곧 그는 온몸이 떨렸고 브로미디아를 먹었을 때 잠들기 몇 분 전 발생하는, 기운이 빠지는 느낌을 받았다. 문득 그는 무엇도 알아보지 못했고 꿈도 전혀 꾸지 않고 어떤 느낌도 없이, 그가 마지막으로 했던 생각과 이 생각 사이에서, '아직도 안 자고 있네?' 하는 생각을 했다. 그런데 높이 뜬 해를 보고, 브로미디아 덕분에 느끼지 못하는 사이 여섯 시간 이상이나 잠이 그를 차지하고 있었다는 걸 깨닫게 되었다.

두통이 가라앉기를 기다렸다가 일어나 찬물로 적시고 산책을 좀 해서 프랑수아즈가 창백한 그의 얼굴과 피곤해 보이는 눈에서 너무 추하다는 느낌을 받지 않게 생기를 주려고 애썼다. 집을 나와 성당에 가서 몸을 굽히고는 지쳐서, 절망적인 최대의 힘을 발휘해 몸을 일으키고 다시 젊어지려고 하는 그의 굽혀진 몸과 치유하고 싶은 그의 아프고 나이 먹어가는 마음, 쉴 새 없이 고통받아 헐떡이며 평화를 바라는 정신으로 하느님께 기도했다, 불과 두 달 전 계속 프랑수아즈를 사랑할 수 있게 해달라고 기도했던 하느님께 이제 같은 열망으로, 같은 사랑의 힘으로, 전에는 죽을 것 같은 사랑을 살려달라고 간청했으나 이제는 살아 있는 것이 두려워 죽음을 바라며, 그녀를 더 이상 사랑하지 않게, 너무 오래 사랑하지 않게, 항상 사랑하지 않게 해주시고, 다른 남자의 품에 있는, 왜냐하면 이제는 다른 남자의 품 안에서만 그녀를 상상할 수밖에 없게 되었으니, 고통 없이 그녀를 바라볼 수 있는 은총을 내려달라고 기도했다. 그리고 그녀의 모습을 고통받지 않고 상상할 수 있게 되었을 때에는 아마도 지금과 같진 않을 거라고 생각했다.

그러면서 그녀를 평생 사랑하지 않을까 봐 무척 두려워하며 기도했던 것과 그의 기억 속에 그녀에 관한 그 무엇도 지워지지 않도록, 그의 입술에 내밀었던 그녀의 볼, 이마, 작은 두 손, 진지한 눈, 그가 열정을 다해 사랑하는 그녀의 모습들을 기억에 빈틈없이 새겨둔 것도 생각났다. 그러다 갑자기 다른 남자를 향한 욕망에 그 모습들이 잔잔한 상태에서 깨어난 것을 알아차리곤 더 이상 생각하고 싶지 않았고 그녀의 볼, 이마, 작은 두 손, 아 작은 두 손까지도! 그녀의 진지한 눈, 그가 증오하는 그녀의 모습을 보았다.

이날부터 그런 방향으로 생각이 나아가는 데 놀라면서 그는 아주 잠깐도 프랑수아즈의 곁을 떠나지 않으며 그녀의 삶을 엿보고 그녀의 외출에 동행하고, 쇼핑할 때도 따라가 상점 앞에서 그녀를 한 시간씩 기다렸다. 이런 식으로 그녀가 바람피우는 것을 물리적으로 막는다는 생각을 만약 그녀가 혐오했다면 포기했을 텐데 그러나 그녀는 그가 항상 곁에 있는 것을 오히려 기뻐하면서 반겼고, 그 역시 조금씩 기쁨을 다시 느끼기 시작했고 신뢰가 천천히 쌓이자 어떤 물리적인 증거도 안겨주지 못했을 확신을 갖게 되었는데, 그것은 환각증 환자를 치료할 때 손으로 실제 의자를 만지게 하고, 그들이 환영을 본다고 믿는 곳에 실제 사람을 앉혀 더 이상 환영에 자리를 내주지 않는 현실로써 환영을 실제 세계에서 쫓아내 병을 낫게 하는 것과 같았다.

오노레는 프랑수아즈의 매일매일을 구체적이고 분명한 일정으로 채우고 또 확인하고, 저녁이면 그의 질투와 의심의 불순한 생각이 매복한 빈 곳과 어두운 곳을 제거하면서 노력을 했다. 그는 다시 편히 잠들게 되었고, 그의 고통은 훨씬 줄고 짧아졌으며, 그가 그녀를 오게 하여 잠시라도 시간을 함께 보내면 밤 내내 그는 진정이 되었다.

3

"끝까지 우리의 영혼에 우리를 맡겨야 한다.
왜냐하면 사랑의 관계와 같이 아름답고 고귀한 것은
그보다 더 아름답고 한 차원 더 숭고한 것에 의해서만
밀려나고 대체될 수 있기 때문이다."
—에머슨

1부에서 우리가 프랑수아즈라는 이름으로 부른 손 부인

은 갈레즈 오를랑드 공주였고, 부인의 살롱은 오늘날까지도 파리에서 아주 인기 좋은 살롱이다. 사교계에 흔한 공작부인의 성으로 불렸다면 다른 많은 공작부인들과 혼동되었을 손 부인은, 공주로 출생했지만 손 씨와 혼인하면서 부르주아 가족의 성을 갖게 돼 마치 얼굴에 파리가 붙은 것처럼 도드라졌고, 귀족의 타이틀을 잃은 대신 높은 영예를 스스로 포기함으로써 상상력이 뛰어난 사람이라면 흰 공작새, 검은 백조, 흰 제비꽃과 포획된 여왕벌 같다고 말했을 그러한 명성을 얻었다.

손 부인은 올해와 작년 다시 많은 사람들을 살롱에 초대했지만 그 이전 삼 년 동안, 다시 말해 오노레 드 탕브르가 죽은 뒤로는 살롱을 한동안 열지 않았다.

오노레의 친구들은 그가 예전의 혈색과 활기를 되찾아가는 것을 다행으로 여겼고 손 부인과 항상 같이 있는 오노레를 보면서 그의 회복을 최근에 시작된 그들의 관계 덕분이라고 여겼다.

오노레가 원기를 완전히 회복한 지 겨우 두 달 정도가 지났을 무렵 불로뉴 숲길에서 그는 흥분한 말에 깔려서 두 다리가 골절상을 입는 사고를 당했다.

사고는 5월 첫 화요일에 일어났고 일요일 복막염이 진단되었다. 오노레는 다음 주 월요일에 종부성사를 받았고 그날 저녁 6시에 신의 부름을 받았다. 그러나 사고가 났던 화요일에서 일요일 저녁까지, 가망이 없다고 믿었던 사람은 오노레뿐이었다.

화요일 6시쯤 첫 처치가 이루어진 뒤로 그는 혼자 있게 해달라고 요청하고, 병문안 온 사람들의 명함을 올려달라고 부탁했다.

당일 아침, 그러니까 여덟 시간 전만 해도 그는 불로뉴 숲길을 내려가고 있었다. 봄바람과 햇빛이 섞인 공기를 차례차례 마셨다 내쉬었고 그의 날렵한 아름다움에 감탄하는, 그를 따르는 여성들의 시선을 느끼며, 그의 변덕스러운 기분에 따른 길을 우회하며 잠시 시간을 보내고, 다시 힘들이지 않고 걸음걸이를 되찾아, 거친 숨을 내뱉으며 달리는 말들 사이를 지나, 부드러운 공기에 허기지고 공기를 마신 입 속 신선함을 느끼며, 그날 아침에 삶, 태양, 그림자, 하늘, 돌, 동풍과 나무들, 서 있는 사람들만큼이나 웅장하고 멋진 나무들, 잠든 여인들처럼 눈부신 부동성 속에 휴식하고 있는 나무들을 아름답게 자아내는 심오한 기쁨을 느꼈다.

한순간, 시계를 본 그가 다시 돌아오다가 바로… 그 사고가 발생했다. 그가 미처 발견하지 못한 말이 순식간에 그의 두 다리를 부러트렸다. 이 찰나의 순간은 그에게 필연적으로 일어났어야 할 일로 느껴지지 않았다. 바로 그 시간에 그는 조금 더 멀리, 아니면 조금 덜 멀리 있었을 수도 있고 말이 우회해서 지나갈 수도 있었고, 아니면 비가 내려서 그가 조금 일찍 귀가할 수도 있었고, 또 그가 시계를 보지 않았거나 산책길에서 발길을 돌리지 않고 그대로 폭포까지 계속 걸어갔을 수도 있었다. 일어나지 않을 수도 있었을 일, 그가 꿈이라고 치부할 수 있을 그것이 바로 사실이었고, 그것은 이제 그의 삶의 일부가 되었고 어떤 의지로도 바꿀 수 없었다. 두 다리가 골절되었고 복부도 심하게 상처를 입었다. 아, 사고 자체는 그렇게 대단한 것이 아니었고, 그는 채 일주일도 전에 S 의사 댁 식사에서 흥분한 말 때문에 같은 사고를 당한 C 씨에 대해 이야기한 적이 있었다. 그의 소식을 물으니 의사는 답했다. "예후가 좋지 않아요." 오노레가 부상 정도에 대해 자세히 물었을 때 의사는 진지하면서 조금 현학적으로 슬픈 표정을 지으며 말했다. "그게 단지 상처만 문제가 아니라 총체적인 문제가 있어요. 아들들 때문에 속상한 일도 있고, 집안 사정도 예전 같지 않고, 게다가 신문에서 공격당한 일도 있어서 타격도 있었죠. 제가 틀리기를 바라지만 제 생각에는 회복되긴 어려울 것 같아요." 반면 의사는 아주 건강했고 훌륭한 사회적 위치에 더욱 지적이며 그 어느 때보다 존경받고 있는 상태였다. 오노레의 경우 프랑수아즈가 점점 더 그를 사랑한다는 것을 알게 되었고 사교계도 그들의 관계를 받아들였고 그들의 행복뿐 아니라 프랑수아즈의 고귀한 성격도 인정한 상태였다, S 의사의 부인은 드디어 C 씨에 대한 단념과 삶의 종말을 생각하며 감정이 격해졌고 건강을 생각해서 자신과 아이들에게 그렇게 슬픈 사고를 생각하는 것, 장례식에 참석하는 것을 금지하였고, 식탁에 있던 사람들은 샴페인의 마지막 모금을 비우며 모두 "가엾은 C, 예후가 좋지 않아요"라고 반복해 말하면서도, '그들의 형편'은 모두 훌륭하다는 생각에 샴페인을 마시는 즐거움을 느꼈다.

그러나 이제는 그때와 전혀 다른 상황이었다. 오노레는 자신의 불행에 대한 생각에 빠져들었다. 그가 전에 다른 사람들의 불행에 대해 이야기를 들었을 때처럼 깊은 생각에 잠겼고 그것을 박차고 두 발로 일어설 수 없는 지경에 이르렀다. 그의 발밑에서, 검고 축축한 토양 위에 떡갈나무와 제비꽃이 피듯이, 그 바탕 위로 우리의 가장 고귀한 결단과 가장 우아한 기쁨이 성장하는, 자신의 건강이 허물어지는 것을 느꼈고 그가 떼는 발자국마다 그 자신에게 부딪혔다. C에 대해서 이야기하던 그날 저녁 그는 의사가 했던 말을 기억해냈다. "그 사고 전에 신문에서 이미 타격을 입었을 때, C를 만났는데 얼굴빛은 누렇고 눈은 퀭하고, 끔찍한 얼굴을 하고 있었어요!" 그리고 의사는 정평이 나 있는 능숙하고 멋진 손짓으로 분홍색의 혈색 좋은 얼굴에서 보기 좋게 정돈된 턱수염까지 쓸어내렸고 사람들은 각자 자신의 건강한 얼굴을 마치 집주인이 침착하며 아직 젊고, 부유한 세입자를 바라볼 때의 기분으로 떠올려보았다. 지금 거울에 비친 얼굴을 바라보면서 오노레는 '누런 피부'와 '끔찍한 얼굴'을 보고 소스라쳤다. 그리고 곧바로 C에 대해서 말했던 때와 동일한 무심함으로 의사가 자신에 대해 이야기할 것이라는 생각에 소름이 끼쳤다. 그를 측은하게 여기며 보러 올 사람들도 위험한 물건을 보듯 금방 얼굴을 돌릴 것이며, 그들은 자신들의 훌륭한 건강이 바라는 것에 복종하고, 행복하게 잘살고 싶다는 욕망을 따르게 될 것이다. 이제 그의 생각은 프랑수아즈에게로 향했고, 마치 신의 계율이 그에게 내린 것처럼, 자신도 모르게 어깨를 굽히고 머리를 낮추면서, 그는 한없는 슬픔과 순종하는 마음으로 그녀를 포기해야 한다는 것을 깨달았다. 어린아이 같은 유약함으로 기운 자신의 몸에서 겸허함을, 깊은 근심 속에 병자의 체념을 느꼈고, 그의 삶에서 자신과 거리를 두면서 어린아이에게 갖는 동정심으로 종종 자신을 바라보던 때처럼 그는 연민으로 울고 싶어졌다.

문 두드리는 소리가 들렸다. 이어서 그가 부탁했던 명함들이 전해졌다. 사람들이 그의 소식을 궁금해하리라는 것을 알고 있었는데, 왜냐하면 그가 겪은 사고가 가볍지 않았기 때문이긴 하지만 이렇게 많은 명함이 도착했으리라고는 생각하지 못했고 그는 그렇게 많은 사람들이 와준 데 놀랐고, 특히 잘 알지 못하는 사람, 그의 결혼식이나 장례식에나 올 법한 사람들까지 섞여 있어 놀랐다. 명함이 정말 산더미

같이 쌓여 있어서 문지기는 큰 쟁반에서 명함들이 떨어지지 않게 조심하면서 들고 왔다. 그러나 명함들이 곁에 놓이자 산더미는 아주 작아 보였고, 정말 우습게 작아져서 의자보다 벽난로보다 작아 보였다. 별거 아닌 듯 보인다는 데 놀라면서 그는 혼자라는 느낌을 받았고 시간을 보내기 위해 그들의 이름을 신경질적으로 읽기 시작했다. 첫 번째 명함, 두 번째 명함, 세 번째 명함, 아! 그는 한 번 떨었고 다시 명함을 바라보았다. '프랑수아 드 구브르 백작.' 구브르 씨가 병문안 오는 것은 예상할 수 있었어도, 사실 오래전부터 그에 대해서는 생각하지 않았는데 갑자기 뷔브르 씨가 했던 말이 떠올랐다. "오늘 밤 손 부인을 독차지한 사람이 있지요, 의심의 여지가 없어요. 젊은 프랑수아 드 구브르 씨죠. 그 사람 말론 손 부인 성질이 대단하다던데요! 근데 몸매는 훌륭하지 않대요. 그 이상은 이야기를 안 하더라고요." 이 말이 생각나면서 의식의 심층에서부터 순간 표면으로 떠오르는 그때의 고통이 생각나 혼잣말을 했다. "차라리 내가 회복되지 않는 게 낫지, 죽지 않고 여기에 못 박힌 듯 있으면, 그녀가 내 옆에 없을 때 수년간이나 하루의 일부, 아니면 밤 내내 다른 남자의 집에 있는 걸 봐야 할 거야! 이제는 내 상상 때문에 그런 그녀를 보는 것도 아닐 테고, 그것은 확실한 거야. 그녀가 어떻게 나를 계속 사랑할 수 있을까? 신체가 절단된 사람을!" 갑자기 그가 멈췄다. "내가 죽는다면, 그다음에는?"

그녀는 서른 살이었다. 시간을 훌쩍 뛰어넘어 그녀가 그를 추억하고 그에게 정조를 지킬 기간보다 더 멀리 생각해보았다. 그리고 그 순간이 올 것이다···. 그가 말했지. "부인 성질이 대단하다···." 나는 살고 싶어, 살고 싶어, 걷고 싶고, 그녀를 어디든 따라다니고 싶고, 멋진 남자이고 싶어, 그녀가 나를 사랑하기를 원해!

그 순간 숨찬 자신의 호흡을 듣고는 두려워졌고 옆구리가 아팠고, 가슴이 등 쪽으로 바짝 다가간 느낌이었고 호흡이 자유롭지 못해서 숨을 고르게 쉬려고 애를 썼지만 그럴 수가 없었다. 순간순간 다시 숨을 쉬려고 했으나 충분히 숨을 쉴 수 없었다. 의사가 왔다. 오노레는 가벼운 신경성 천식 발작이 왔을 뿐이었다. 의사가 떠나고 그는 더욱 슬펐다. 그의 증세가 보기보다 더 심한 것이고 그래서 동정받고 싶었던 것이다. 왜냐하면 이 증상이 위중한 것이 아니라면, 다른 증상이 그럴 것이었고 그것으로 세상을 뜰 것이기 때문이었다. 이제 그는 자신이 삶에서 겪었던 모든 육체적 고통을 기억해내고 실의에 잠겼다. 그를 가장 사랑하던 사람들은 그가 예민하다며 걱정해준 적이 없었다. 드 뷔브르 씨와 귀가하던 날 처참한 말을 들은 뒤로 지난 몇 달 동안 그가 밤새 걷다 되돌아와 아침 7시에 옷을 갈아입으면, 저녁 식사를 과하게 하고 밤에 15분 정도 깨 있을 때가 있는 동생이 그에게 말했다.

"형은 너무 자신에게 귀를 기울이는 거야, 나도 잠이 안 올 때가 있어. 그리고 잠을 안 잤다고 생각하는데 사실은 조금이라도 잔 거더라고."

맞다, 그는 자신에게 너무 귀를 기울이고 있었다. 삶의 심연에 도사리고 있는 죽음에 항상 귀를 기울였고, 죽음은 그를 완전히 내버려둔 적이 없고 완전히 그의 삶을 파괴하지는 않으면서 조금씩, 여기저기를 잠식했다. 다시 천식이 심해지더니 숨을 쉴 수가 없었고, 그의 가슴 전체가 호흡을 위해 힘겨운 노력을 하고 있었다. 그는 우리 안에서 삶을 가리는 장막, 우리 안의 죽음이 열리는 것을 느꼈고, 그래서 호흡한다는 것, 즉 산다는 것이 소름 끼치는 사실임을 알아차렸다.

이어서 그녀가 위로받는 순간을 생각하게 되었다, 어떤 남자일까? 그의 질투는 상황의 불확실성과 불가피성으로 인해 미칠 지경이 되었다. 살아 있으면 막을 수도 있겠지만, 그렇지 않을 경우에는 어떻게 하나? 그녀는 수녀원에 들어간다고 하겠지만 일단 그가 죽고 나면 생각을 다시 할 것이다. 그건 아니지! 그는 다시 배신당하느니 차라리 처음부터 알고 있는 게 낫다고 생각했다. 그렇다면 누구와? 구브르, 알레리우브르, 뷔브르, 브레이브? 이를 악물며 그들의 면면을 그려보다 분노가 이는 것을 느꼈고, 얼굴에 노여움이 번졌다. 그는 자신을 진정시켰다. 아니, 그렇게는 안 되지, 성적 쾌락만 좇는 녀석들은 안 돼, 그녀를 정말 사랑하는 남자여야 해. 방탕한 사람은 안 되냐고? 그런 질문은 말이 안 되지, 너무 당연한 건데. 그녀의 행복을 위해 그녀를 사랑하니까, 그녀가 행복하기를 바라니까. 아니, 그게 아니라, 실은 그녀의 관능을 자극하기 싫은 거지, 내가 그녀에게 준 쾌락보다 더 많이 주는 건 싫어, 절대 주지 말았으면. 그녀에게 행복을 주기를, 사랑을 주기를 그러나 그녀에게 쾌락을 주는 것은 싫어. 그 남자의 성적 쾌락과 그가 그녀에게 줄 쾌락에 질투가 나. 그들의 사랑을 질투하진 않을 거야. 그녀는 재혼을 해야 해, 남편을 잘 선택해야지…. 그런데 이 모든 것이 정말 슬퍼.

어린 시절, 그가 일곱 살이었을 때 매일 저녁 8시면 잠자리에 들었을 시절의 욕망이 떠올랐다. 오노레의 옆방에서 자정까지 머무르던 그의 어머니는 잠이 드는 대신 밤 11시면 외출하기 위해 옷을 차려입었는데, 그는 어머니에게 저녁 식사 전에 미리 옷을 입고 외출은 언제 해도 괜찮지만 자신이 잠들려고 애쓰는 동안에 어머니가 사교계에 가려고 준비를 하고 외출한다는 게 견디기 어렵다고 말했다. 그를 기쁘게 하고 안심시키기 위해서 그의 어머니는 치장을 하고 가슴이 파인 드레스 차림으로 저녁 8시에 그에게 잘 자라는 인사를 했고, 친구네 집에서 시간을 보내다가 밤 무도회에 가곤 했다. 어머니가 무도회에 나가는 슬픈 저녁, 그는 침울하지만 그제야 마음을 놓고 잠들 수가 있었다.

이제 그는 어머니에게 하던 부탁을 프랑수아즈에게 하려고 거의 입술 끝까지 말이 올라왔다. 바로 그녀에게 결혼을 서둘러달라고 청하고 싶었다, 그녀가 결혼 준비를 한다면 영원히 슬플 테지만 그가 영면에 든 후에 일어날 일에 대해 불안해하지 않을 거고, 그럼 마음 편히 잠들 수 있을 것 같았다.

그다음 며칠 동안 그는 프랑수아즈에게 말해봤지만, 그녀는 의사의 말처럼 그가 회복 불가능하다고 믿지 않았기 때문에 오노레의 제안을 부드럽게 그러나 완고한 의지로 거부했다.

그들은 서로에게 항상 진실을 말하는 습관이 있었고 서로가 서로에게 고통을 줄 수도 있는 진실을 말하면서, 감수성을 잘 살펴야 하는 그들처럼 신경과 감정이 예민하여 잘 조절해야 하는 사람들이 아이들에게 필요한 모든 주의와 배려보다 상위에 위치하여 초연한 신 같은 존재를 느끼듯이 서로에게 항상 진실을 원했고, 스스로도 진실을 토로했다. 프랑수아즈의 내면에 깊이 자리한 이 신을 향하여 오노레는, 그리고 오노레의 내면에 깊이 자리한 이 신을 향하여 프랑수아즈는 걱정거리를 서로 주지 않거나 감정을 서로 상하게 하지 않으려는 시도와 애정과 연민에서 우러나오는 진심

어린 거짓말을 거부할 의무감을 항상 느껴왔다.

프랑수아즈가 오노레에게 생명을 구할 것이라고 말했을 때, 그는 그녀가 그것을 진심으로 믿고 있다는 것을 느꼈고 자신도 믿도록 스스로 설득했다.

"내가 죽을 수밖에 없다면, 죽고 나선 나는 더 이상 질투를 하지 않겠지. 그런데 내가 죽는 순간까지는? 내 몸이 살아 있는 동안은, 그래! 그러나 나는 성적 쾌락만 질투하는 거니까, 내 몸이 질투를 하는 거니까, 내가 질투하는 건 그녀의 마음이나 그녀의 행복도 아니고, 내가 알고 싶은 건 누가 가장 그녀를 행복하게 해줄 거냐는 거지. 내 몸이 사라지게 되면 영혼이 몸을 지배하게 되면, 내가 차츰차츰 물질적인 것들로부터 내가 몹시 아팠던 그 저녁처럼 멀어지게 되면 나는 더 이상 미친 듯이 몸을 욕망하지 않을 것이고 그러면 영혼을 더욱 사랑하게 될 것이고 그럼 나는 더 이상 질투를 하지도 않겠지. 그러면 나는 진정으로 사랑하게 될 거야. 아직 내 몸이 완전히 살아 있고 북받치는 지금은 그게 무엇인지 아직은 잘 모르겠지만, 그래도 어느 정도 상상할 수는 있지, 내 손이 프랑수아즈의 손을 잡고 내가 무한한 사랑을 느끼며 욕망 없이 나의 고통과 질투가 진정된 느낌이었지. 그녀를 떠나면서 마음이 많이 아프겠지만 예전에 나 자신과 더 가까이 있게 해주었던 이 고통, 천사가 날아와 나를 위로해주던 이 고통은 나에게 고통스런 나날에 신비한 친구를 발견하게 해주었지, 그건 바로 나의 영혼이지, 그렇게 내가 신 앞에 나아가게 되었을 때, 오랫동안 나를 고통스럽게 하고 내 마음을 고쳐시키지 못하며 내 몸에 뿌리를 내려 피폐하게 하고 쇠약하게 한 병이 아닌, 이 진정된 고통으로 나는 더 아름답게 보이게 될 것이다. 나의 몸, 그녀의 몸에 대한 욕망으로부터 나는 자유로워질 것이다. 그래, 그런데 그때까지 나는 어떻게 될 것인가? 더 약해지고 그 어느 때보다 버틸 힘이 없고, 부러진 두 다리에 감각도 없는 상태로, 그녀가 있을 거라고 생각한 곳에 그녀가 없을 때 그녀를 보기 위해, 그녀에게 달려가고 싶을 텐데, 그녀를 독차지할 수 있는 모든 자들이, 더 이상 두려울 게 없는 내 불구의 모습을 조롱할 때, 나는 움직이지도 못하고 여기에 있을 텐데."

일요일 밤에 질식하는 꿈을 꾸었고 그는 가슴이 짓눌리는 걸 느꼈다. 그는 신의 은총을 빌었고 더 이상 무거운 몸을 움직일 기력이 없었으며 모든 것이 오래전부터 그에게 설명할 수 없는 방식으로 이렇게 진행되었다는 느낌을 받았고 이제는 1초도 견딜 수 없다고 여겼으며, 그는 숨이 막혔다. 갑자기 그 무게에서 몸이 가벼워진 것 같았고 그의 무거운 짐이 멀어지고 멀어져서 거기에서 해방된 것 같았다. 그리고 스스로에게 말했다. "내가 죽었구나!"

그를 짓누르며 숨 막히게 하던 모든 것들이 몸 위로 올라가는 것을 보았다. 그것은 구브르 씨의 모습 같았는데, 그의 의심, 그의 욕망, 아침부터 프랑수아즈를 볼 순간들을 애원하며 기다리던 것, 그리고 프랑수아즈에 대한 생각이 보였다. 구름처럼 시시각각 계속 다른 형태를 띠었고 커지고 끝없이 커지게 되어 이제 그는 세상만큼 거대한 저것이 그의 안에, 무력한 남자의 몸에 힘도 없는 자신의 마음속에 있으면서 어떻게 자신을 짓눌러버리지 않았는지 설명할 길이 없었다. 그래서 그는 짓눌림당했다는 것을 느끼게 되었고 짓눌린 채 계속 살아왔음을 알게 되었다. 세상의 모든 힘을 모아 그의 가슴을 짓누르던 그것이 바로 자신의 사랑임을 이해하게 되었다.

그는 다시 한번 혼자 "짓눌린 사람의 삶!"이라 말하면서 말이 그를 넘어뜨린 순간 '나를 짓밟겠어'라고 생각했던 것, 그의 산책도 기억해냈고, 그날 아침에 프랑수아즈와 같이 식사를 하기로 되어 있었다는 생각을 하며, 이렇게 우회적으로, 다시 그의 사랑으로 생각이 다다랐다. '그럼 내 사랑이 나를 짓누르고 있었단 말인가? 사랑이 아니라면 무엇이 나를 누르고 있었나? 혹시 나의 성격이? 나 자신이? 아니면 삶이?' 그러고 다시 생각했다. '아니, 내가 죽게 되면 나는 내 사랑에서 자유로워지는 게 아니라 내 육체적 욕망에서 자유로워지고, 욕망에서, 질투에서 해방되는 거야.' 그는 결국 "하느님, 어서 그때가 되게 해주세요, 그 시간이 빨리 오게 해주세요, 하느님, 제가 완벽한 사랑을 알 수 있게요"라고 빌었다.

일요일 저녁 복막염 진단이 내려졌던 것이다. 월요일 아침 10시쯤, 열에 휩싸인 그는 프랑수아즈를 보고 싶어 하며 그녀의 이름을 부르고 눈을 빛냈다. "너의 눈도 빛나기를, 지금까지 한 번도 하지 않았던 방식으로 너에게 쾌감을 주고 싶어… 너에게 해주고 싶어… 잘 안될 것 같아." 그러다 갑자기 그는 분노로 얼굴이 창백해졌다. "네가 왜 원하지 않는지 잘 알겠어, 오늘 아침에 누군가에게 받았겠지, 어디서 누구와 그랬지, 그 자식이 나를 찾아와서 너희를 보게 나를 문 뒤에 두려고 했겠지, 나는 너희에게 몸을 던질 수 없으니까, 이제 더 이상 다리를 못 쓰니까, 너희를 방해할 수 없을 테니 내가 여기 흐느적거리고 있는 걸 보면서 너희는 더욱더 즐겼겠지. 그 자식은 너에게 쾌락을 주려면 어떻게 해야 하는지 잘 알고 있지, 하지만 그 전에 내가 그 자식을 죽이고 말겠어, 그 전에 너도 죽일 거야, 그리고 그 전에 나도 죽일 거야. 봐! 나를 죽였다!" 그러고 그는 다시 베개로 고개를 힘없이 떨궜다.

그는 차츰 진정을 하고 자신이 죽기 전 그녀가 누구와 결혼을 할 수 있을지 헤아려보았는데, 프랑수아 드 구브르, 드 뷔브르와 같이 그를 고통스럽게 하던 사람들의 얼굴이 자꾸 떠올랐다.

정오에 종부성사를 받았다. 의사는 그가 오후를 넘기지

못할 거라고 했다. 그의 체력은 급격히 악화되었고 음식을 전혀 넘기지 못했으며 아무런 소리도 듣지 못했다. 그의 머리는 자유로웠고 그는 아무 말도 하지 않았으며, 그가 더 이상 존재하지 않게 되었을 때 그녀에 대해 생각했다, 그가 그녀에 대해 더 이상 아무것도 모르게 될 때, 그녀가 더 이상 그를 사랑할 수 없게 되었을 때에 대해 생각했다.

아침만 해도 기계적으로 말했던 이름들, 이젠 그녀를 소유하게 될 사람들이 머릿속에 휙휙 지나가기 시작했고 그동안 그의 눈은, 손가락에 다가와 그에게 닿을 듯하다가 날아갔다 다시 돌아오는 파리 한 마리를 좇고 있었다. 문득 한순간 잠잠했던 관심을 다시 프랑수아 드 구브르에게로 가지고 와, 아마도 그가 프랑수아즈의 육체를 차지하게 될 거라고 생각하는 동시에 '파리가 침대보를 건드릴까? 아니, 아직은' 같은 생각을 하다가 갑자기 공상에서 빠져나왔다. '뭐라고? 둘 중 뭐가 더 중요하다는 생각이 안 드네! 구브르가 프랑수아즈를 차지하게 될 것인가, 파리가 침대보를 건드릴 것인가? 오, 그래도 프랑수아즈를 차지하는 일이 조금 더 중요하지.' 그러나 두 사안의 차이를 측정하는 정확성을 보아 둘 다 그렇게 그와 관련된 것은 아니었다. 그는 중얼거렸다. "어쩜, 둘 다 나랑 이렇게 상관없다니! 이건 정말 슬픈 일이네." '이건 정말 슬픈 일이네'라는 말을 습관적으로 했을 뿐, 그는 완전히 변해서 상황이 이렇게 변한 것이 더 이상 슬프지 않았다. 희미한 웃음이 다문 그의 입가에 번졌다. '자, 이 게 프랑수아즈에 대한 순수한 사랑이구나. 이젠 질투가 나지 않아, 정말 죽을 때가 된 듯해, 뭐가 됐든 상관없어, 프랑수아즈에 대한 진정한 사랑을 경험하기 위해서는 꼭 필요했던 거야.'

그리고 눈을 들어, 그를 위해 곁에서 기도하는 집안의 하인들, 의사, 두 명의 나이 든 친척 사이에서 프랑수아즈를 보았다. 그는 어떤 이기심이나 관능이 배제된 순수한 사랑, 그가 그의 마음속에 그토록 부드럽고, 넓고, 신성하길 원했던 사랑이 이제 프랑수아즈만큼이나 그의 나이 든 친척들과 하인들, 의사까지도 소중하게 느끼는 것이었다, 프랑수아즈는 이미 모든 생명체의 사랑을 받고 있었고, 이제 그 생명체들과 영혼이 유사하여 그들에게 동참한 것을 느끼는 그는, 그녀를 향해 또 다른 사랑을 줄 수가 없었다. 그는 그 사랑에서 고통을 느낄 수도 없었는데, 그녀에 대한 배타적인 사랑, 그리고 그의 사랑에서 그녀가 누구보다 우위에 있다는 생각마저 이제 파기되었던 것이다.

울며 침대 발치에서 그녀는 예전에 그녀가 했던 가장 아름다운 말들을 속삭였다. "나의 나라, 나의 오빠." 그러나 그는 그녀에게 깨닫게 하고 싶은 욕구도 힘도 없어 미소를 지으면서 그 '나라'는 더 이상 그녀 안에 있지 않으며, 하늘에, 모든 대지에 있다고 생각했다. 마음속으로 그는 반복했다.

'내 형제들.' 그가 다른 사람들보다 더 자주 그녀를 바라보는 것은 눈앞에서 시냇물같이 흐르는 그녀의 눈물을 보는 연민 때문이었다. 두 눈은 곧 감길 것이고 그러면 벌써 울음도 멈출 것이다. 그런데 그는 그녀를 의사나 늙은 가족이나 하인들보다 더 사랑하는 건 아니었다. 이렇게 질투의 종말이 온 것이다.

옮긴이의 말

　처음 미행의 편집자 두 분이 프루스트의 첫 작품집 번역을 부탁해왔을 때,『잃어버린 시간을 찾아서À la recherche du temps perdu』보다 더 어렵고 죽음, 그리고 쇼팽과 슈만에 대한 시와 자연의 묘사와 거의 집착적으로 언어 조탁을 한, 음악 장르로 말하면 다양한 형식이 혼합된 환상곡과 같은 이 작품을 두고 많이 망설여졌고 잘하실 분들을 추천드리고자 했다. 더구나 나는 한국문학을 프랑스어로 번역하는 작업에 익숙하고 모국어지만 한국어로 번역하는 쪽으로 일을 잘 하지 않았기에 더욱 그랬다. 그러나 존경하는 동료이신 정영목 선생님이 그때쯤 낸 책을 읽고 용기를 냈다.『완전한 번역에서 완전한 언어로』에서 그는 "번역가와 편집자의 상호작용이 이루어지는 곳이야말로 좋은 번역의 살아 있는 기준들을 건져내는 작업이 이루어지는 중요한 장소"가 된다고 했다.
　그래서 사실 이 후기는 미행의 편집자 두 분을 위한 것이기도 하다. 도착어를 예민하게 살피지 못한 부분을 끈기 있게 보완해주셨다. 이 번역을 결국 하게 된 것도 젊은 두 분의 문학에 대한 열정에 의한 것이었고, 그들의 꿈이 실현되는 것을 보고 싶었다.

또 죽음과 음악에 대한 글들 때문이었다. '쾌락과 나날'이란 제목에도 불구하고, 이 작품집은 죽은 친구에게 헌정되었고, 첫 단편과 마지막 단편 모두 죽음으로 끝난다. 인간에 대한 시간의 지배력과 부질없음, 결국 본질에 이르는 과정이 죽음인 것이다.

소중한 반려견 추백이를 보내고 이어서 왕따구리를 그리고 크게 정신적으로 교감하던 선배 번역가를 잃었다. 함께 했던 즐거움의 나날 뒤에 견뎌야 하는 삶이 남아 있었다. 내게 남은 가족과 친구, 동료들과 추백이가 들여주고 간, 추백이보다 더 개와 같은, 길냥이 출신의 개냥이 샴페인 덕분에 힘든 시간을 견딜 수 있었다. 이 고양이보다 더 선량한 생명을 보지 못했다.

그리고 프랑스어의 아름다움 때문이기도 하다. 내게는 여전히 외국어인, 그래서 더욱 깊어 보이고 초월적인 그 언어의 세계와 떠난 존재들을 그릴 때마다 다시 읽는 「되찾은 시간 Le Temps retrouvé」의 작가와의 대화를 위해서, 그의 시대 비판과 젊은이답지 않은 삶에 대한 관조를 더욱 잘 이해하기 위해서였다. 한 작품을 깊이 이해하기 위해 번역보다 더 나은 작업은 없다. 독자를 지평에 두었어야 하나 사실은 내 자신을 이해시키고자 그와의 대화에 더 집중했다고 생각한다.

이승우 작가님이 최근 작가의 말에 쓰신 "네가 가진 것 가운데 받지 않은 것이 무엇이냐?"라는 대목을 많이 생각한다. 기쁨 뒤에, 고통 뒤에 삶의 나날들은 이렇게 오고 이 시간 또한 지나갈 것이다. 내가 받은 이 모든 것들에 대해 감사한다.

2019년 10월
최미경

편집 후기

 마르셀 프루스트는 우리에게 『잃어버린 시간을 찾아서』의 작가로 알려져 있다. 하지만 친구들과 동인지를 만들어 작품을 발표하던 시절의 프루스트에 대해서는 알고 있는 사람이 그리 많지 않다. 데뷔작부터 문단을 흔들며 화려하게 등장했다면 독자들의 기억도 달라졌을 것이다. 그러나 그는 그러지 못했다. 젊은 작가에게 첫 책이 주는 의미가 각별하듯 프루스트도 뭔가 보여주겠다는 열정으로 들끓었던 것 같다. 저명한 작가 아나톨 프랑스에게 서문을 받고, 당시 잘나가던 마들렌 르메르 부인의 그림과 작곡가 레날도 안의 악보까지 곁들인 호화판으로 책을 출간했지만 평단은 냉정했다. 댄디한 작품이라 여겨져 제대로 평가받지 못했고, 독자들은 보통 책보다 4배나 비싼 그의 책을 살 이유를 찾지 못했다.

 이 작품집에는 젊은 프루스트의 작가적 열망이 뚜렷하다. 프루스트를 사로잡고 있는 사유의 장면들을 정신없이 가로지르다 보면 그런 생각이 드는 것이다. 『쾌락과 나날』은 비록 실패했지만 그는 여기서 멈추지 않고 계속 나아갈 거라는 걸. 결국 프루스트는 독자들을 실망시키지 않았다.

이 책을 편집하면서 당연히도 프루스트를 많이 생각했다. 어머니를 잃은 그와 드디어 큰 결정을 내린 듯 산책을 나서는 그와 조심조심 차를 마시는 그를. 그런 그의 얼굴을. 이토록 죽음과 사랑과 애달픔으로 가득한 그래서, 인생을 마치 송두리째 파기해버리듯이 첫 작품집에 이토록 가슴에 든 생명을 전부 끌어들인 그래서, 그를 매일 생각한 것만으로도 그와 함께한 시간 동안 아주 많은 일이 일어난 거라고 본다.

미행의 첫 책을 낸다. 우리의 길이 소설 같고 동화 같았으면 좋겠다. 첫 책이 프루스트여서 기쁘다. 그도 그럴까? 그랬으면 좋겠다.

『쾌락과 나날』을 프루스트 100주년 특별판으로 펴내면서

마르셀 프루스트 사후 100주년이 되는 2022년을 맞아 『쾌락과 나날』을 다시 펴낸다. 특별판 1, 2권으로, 프랑스에서도 오랫동안 묻혀 있던 그의 미발표 단편들을 묶은 『익명의 발신인』과 함께.

크게 달라진 건 없다. 아니, 크게 달라진 걸까? 표지를 새로 하고 판형을 바꿨다. 서체와 조판도 새롭게 했다. 그리고 차례를 세세하게 다시 짰는데, 원본의 형식을 이 기회에 따른 것이다. 처음『쾌락과 나날』을 펴낼 때에는 큰제목만 있어도 무리 없고, 더 명료한 방향으로 갔던 결정이지만 특별판을 만들면서 보니 생각이 달랐다. 조금 복잡할 수 있어도 제목 보는 재미도 있고, 무엇보다 지금 모습이 자신의 첫 작품집에 프루스트가 어떤 열의를 다했는지 한눈에 보여주는 것 같다.

『쾌락과 나날』은 프루스트의 첫 작품집이기도 하면서 미행의 첫 책이고 우리는 이 책에 큰 자부심이 있다. 편집자에게 모든 책이 그렇겠지만, 특히 이 책은 프루스트가 구상하고 생전에 직접 펴낸 의도를 성실히 담고 있기 때문이다.

그 모습은 단편소설부터 예술가를 그린 시, 시나리오, 형식미와 절제미를 풍기는 산문들까지 두루 아우른다. 아나톨 프랑스가 이 책의 서문에서 특정 작품을 언급하지 않으면서 아직 프루스트를 소설가라 명하는 대신 작가라 명하고, 그의 글쓰기보다 그의 예술에 초점을 맞추고 있는 것도 그런 까닭일 것이다.

미행은 이제 삼 년 차에 접어들었다. 아직 미미한 규모에 여전히 힘에 부치는 출판이지만 여기까지 온 것도 잘 믿기지가 않는달까? 그래도 여기까지 왔다. 이 글을 쓰는 날은 2022년 5월 5일, 100번째 어린이날이다.

미행에서 만든 책들

1	소설	마르셀 프루스트	최미경	**쾌락과 나날**
2	시	조르주 바타유	권지현	**아르캉젤리크**
3	소설	유리 올레샤	김성일	**리옴빠**
4	시	월리스 스티븐스	정하연	**하모니엄**
5	소설	나카지마 아쓰시	박은정	**빛과 바람과 꿈**
6	시	요제프 어틸러	진경애	**너무 아프다**
7	시	플로르벨라 이스팡카	김지은	**누구의 것도 아닌 나**
8	소설	카트린 퀴세	권지현	**데이비드 호크니의 인생**
9	르포	스티그 다게르만	이유진	**독일의 가을**
10	동화	거트루드 스타인	신혜빈	**세상은 둥글다**
11	산문	미시마 유키오	강방화 · 손정임	**문장독본**
12	소설	마르셀 프루스트	최미경	**익명의 발신인**

한국 문학

1	시	김성호	**로로**

마르셀 프루스트(Marcel Proust, 1871-1922)는 파리 근교에서 출생, 학업보다는 글쓰기에 관심을 보이며 아나톨 프랑스 등 문인, 화가, 음악가 들과 교류했다. 1896년 첫 작품집 『쾌락과 나날』을 출간했고, 이후 존 러스킨의 작품을 번역한 『아미앵의 성서』(1904), 『참깨와 백합』(1906)을 출간했다. 1909년, 그는 세계문학사에 길이 남을 『잃어버린 시간을 찾아서』 집필에 들어간다. 이 작품은 시간에 대한 성찰과 인생, 인간에 대한 깊이 있는 탐구를 통해 화자가 작가의 길을 가기로 결심하고 문학이 결국은 삶을 가능하게 한다는 결론에 이르고 있다. 1편 「스완네 집 쪽으로」는 출판사를 구하지 못해 자비로 출판하게 되는데, 『쾌락과 나날』이 난해하고 문체와 수사가 복잡하다는 인상을 준 요인이 컸다. 그러나 프루스트는 2편 「꽃피는 아가씨들 그늘에」로 공쿠르상을 수상한다. 그리고 1922년 그는 평생의 지병이었던 천식으로 건강이 악화되어 파리에서 사망했다. 파리의 8구에 위치한 오스만가 102번지는 프루스트가 살았던 아파트로 현재는 기념관으로 보존되어 있다.

옮긴이 최미경은 서울대학교 불문과와 동 대학원을 졸업하고 프랑스 파리4대학에서 현대문학박사, 파리3대학 통역번역대학원에서 통역번역학박사 학위를 받았다. 국제회의 통역사로 정상회담, 학술회의 등 다양한 통역을 수행하고 있으며, 황석영, 이승우 작가의 작품을 프랑스에 번역 소개하여 대산문학번역상, 한국문학번역원 번역대상을 수상했다. 현재 이화여자대학교 통역번역대학원 한불전공 교수로 있다. 지은 책으로 『추백이와 따굴이가 함께 사는 세상』이 있고, 사회정의, 동물과 환경보호에 많은 관심을 가지고 있다.

쾌락과 나날 프루스트 100주년 특별판

마르셀 프루스트
최미경 옮김

초판 1쇄 발행 2022년 5월 31일

펴낸곳	미행
출판등록	제2020-000047호
전화	070-4045-7249
메일	mihaenghouse@gmail.com
인쇄 제책	(주)영신사

ISBN 979-11-92004-04-4 03860